お茶づけ女とステーキ男

あや

郁朋社

お茶づけ女とステーキ男／目次

カバー油絵／作者　あや
カバー題字／心書家　まちむら尚美
装丁／根本比奈子

お茶づけ女とステーキ男

第一章　旅立ち

「デェー　フルーク　ナク　R　フリークト　フォン　ツエルフ（R市行きの出発ゲートは十二番です）」

ドイツ語のアナウンスが喧騒を通して聞こえてくるF空港の発着ゲート。色々な国から来た家族連れ、リュックを背負った学生たち、ブリーフケースを持ったビジネスマンでごった返していた。

そのざわめきの中で取り残されたように、日本人女性が公衆電話の受話器を握り締めていた。

「マリア、マリア、ダス　イスト　アヤコ。イッシュ　ゲーヤ　ツン　アメリカ、ウダ　ツルーッケン　ドイッチ（アヤコです。アメリカに帰るけど、ドイツに戻ってくるわ）」

「バーゴム、バーゴム（どうして）」

綾子の耳にマリアの驚いた返事が響いた。

綾子の瞳は涙で一杯になり、次の句が続けられなくなった。電話の向こうで話す相手の赤ら顔のドイツ女性のふくよかな姿が目に浮かんだ。

優しかったマリア。子供たちの子守をしてくれたドイツの典型的な田舎のおばさん。マリアに会って、別れを告げたりする暇もないくらいにこの数週間は無我夢中で過ごした。

子供が心配そうに母親の顔を見上げている。

「マミー、アーユー　オッケー？」

「イエス、アイ　アム　オッケー、ファイン」

今朝突然母からアメリカに行くと言われ、エミは弟のジェームスと一緒に母を手伝って慌てて荷造りをした。母と仲が良かった日本人たちが空港まで送ってくれたけど、七歳では余り理解できず、ただアメリカに戻れる、と勇んで出かけてきたのに。

出発時間が迫ったのに気がつき、綾子はマリアに別れを告げ、電話を切った。しばらく電話の前に佇んでいたが、思い直したように子供たちの手を引いて出発ゲートに急いだ。

その日は綾子にとって記念すべき日だった。長い打ちひしがれた結婚生活に終止符を打つべく、夫に秘密で家を飛び出してきた日。七歳と三歳の子を連れてドイツからアメリカのC州を目指して出発したのだ。

五月末のその日は丁度キリスト教の祝日であった。復活したキリストがまた天国に戻っていく昇天祭。綾子はその日の飛行機の切符が取れたのも、ただの偶然ではないと信じていた。新しい命を貰って再生する、という気持ちが湧き出ていた。今までの自分を葬ってしまうのだ、と決心していた。

綾子は、日本駐留の軍人のジム・アランと知り合い、親の反対を押し切って結婚した。結婚直後ベトナム出軍が決まり、夫とは三カ月毎に会うという変則的な生活が続いた。新婚後一年は別居生活だった。最初の頃は相手の性格がわかったようでも、やはり本性はわからなかった。言葉のギャップもあったろう。日本人であったら、ちょっとしたニュアンスでおかしいと思うことがあったかもしれない。

ベトナム戦争が終わり、アメリカのＣ州の基地に移った。軍人は昇進の為に軍が出している試験を受けたり、大学院で修士号を取ったりして、絶えず勉強を重ねる必要がある。昇進するためには、非常に努力しなければならない。

海外駐留が長過ぎると昇進が遅くなる。国内での事務的な仕事が必要だった。ジムはその点抜け目がなかった。誰に手紙を書き、どこに電話を入れ、どのような条件が必要か、情報をすばやくキャッチするのが上手だった。両親が住んでいる町の近くに希望を出して、転地の運動を始めた。目的にまっしぐら向かう姿は実に見事であった。勤務先の基地はＲ市から二時間ぐらい北にあり、周りに産業もない海抜三千メートルの砂漠の真ん中にある。

完全主義者のジムは、決定までは時間をかけて選定したが、一旦決定したらどんな障害があっても全力を傾けて自分の意思を通す。完璧な性格と必ずやり遂げる、という意志の強さに惹かれた綾子だった。

十数年前、綾子は親と姉夫婦、親戚や仲良くしていた友人に別れを告げて、軍服に身を包んだ格好のよい夫と手を繋いで颯爽と飛行機に乗り一路アメリカでの新生活に胸を膨らませていた。以前留学していたし、アメリカは知っていたが、これからは頼りになる夫と一緒である。楽しくないはずはなかった。

その結婚生活の夢が破れだしたのは渡米数週間後だった。

赴任基地に着いて近くの町で家探しを始めた。気に入った家が見つかったがローンが降りるまで、ジムの両親の家で同居した。車が一台しか無かったし、運転免許も持っていなかった綾子は毎日のようにジムの父親に運転を頼んで、家の掃除や必需品を買いに行った。数週間くらいたった頃、ジムが基地から帰ってきた。両親は友達の家に行っていて留守だった。

「アヤコ、言っておいたことは済ませてくれたかい？」

「お父さんに毎日運転を頼んでいるから悪くなって、今日は行かなかったの」

「何だって。今日はゴミの日じゃないか、お父さんに頼んで家に行ってゴミ箱を出せって僕が出がけに言ったじゃないか」

「だって、忙しそうだったから、失礼だと思って」

「失礼だって？　僕の頼んだことのほうが大切じゃないか。言うことを聞かないのか」

パーンと、横っ面を叩かれた。

ジムが暴力をふるう、という信じられないことが起こったのだ。こんなはずじゃない、私が悪かったのだ、夫の機嫌を損ねたからこんなにぶたれてしまったのだ、と自分を納得させようとしたが、事実は変えられなかった。

その後、何度叩かれたり、蹴られたりしただろうか。仔細なことでジムの機嫌が悪くなる度にその矛先となった。綾子は自分の家に居ながら、いつどんな理由で夫から殴られたり蹴られたりするのか、予想できなかった。

親の反対を押し切っての結婚だったから、離婚するのは綾子のプライドが許さなかった。それ以上に、蛇に睨まれた蛙のように恐怖状態から動けなくなっていた。そんな生活の中で二人の子供をもうけ、十年という年月を経てしまった。

何故こんなに長くかかってしまったのだろうか。

離婚の実行計画を立て始めたのはいつだったろう。綾子はゲートに急ぎながら、頭の中で指を折り始めた。そう、あれは、四旬節の始まる数日前だった。

復活祭前の四十日間は、キリスト教徒の間では四旬節と呼ばれる時期である。キリストが聖ヨハネからヨルダン川のほとりで洗礼を受けた後、四十日間砂漠に入って断食をし、悪魔の誘惑に打ち勝ち宣教生活の準備をしたといわれている。それを記念してキリスト教徒たちは、復活祭の前四十日間を四旬節と称し、自分の好きなものを断ってキリストの受難を偲ぶ時期としている。

復活祭の日は年毎に変わるので、四旬節が始まるのは一定していない。その年の春分の次の満月の次の日曜日が復活祭だ、と教会では決めている、復活祭から四十日前に始まる四旬節は、大抵二月末の暗い寒い日、灰の水曜日がその始まりを告げる日だ。

「汝ら死んで灰となれ」

というキリストの言葉に倣って、灰の水曜日にはキリスト教徒たちはミサの後、神父から灰を額につけてもらう。謙虚な自分に戻る日である。

夫が勤めるドイツの基地での三年間の任務が終わりに近づき、大使館づきの勤務が決まったのが、その年の初めであった。

転勤が決まると夫のフラストレーションが高まり綾子に八つ当たりする度数が頻繁になってきた。

二人だけの生活だったらまだ耐えられたが、子供の前で見さかいなく殴ったり怒鳴ったりする。子供は母親をどう見ているのか、父親が暴力をふるうのを見させていいのか。

大使館づきだと、アメリカ人だけではなく、ヨーロッパ各地の人たちが集まっているから国際色が強く、ジムの仕事もアメリカを代表する外交官的な仕事が主になる。綾子が夫にびくびくしながら生活していって、各国を代表している人たちの間で、果たしてどのくらい誤魔化しきれるのか。

「私の生きる目的は何なのか」

疑問を感じ始めた綾子に、何かの力が後押ししていたのだろうか。躊躇しながらも綾子が基地の教会の門を叩いたのは、二月も終わりに近い頃だった。


M基地の神父は迷える子羊が帰ってきたのを諸手を挙げて歓迎した。

「教会に足が遠のく人も多いですよ。皆が変な目で見るなんてことはありません。心配しないでミサに来てください。そうそう、今日相談に来たのが神様の思し召しかもしれませんね」

と翌晩から始まる特別セミナーの話をしてそれへの参加を勧めた。

タイミングが良かった。前の晩に夫が夕飯の間に出張の話をした。

「急いでイギリスへ行く。飛行機の墜落事故の取調べを特別に頼まれたんだ。あさってから行くから用意をしておいてくれ」

夫がいると夜一人で出かけるのは非常に難しい。決してベービーシッターはしてくれないどころか、教会のセミナーで出かけるのなんてとんでもない話なのだ。ジムにとって妻は家にいるべき存在なのだ。

　夫が出かけた後、子供をベービーシッターに預けて、綾子はセミナーに出席した。そこで自分を再び見出す最適な機会を得た。


　キリストが愛で人生を全うした話、セミナーに出席していた人たちの体験談、信仰を再確認した人々のビデオを見て、心が洗われた気持ちになった。人の苦労談、自殺まで考え実行に移す前に、神からのメッセージを聞いてそこからどうやって逃れたのか、という話を聞いている時に、綾子は感激の余り涙が頬をつたってぬぐいきれなかった。彼らができて何故自分にはできないのか。苦難の生活から逃れきれないのか。

　神の御旨に縋って生きるというのは聞こえは良かったが自分の立場になって、現実にどうするのか、頭が回らなかった。

「そんないい加減なことをして世間では通用しないぞ。お前の脳ミソには、何が詰まっているんだ。脳みその中身は砂なのか」

「お前みたいに言われたことをちゃんとできないなら会社は直ぐに頸になるんだ。そんな馬鹿な人間は頭を使っても無駄だ」

　夫は絶えず綾子の無能さを強調した。無能なやつだと言われ慣れていたので、社会に出て、自立して生活し得るとは考えられなかった。離婚して三歳と七歳の子を抱えてどうやって生活していくのか。それともこの暴力に甘んじ、自分を殺して生きるのか。それで心の平安は得られるのか。

やっとの思いで、患者との診断内容を極秘にするという基地の精神科医に相談した。

「アラン夫人、今日は何の相談に来たのですか」

綾子はかいつまんで、夫の暴力問題で悩んでいる話をした。

「今度アメリカ大使館づきになるのですが、絶えず他人の目を気にして生活しなければなりません。果たしてそんな環境で、暴力が緩和することってあるのでしょうか」

「以前に暴力をふるっていた人が環境が変わったから、良くなった、なんて例は一握りもありませんよ。悪化する可能性があります。仕事でもプライベートでもプレシャーがかかってくるのなら、捌け口を見つける為に、貴女に手向かうのがもっと酷くなる、と覚悟をしていたほうがいいですよ」

綾子が八割方予想していた答えが返ってきた。

「アラン中佐にカウンセリングを勧めてみたらどうですか」

「そんな、そんなことは考えられません。私がここに来ているのも、夫には言っていません。とても無理です」

傍目には人々が羨むような優雅な生活だった。ドイツで借りていた家は、森と牧場に囲まれた小高い丘の上にあり、床は大理石で御殿のようだった。この立派な家に住んでいる主婦が、絶えず夫の顔色を伺いながら、屈辱の日々を過ごしているとは誰が想像しただろう。

何をするにも夫の許可が必要だった。夫が風邪を引いたのも、子供が言うことを聞かないのも全て彼女の責任となった。地図の見方が悪くてちょっとでも間違った道を曲がったものなら怒鳴られた。

子供に夫の暴力を見せるのが嫌だったし、その暴力に対して無力な母親の姿を見せたくなかった。

綾子はどうしていいいか、考えが纏まらないので再び精神科の医者に相談した。

「離婚に賛成とか反対とか、意見は出せませんが、離婚をするなら今この基地にいたらどんな助けが得られるか、離婚をのばして新しい土地に行ってからどんなメリットがあるのか、を比較検討してみたらどうですか」

今なら、そう、今なら。

ドイツに着いてから三ヵ月ぐらい経った頃だろうか。基地のマーケットで買い物をしていたら、

「アーユージャパニーズ？」

とアジア系の女性に話しかけられた。

「ええ、日本人ですけど」

綾子は思わず日本語で答えた。

声をかけてきたのは和子という日本人女性だった。彼女はいつも東洋系の女性を見ると次から次に話しかけては、日本人仲間の輪を広げていった。

「日本から紅白歌合戦のビデオが来たの、見に来ない？」

「じゃ、皆に連絡する」

「何を食べようか、お餅にする？」

「もう無くなっちゃったわ。すき焼きはどう？　肉は半冷凍にすれば薄く切れるし、まだ弘子さんがお豆腐の粉を持っていたよね。お豆腐を作ればいいし」

「そうね、白滝が無いから春雨を使って、玉ねぎやマッシュルームを入れて」

日本食を食べるのも楽しみのうちになる。やがて集まる顔ぶれも決まってきた。アメリカ軍人と結婚して、祖国を離れて点々と移転してドイツに移っていった日本人女性。英語は兎も角として、ドイツ語は話せないから、友達もなかなか見つからない。そんな日本人女性が自然と強く結ばれていくのは当然だった。

綾子が離婚を決意しても、親子三人でアメリカに戻るという大事業は一人ではできない。どうしても友達の助けがいる。実行に移すのには信頼できる友人の協力が必要であった。

ある日曜日のミサの最中に聞こえてきた。

「アクト・オン・イット（行動せよ）」

神父のその一言が電撃のように綾子の頭に反響した。まるで神父が綾子一人に向かって話しかけているのではないか、と錯覚を憶えるような瞬間だった。実行せよ、行動に移せよ。これは神の声なのだ、神の摂理なのだ。いつも聞きなれているはずの言葉だった。その日にその言葉を聞くことが綾子の決断の最後の一押しになったのかもしれない。やはり離婚するには今しかない。ミサの説教にそんな啓示が出されているとは。迷っている綾子から発信しているアンテナが、うまくその言葉をキャッチしたのだ。そうだ、何はともあれ、転勤の前にアメリカに里帰りをするのだ、と決心をした。でもどう言い出したらいいのだろうか。

そんなある日、綾子は台所で洗い物をしていた。ふと目を上げると、夫の車が家に向かっているのが見えた。綾子の胸が高鳴りを始めた。今まで予定なしに家に帰ってきたことはなかった。何故帰ってきたのだろうか。離婚の決心に気がついたのだろうか。何かの拍子にばれてしまったのだろうか。綾子は不安で自分の心臓の音が聞こえるくらいだった。玄関のドアーがバーンと開けられた。

「アヤコ！」

怒鳴り声が家中に響き渡った。

「何、何でしょうか」

舌がもつれてまともに返事ができない。

「何で精神科の医者に行ったんだ。軍病院の院長がなかなかカルテを渡さないのは、お前が精神科に行ったからなんだ。それに決まっている」

「ご免なさい、ご免なさい、知らなかった。許してください」

軍では基地を移る時には必ず病院へ行って、自分のカルテを受け取り、次の基地の病院に持っていく規則がある。十数年も通っているから自然とカルテは厚手になっていく。その一冊でその人の病歴が一目瞭然にわかるという仕組みだ。

大使館づきの勤務では、病歴に汚点があってはならない。たとえ妻であっても精神科に通う必要があると記入されていると、転勤が却下される恐れがあった。

「お前が精神科に行ったら、次の勤務に移れなくなるのを知らなかったのか」

夫の剣幕に圧倒され、キッチンの片隅に縮こまっていた。膝ががくがくして立っているのがやっとだった。ジムのほうはさんざん綾子に悪態をつき怒鳴り立てたので、少しは気が収まったのか、乱暴にドアを閉めて仕事に戻っていった。

綾子は椅子に崩れ落ちるように座った。

「ああ、何という良い機会をのがしたのだろうか。彼が気がつかなければ、転勤する前に、何とか誤魔化してアメリカに戻れたかもしれなかったのに」

その夜どんなに怒られるかとびくびくして一日を過ごした。夕飯の支度も上の空だった。しかし、帰ってきたジムは意外と落ち着いていた。

「お前が精神科の医者に行ったのは、お前の精神状態がおかしいに決まっている。この基地のファミリー・カウンセリング・センターがヨーロッパでは一番良いという評判だ。その所長さんに相談して、スケジュールを特別に組んで、お前の相談にのってもらうことにした。早速明日の晩に行こう」

ジムは軍のカウンセラーは将校に味方し、妻の間違った考えを正してくれると判断したのだ。軍のカウンセラーは軍に雇われている。命を賭けて働いている軍人に有利になるのは自然の成り行きである。ジムはそう判断した。

「僕は行く必要はないけど、お前の為だし僕も行かなくてはならないそうだ」

翌晩ベービーシッターのマリアに子供たちを預け、カウンセリングセンターに出かけた。所長のボール博士は温厚そうな人だった。軍で雇われているが軍人ではない。軍が幅広く募った中で選ばれた人なのでそのセンターの評判も良かった。

「まあ、奥さんが精神科に行ったということですが、原因は暴力をふるわれたということですね。奥さんと一緒に中佐もカウンセリングを受けてください」

「僕は関係ない。精神科に行ったのは綾子なんだから」

「そうですが、暴力をふるったのは中佐ですから」

「理由があったからだ。何をやればいいんだ」

「最初に心理テスト。それから二人で一緒にカウンセリングをしてから、テストの結果を見て、再び二人で一緒に会って話し合いをする。更に個別にカウンセリングをします。こんな手順です」

「僕のほうは仕事が忙しいから、全部のセッションに出るわけにはいかない。別段僕に問題がある訳ではないから、そんなに来る必要もないし、話すこともないじゃないか。綾子のほうを直してさえくれれば、僕が暴力をふるう理由もなくなるんだ」

しかし、ボール博士は一緒に来てほしいと主張した。ジムは渋々次のアポイントメントを取ってセンターを出た。車に向かいながら、

「全くどうしてこんな馬鹿なことをしたんだ。その為に僕の計画もすっかり狂ってしまった。こんなくだらない所に通うなんて、何の意味もないし時間の無駄だ。僕は前から将来の計画を立てていたんだ。どうしたら余裕のある退職生活が過ごせるか。それをお前がめちゃくちゃにしてしまった。お前たちの為を思って僕が一生懸命働き、研究して転勤先もどこが一番良いか調べ上げたのに」

カウンセリングに通い始めた数日後、綾子がジムの書斎に入った。預金通帳などの重要書類が入っている金庫の中身を調べるつもりであった。しかし金庫の鍵は見つからない。あちこち探したが駄目

だった。鍵はどこに行ったのだろう。その時、パスポートも消えてしまったのに気がついた。

その夜ジムに聞いてみた。

「パスポートは何処にあるの？」

「お前が勝手に外国に行くと困るから僕が預かっておく」

「でも子供の身分証明の為にもパスポートはいるのに」

「基地で用を足せばパスポートはいらない。それともお前は何を考えているんだ」

ジムはじろっと疑惑の目を投げかけた。

「何かと不自由じゃないかと思ったのよ」

「僕にちゃんと理由を言えばその時に渡してやるよ」

パスポートを隠してしまったのだ。綾子は今までの意気込みが崩れ去っていくのを感じた。どうしてこんなに運が悪いのだろう。

第二章　救いの手

地獄に仏とは良く言ったものである。ボール博士は単に軍との契約でセンターの所長をしていた為、一般の軍病院でのカウンセラーと異なりある程度自由な立場だった。

綾子はボール博士と三回セッションを受けたが、ジムのほうは仕事を理由に参加したのは一回のみ。心理テストだけは受けていた。テストの結果は本来は二人で聞くはずだがジムは仕事を理由に行かないことになり、綾子一人で聞いた。

復活祭にあと一週間という三月末の日。この日は珍しく青空がきれいで爽やかなそよ風が吹いていた。寒い冬を通り越した野原は若草色に芽吹き始めていた。ひんやりとした中にも仄かな暖かさが感じられる風を受けながらテストの結果に耳を傾けた。

「アラン夫人、中佐はコミュニケーションが悪いと言っていますが、あなたたちは全然次元の違う世界に住んでいるようですね。多分彼にはあなたの言うことがわからなかったんでしょう」

「私たち殆どコミュニケーションなんかしなかったんですよ」

「どうゆう意味ですか」

「私が彼の言うことに対して議論しようものなら恐ろしい剣幕で『お前なんかと議論する必要はな

い』と怒るから、彼の意見に反対したり、私の意見を言うなんて考えられません。議論をしたりして何時打たれるかわからないから、何も言えませんでした」

「じゃあ、殆ど一方的な会話ということですか」

「私が事前に承諾を得ないで何かすると凄く怒るんです。でも子供が病気だったり、車が故障して連絡が取れなかった時なんか、私が即座に処置しないと困るし」

「あなたの判断力を全然信用していませんね」

「ええ、ジムは完全主義者で少しの間違いも許しません。でも私は即座にすべきことがあれば、多少違っていても気にしないから」

「そうでしょうね。心理テストでも性格は対照的と出ていますよ。中佐は内向的で事実を重視し、実践的、論理的な考えを持ち、計画性のある人生を好みます」

「内向的ですか？　随分人とも話したりして情報を得るのが上手だから、外向的かと思いました」

「内にこもるという意味でしょうね。それから中佐は行動力があって、どんな障害があっても決定したことは必ずやり遂げる、そんな性格を持っています」

　ボール博士は綾子にわかり易く説明してくれた。

「確かに嫌なことでも最後まで挫けずにやりますね。最初はそれが魅力的でした。私にない部分があったから。でも次第に息詰まってきたんです。自由が奪われてしまって。車なんかも私が許可を得ないで車屋で直させたら大変です。彼は修理屋は何もわかっていないと信じているから、自分で直すんですよ。時間がかかるからその間は私は車なしになります。息苦しくなります」

「中佐は自分で見た事実が考えの基本となります」

「でも少しは人を信頼しないと生きていかれませんよね」

「人を信用できない性格なのでしょう。あなたには理解できないかもしれませんね」

「信用しないばかりか、私は理解する能力がないから殴らないと言うことを聞かないって。殴られたから言うことを聞くなんて、脅しです」

「軍だと彼は将校だから下士官は彼の命令に服従します。それを家庭内に持ち込んでいるんでしょう」

「彼の庇護下にいれば、枕を高くして寝ていられるのですが、敵に回すと非常に怖い相手です。そんな人と結婚してしまうなんて想像していなかった。自由がない人生なんてこれ以上耐えられません」

ボール博士は引き続き綾子の性格テストの結果を報告し始めた。

「内向的というのが同じでそれ以外は全て正反対です。二人とも内向的というのも問題ですよ。お互いに内にこもるから繋ぐ物がなくなってしまいます。

アラン夫人は、直感的ですね。事実よりも個人的な価値観を優先します。無計画というくらいに融通が利いてしまうんですよ。物質欲とか周りのものに余り拘らないタイプです。理想主義的ですね。自由を失うと窒息してしまいます。その反対に中佐は論理だった理路整然として事実を重視しながら暮らしています。両極端な性格の二人が一つ屋根の下に暮らすのは難しいです」

テストの結果で非常にちぐはぐな夫婦関係が浮き彫りになった。パスポートが無いからどこにも行けず、まして、離婚等できなくなった今、綾子は自分の観測が裏付けされたのを喜んで良いのか、悲しんで良いのか途方にくれた。

綾子は時間が来たので席を立った。御礼を言って退室する綾子の後を、ボール博士がついてくるのを不審に思って、振り返って見上げた。

「ちょっと外に出たいんですよ」

とボール博士。

春の兆しが感じられる午後の光が暖かく降り注いでいた。

「私は軍の契約で、この立派なセンターの所長をしている関係上、アドバイスもできることとできないことがあります。ですから、これから話すことは、まあ偶々あなたが通りがかった時に、私の独り言を聞いてしまったと思ってくださいね」

そよ風に揺れる野花を見ながら、ボール博士は綾子にすぐ別れることを勧めた。それから別れる際に、できる限り綾子と子供たちの生活を確保するだけの金銭的な準備を怠らないようにと強調した。

「もう薄々感じているかもしれませんが、あなたが身動きできないような細工をしていますよ。彼の計画が完了しないうちに、秘密で計画を運ばないと失敗します。もしかしたら、もうこんな忠告をする必要もないかもしれませんね。もう知っている様子ですね」

更に加えて、

「彼は復讐心が強いです。テストの結果ですぐにわかります。気をつけてください。あなたと子供たちの身の安全、経済的な保証をよく考えて計画しないと」

綾子は離婚を諦めかけていたのに、急に事態が好転し始めたことに戸惑った。

家に帰って考えた。第一にすることはアメリカに帰って直ぐに離婚手続きができるかどうか。できるなら、どうやって帰りの旅費とこれからの生活費を確保するか。

早速アメリカで仲良かったスーザンに電話をかけて弁護士を紹介してもらった。スーザンは綾子が以前相談した友人だ。彼女の知り合いで事情を聞いて引き受けるという弁護士を探してくれた。早速そのジョーンズ弁護士に電話を入れた。

「一刻も早くアメリカに戻っていらっしゃい。こちらに来さえすれば離婚の手続きは直ぐにできます。但し、離婚訴訟の告訴状を手渡す人が必要です。誰でも成人なら良いので、ドイツでその人を見つけて頼んでおきなさい」

離婚手続きはうまくできそうであった。次に先立つものはお金。その時持っているお金ではF市までしか行けない。クレジット・カードも取り上げられてしまった今は、どこから資金を工夫するのか。アメリカの銀行に数万ドルの預金があったが、その小切手は金庫の中に入っている。鍵は無いのがわかっている。行き詰った綾子は日曜日の礼拝で神に祈った。

「神様、この離婚はあなたが導いてくださっています。どうかどうかお願いですから、私の祈りを叶えてください。お金を得る方法を与えてください」

必死の思いで祈り続けた。

その翌日。軍の郵便局で私書箱を開けた時、あっと思った。銀行からの月末の預金残高報告が入っていたのだ。そうだ、これが神様からの返事だ。綾子が必死の思いで祈っていた答えが目の前にあった。毎月来ていて見慣れている預金高報告書が、その日にかぎって光り輝いて見えた。開封した。子供と一緒に一～二年は暮らしていけそうな金額が入っている。どうしたら手に入るのか。

報告書と一緒に、支払い済みの小切手が入っていた。

「そうだ、これが答なんだ。この銀行に電話して小切手帳を失くしたから直ぐに送ってくれと頼んでみよう」


「準備はどうなっていますか」

ボール博士が聞いた。綾子が近況報告に出かけた時だ。

「そろそろカウンセリングの効果が出てきて、病院のカルテを渡しても良いという証明書を書かなくてはならないと催促されているのですが。あなたの準備がまだなら引き伸ばしても構いません」

「ジムはカウンセリングに来ているのですか」

「いいえ、いつもアポを取っても何かと言い訳をして全然来ていません。最初だけですよ。彼は自分に問題があって暴力をふるっているなんて意識がないから、来る必要も無いと言っています」

「自分を治す必要を感じていないんですね」

「この場合、誰が悪い良いとは言い切れませんね。もし他の人と結婚していたら、暴力はふるっていないかもしれないです。不思議ですが、そんな例もあるんですよ。状況が悪い。それにしても、帰りの飛行機の手配はしましたか」

「お金が手に入るかわからなかったから、まだ代理店に相談していません。基地の代理店に行ったらすぐに彼に知れちゃうし。困っています」

「このセンターの職員が夏の休暇でアメリカに帰る便を探していて、安いチャーター機の切符を買ったと言っていましたよ。そこにある新聞に広告があるはずです。そこに電話してみたらどうですか。すぐに満席になったらしいけど、数便は出ているみたいです」

センターの机の上にあった新聞を大切に持って家に帰った綾子は、いつ出発したらジムに気付かれずに済むだろうか、カレンダーを繰った。


新規の小切手が届くのが二週間後。それから彼にわからないように少しずつおろして基地の銀行に預けるには二、三週間はかかる。準備にも時間がかかるから、早くても一ヵ月半後となる。綾子は出発の日は五月下旬と決めた。

以前からジムはミュンヘンで五月末に開かれる大きなミリタリー・ショーを見に行く計画を立てていた。彼は武器だとか古い軍の徽章等を集めるのが趣味だった。ヨーロッパの各地を旅行している時、必ず骨董品店や軍関係のショーに行くのを楽しみにしている。ミュンヘンのショーは有名で毎年開催されている。ジムも必ず行っては何か珍しい物を買ってくるのが常であった。休暇もすでに取ってあるから、五月末にはミュンヘンに居ると、綾子は判断した。

ジムはショーが始まる前、展示者たちが開催日の準備をしている時に、必ずショーの会場で展示品を物色する癖があった。遅くても家を出発するのは二十八日だろう。それから約一週間は留守にすると見ていて安全だった。五月三十一日に出発便があった。

綾子は決意をした。緊張の為電話のダイヤルを回す指がこちこちになっていた。

「ハロー、R市行きの飛行機の予約をしたいのですが」

「はい、何日をご希望ですか」

「五月三十一日に出る便に空席はありますか」

「ちょっと待ってください。丁度メモリアル・ディー（戦争記念日）の休暇で混んでいますが、何人ですか」

「大人一人と子供二人です」

「えーと、ちょっと調べますから。あっ、ありました。丁度これで満席になりました。良かったですね。ウェイティング・リストになるかと思いました。お金は五月十日までに払ってください。十一日になるとキャンセルになりますから」

ジムが確実に居ない日に飛行機が出発するのも不思議だった。六週間以上も先の便なのに、綾子の予約で満席になったとは。これは偶然とは言いがたい。駒が動き始めたのだ。それを動かしているのは誰なのか。この出発日、小切手の解決法、等を考えてみると、何か目に見えない力が作用して綾子を導いているという意識が強まった。しかしそれを動かすためのスイッチを押したのは、綾子だった。たとえ躊躇しながらも。

受話器をおろし、綾子はおもわず床にへたりこんでしまった。大理石が膝に冷たく感じられた。これで決行だ。自分でスイッチオンにしたのだ、後には退けない。

人間はその気になると山でも動かせる力が湧いてくる。綾子は自分を励ましながら毎日秘かにアメリカ帰国の準備に励んだ。お金と飛行機は解決した。最後の障害はジムが数週間前に取り上げてしまったパスポートを取り戻すことである。

綾子はボール博士と相談した。カルテはまだ病院にあった。もしカウンセリングの効果が表れて次の任地に移動できるという証明書が出れば、ジムも安心するのではないかと思ったからだ。

「そんな事情なら私のほうはいつでも証明書にサインをしますよ」

ジムが帰ってきて、カウンセラーからの証明書が出た話をした。

「カウンセリングがうまくいって本当に良かった。やっぱり僕が選んだだけある。ボール博士が証明書にサインしてくれたから、早速僕のカルテを病院から持ってきた。お前も明日にでも取りに行ったらどうだ。早く引越しの準備を始めたほうがいい」

翌日、彼の所属部隊がスペインに二週間ほど特別訓練で出張する、という話を聞いた。出張になると必ずといって良いほど部隊の奥さんたちが遠出をする。その時も、皆でフランスに子供連れで遊びに行こうと誰かが提案し、その知らせが送られてきた。何といいチャンスなのだろうか。綾子は幸運を我が手で引っ張ってくるような気がした。好機を逃がしてはならない。送られてきた日の晩、ジムにフランス行きのツァーのチラシを見せた。

「マリリンやアンも子供連れで行くって言っていたから、私もエミとジェームスを連れていきたいんだけど、どうかしら」

ジムの顔色を伺いながら尋ねた。

「他の将校の奥さんたちが行くんだって？」

「ええ、例のブリッジをしている人たちは皆行くみたい」

「じゃ、やっぱり行かなくてはまずいだろうな」

ジムはそのような付き合いを非常に大事にした。綾子が上官の奥さんと一緒にブリッジをしたり、ツアーに出掛けたりするのを奨励した。それが直ぐにも昇進に繋がるかのように。

「でもパスポートが無いとフランスには行かれないわ」

ジムはもうカウンセリングが旨くいって、綾子が逃げ出す恐れがなくなったと思ったのか、翌日パスポートを渡した。


以前はジムが仕事の帰りに基地の郵便私書箱で郵便物を受け取っていた。しかし、アメリカの銀行に小切手を送ってもらう依頼をしてからは、綾子は毎日郵便局に出かけた。

海外の基地にはアメリカ国内と同じ状況で暮らせる施設が整っている。ＰＸと呼ばれるショッピングセンターではアメリカ国内のデパートで買えるものが全て揃っていた。割安な値段の上に無税だった。コミサリーと呼ばれるスーパーでは、その土地の食品に混ざって、アメリカからの食料品がどっさりと安い値段で棚狭しと並んでいる。基地内のガソリンスタンドでは、アメリカ並みの安いガソリンが買える。一歩基地を出てドイツ人経営のガソリンスタンドで買えば、優に三倍はした。

病院では軍属の医者や看護婦が医療を施す。シティー・コーポの銀行も海外基地に出張してドル仕立ての取引をしている。郵便局も同様である。アメリカの切手でアメリカと同じ料金で配達してくれる。アメリカからの郵便物は全て基地の郵便局で家族別の私書箱に配布される。

当てにしていた小切手は十日経っても来ない。綾子は心配で気が気ではなかった。催促の電話もかけられず困っていた。早くお金を送らないと飛行機の切符がキャンセルになってしまう。しかし、余り早く小切手を使い始めて、綾子がドイツを出発する前に、キャンセルチェック（支払い済みの小切手）が送られてきたら、計画が発覚してしまう。タイミングが難しかった。

ジムはスペイン出張を利用して、出張の前後二、三日ずつ余分に休暇を取って、骨董を漁りに行く計画を立てた。次の勤務についたら仕事に慣れるまで当分休暇は取れなくなる。

これは綾子にとって願ってもない好機だった。都合三週間ジムが居なくなるのだ。スペインから帰って数日後にはミュンヘンに出掛け、その一ヵ月後に次の赴任地に移動する予定だった。

ジムがスペインにキャンピングカーで出掛けた日の午後、綾子は郵便局に立ち寄ってみた。綾子が調べた時に空になっていた時もあったが、そんな時はジムが先に来て郵便物を取ったのかと、心配で気もそぞろになってしまった。その日、暗号を使って私書箱の蓋を開け、手探りで中の物を取ろうとした時、厚手の封筒が指に触れた。胸が高鳴った。案の定、待ちに待った小切手があった。ジムがスペインに発つ時間をずらしていたら、これを受け取っていたかもしれない。想像するだけでも恐ろしかった。

シティー・コーポ社の他に基地には軍関係のクレジットユニオン（銀行）があった。この銀行はアメリカ全土の基地にあり、どの基地でも預金が取り出される仕組みになっている。基地のあるところならどこでも利用できる便利な銀行である。

綾子はその便宜を考えて、自分名義の口座を開いた。小切手の送られてきたアメリカの銀行にはかなりの額が貯めてあったから、飛行機代もいれてさしあたり必要な金額とこれから一年間暮らせるぐらいの金額を引き出して、クレジットユニオン（銀行）に預けた。

荷造りを始めた。ドイツの家は収納場所が沢山あるので非常に便利だ。戸棚の奥から最小限度に必要な生活必需品を取り出しては、箱に詰める作業に取りかかった。アメリカに居る友人たちに発送した。これからの生活はどうなるのだろうか。考えたくないから、ただ黙々と仕事に精を出した。離婚訴訟が始まった際に証拠となる書類も必要だったが、重要書類はなぜか完全に影も形もなくなっていた。

ジムが帰ってくる前の日、家の中を見直して、今までと変わった所がないかと調べた。何かが無くなっているとジムが疑惑を感じたら、全ての計画はおしまいだ。

予定通りジムが帰ってきた。汚れた洗濯物が一杯あり、それを洗ったり片づけを手伝ったりした。できる限り彼の機嫌を損なわないように、下手にでて一言一句細心の注意をはらいながら暮らした。綾子はこの状況から早く逃げ出したい一心で、用事を片付けていった、こんな立派な家に住んでいても幸福は得られない。例えどんな貧乏してもいい。自由な身になりたいと心底から願いながら。

幸いジムはスペインで買ってきた戦争関係の骨董品の整理に忙しく、戸棚の奥は空なのに全然気がつかなかった。綾子がそんな大胆な計画を立てているとは夢にも思わなかったのだ。

ジムがスペインから帰ってきてから二日後の朝。洗濯した下着や洋服、そしてミリタリー・ショーで骨董品を購入するのに必要な資料を積んだキャンピングカーに乗って家を出発した。綾子は台所の窓からジムの姿が見えなくなってから確実に三十分経ってから、協力してくれる日本人の友だちに電話をかけた。そして最後の荷造りが始まった。

出発の当日、朝早く起きて綾子は片付いてしまった家の中を見回した。残りはスーツケースにしまうばかりである。

綾子は寝ているエミの肩に手をかけた。

「エミ、今日アメリカに帰るのよ。これから洋服をスーツケースに詰めるから」

エミはすぐに飛び起きて、

「ジェームス、ジェームス、アメリカに帰るのよ。荷物を作るから早く起きて手伝いなさい」

と隣の部屋で寝ていたジェームスを起こしにいった。

綾子はこの子たちに本当のことを打ち明けようかとふと躊躇した。でもそんな説明をしている暇はなかったし、こんな小さい子たちに何がわかるのか。出発には二時間足らず、F市には午後一時までに着いていなくてはならなかった。

一時間後には日本人の友人が集まってきてくれた。

「これで全部詰めたわね。必要なものがあったら後で送るから」

「でも無ければ無いで生活には困らないでしょうし」

「そうね、これからはシンプルライフを目指して生きるのね」

「こんなに慌てて逃げ出すなんて考えても見なかったけど、すべて巧くいったのは皆のお陰よ。本当にありがとう」

「綾子さん、逃げ出すなんて言わないでよ。新生活を始める第一歩の日よ」

「そうよ、これから新しい生活を始めるのよ。頑張って頂戴」

「落ち着いたら絶対にアメリカから手紙を頂戴ね。近況を教えてね」

「うん、必ず知らせます」

「でもこうやって皆で一堂に会うのなんて、今度はいつになるかしら」

一瞬、皆が顔を見合わせた。

「さようなら、頑張ってね。第二の人生の出発点よ」

沈黙を打ち消すように、和子が激励の言葉を発した。

「さようなら、また会いましょう。絶対ね。皆さんの御恩は一生忘れません」

綾子は皆に別れを告げた。五月のそよ風に漂ってきた白い林檎の花の薫りが今日ほど清らかに感じたことはなかった。

第三章　空の家

ジムはミュンヘンのミリタリー・ショーで掘り出し物を得て帰ってきた。あとでアメリカの軍骨董のメールオーダー社を通じてアメリカ人に売って儲けるつもりの拳銃もあった。ヨーロッパで安く仕入れてアメリカで売る。いいお金が入ってくるはずであった。

もう一つの目的は、綾子と二人名義で持っている銀行預金を使って骨董品に変えてしまうことだった。現金が無ければ綾子は動けないし、離婚を考えていても骨董品を売って個人名義で貯金すれば、彼女は気がつかないし取り分も少なくなる。

「あの家はいつ見ても綺麗だな。アヤコが気に入る家をと思って一生懸命探した甲斐があった」

坂を上ってキャンピング・カーを車庫の前に止めた。綾子用のベンツと通勤用のＢＭＷが車庫入りされているのを確かめて、玄関に向かった。久しぶりに熱いシャワーを浴びるのは気持ちが良いだろう。一週間近くキャンピング・カーで寝起きしたから、風呂には入っていない。

今回は思わない収穫があり、ジムは予定を一日延ばして帰宅したのだ。大使館づきになったら休暇は取り難い。そこでは綾子が以前から憧れていた華やかな生活が待っていた。彼女は結婚前にロングスカートが着れる優雅な暮らしをしたいと言っていた。結婚後十年してやっと望みが叶えられたのだ。

「それなのになんであいつは精神科の医者になんか行ったんだろう。どうしてこの結婚が理想的で、彼女にとっては最高のものだとわからないんだろうか。本当に馬鹿なやつだ。他人の生活を見ろと言いたくなる。夫は中佐、可愛くて利発な二人の子供、ベンツの車に乗れて、家はこの辺では一番大きくて見栄えも良い。こんな幸福な生活が日本に居てできると思ったら大間違いだ」

ドアを開けた。

「アイ……」

アイ・アム・ホーム（ただいま）と帰宅を知らせようとして開けた口が塞がらなかった。家の中が空なのだ。

「アヤコ、アヤコ」

ジムは大声で綾子の名を呼びながら居間に入った。居間にあるのはソファーセットと本棚セット、テレビなどで、本棚のグラスケースに入っていたクリスタルの置物は見当たらない。戸棚を開けた。そこも数種類の食器を除いてきれいさっぱり無くなっている。

慌てて自分の書斎に入った。本はミリタリー・コレクションに出掛けた前の状態で手付かずだった。机の中もそのままで、金庫の鍵は自分が持っている。階段を三段おきに上がって二階に行ってみた。一年前イギリスで購入した樫の家具セットはちゃんと置いてあった。しかし綾子も子供も影形なかった。

「畜生め、アヤコが逃げた！（ファッキング・ビッチ）」

ジムは綾子が最近従順なので、ちょっと油断して信頼していたのに。

「どうしよう。アヤコはどんな動きをしたのだろうか。いつからこんな計画を立てていたんだろうか。お金は？」

書斎に戻って金庫を開けて、銀行のステートメントを出した。一ヵ月前の預金出入を見ると不審な点は見つからない。小切手は自分が持っている。彼女は使えないはずだ。近所のドイツ銀行の通帳も出した。直ぐに必要な時の為に小額だがドイツ銀行にもマルクが預金されていた。綾子がお金を入手するにはその二つしかないはずである。

ステートメントに書かれてある電話番号をメモして、ジムはミュンヘンから帰ってきたままの服で外に飛び出した。妻子の行方よりもお金の行方を調べるほうが先決だ。損害を最小限度にしようと必死の思いだった。

基地内の事務所に入っていった。軍の中では軍用ラジオシステムがある。その機関を通じてアメリカ国内どころか世界中に電話がかけられる。軍関係に使われ機密が守られるシステムだ。軍に直接関係なくても海外から基地の外に居る人にも話ができる。

本来は軍用に作られたシステムであるが、次第に海外駐在の軍人たちが家族と話をする為に利用されるようになった。

ジムは銀行に電話を入れた。

「アラン中佐だが、僕の持っている口座の残高を調べたい」

「はい、顧客係りに回します」

「顧客係りですが、今日はどんなご用件ですか」

「僕の取引状態を知らせてくれないか」

「口座番号は何ですか。ちょっとお待ちください。えーと、五月十二日に小切手番号三百一番で五千ドルが引き出されています。次の三百二番は一万ドルで十五日に出されています。同日に二百三十三番で五千ドル引き出されています。それから」

「もういい。それはもう現金化されたんだな」

「はい、小切手が支払われてから二週間近く経っています」

「小切手のあて先はどこだかわかるか」

「それは今すぐにはわかりません。支払い済み小切手の銀行控えを注文するので、二週間ぐらいかかります」

「そんなら、今月のステートメントを待っていたほうが早いな」

「はい、今月は五月三十日に発送されているので、もうそちらに届くはずです」

「それにしても、小切手の番号が僕の持っている小切手の番号と違うが」

「新規に小切手を発行してそちらに送ったのが五月三日となっています」

用心に用心を重ねて綾子が小切手を使えない工夫をしたのに、その裏をかかれてしまった。まだ投資銀行に回ってこない小切手の金額を含めたらどれくらい綾子が現金を引き出したのか予想がつかなかった。

　基地のシティー・コーポ銀行に飛び込んだ。

「支店長に会わせてくれ」

ジムは一刻も無駄にしたくなかった。

「家内のアヤコがここで個人名義の通帳を作ったかどうか知りたい」

「それは個人のプライバシーに関わることなので、一切お教えできません」

「何を言っているんだ。アヤコは僕のお金を使って預金を引き出したのだぞ」

「そんなことをおっしゃっても、私たちは全然知りませんし」

「もしもそれを教えてくれなければ、シティー・コーポ社の社長に手紙を書いて、お前たちが僕の金を確かめもしないで、家内に渡したと訴えるから。お前たちの落ち度なんだぞ」

ジムは相手を言い負かすのが非常に上手であった。いつ脅しをかけて自分の言い分を通させるか、いつ泣き言に訴えて同情心を買うか、その使い方に非常に長けていた。

この場合は、権威をかさに相手を脅すのは良いと見て取った。ジムは相手側が折れてしまうまで執拗に引き下がらなかった。とうとう支店長も彼の剣幕に負けて、綾子が口座を作成しなかったことを教えた。

次に軍の銀行に勢い勇んで突入した。銀行員に支店長直々に会わせろ、と命令調で要求した。

この銀行では実際に数週間前に綾子が口座を作り、そこに多額の預金を入れていたので、綾子がジムのお金を盗んで口座を作成した、という脅しで震え上がってしまった。

組合銀行の支店長が対応した。

「この小切手口座を開いたのは五月十日です。現金で開けています。この支店では何枚小切手を書いたか全然わかりません」

「それじゃ、どうやって残金を調べるんだ」

「直接P州にある本社に問い合わせないと駄目です」

「何でそんな流暢なことをやっているんだ」

「ここはヨーロッパ支店ですから、色々な設備が整っていません」

「全く困ったものだ。じゃ、本社の電話番号を知らせてくれ」

本社に電話を入れた。

「僕はアラン中佐だが、最近妻のアヤコが僕個人のお金を勝手に引き出して、この基地の銀行に口座を作ったそうだ。しかし、口座を作成する為に使った小切手の銀行の資金をすでに凍結した。もしアヤコがお前の銀行の口座からお金を引き出そうとしたら、お前の銀行が損害を被るから注意しろ。その口座には、一セントも入っていないと同じだから」

ジムの高飛車な態度に慌てふためいた行員は、銀行の綾子の口座を凍結することを約束した。

電話を終えた時はもう夜遅くなっていた。ドイツの地方銀行に預けてある金額だけでは子供二人を抱えた綾子は、一ヵ月も持たない。ジムは綾子が帰ってくるのは時間の問題だと判断した。頭を下げて帰ってきた綾子をどうやって懲らしめるか、と頭を巡らしはじめた。

翌日家の中を調べ、綾子がどんな品物を持っていったかをリストアップし始めた。記憶を辿って、何があったかノートに記入している最中ドアベルが鳴った。ドアを開けると一面識もないアメリカ人の女性が、書類を手にして立っていた。

「アラン中佐ですね」

「そうだが、何の用だ」

「この書類を渡します」

「お前の名前は何と言うんだ」

「書類に書いてあります。それを読んでください」

「どうしても名乗らないのか。それじゃ俺は受け取れないから」

ジムは反射的にドアを閉めた。が、既に自分の名前を確認した後だった。書類が離婚訴訟の召喚状であるのは明白だ。

ドアのガラス越しにその女性が書類をドアの前に置いて、車に戻るのが見えた。慌ててドアを開けて走り去る車のライセンスナンバーを調べた。アメリカ軍属のナンバーだ。

今まで苦労して築きあげてきた自分の城が崩壊してしまうかもしれない。目の前が暗くなった。どうしたらそれを阻止できるのか。何不自由ない生活をさせてやっているのに、何故綾子は離婚したいのか。ジムには考えも及ばなかった。

基地の法律部に電話してアポイントを取った。アポイントの空きは無かったが、緊急の事態だ、と言って午後に時間を取ってもらった。

居間で無くなった物のリストができ上がった所で基地に出掛けた。こんなに沢山の品物をどうやって、誰に宛てて発送したのか。それを調べてから弁護士に会うつもりで、郵便局に向かった。

「アラン中佐だが、ここの責任者と話したい」

「上級曹長を呼んできます」

袖に七本線の入った曹長が出てきて敬礼した。私服を着ていても相手は将校だ。

「家内がこの数週間かなりの小包を発送したはずだが、何個何処に出したか教えてもらいたい」

「ただの小包でしたら何処に出したか控えがないからわかりませんけど」

「保険をかけたんだったらそっちにも控えがあるはずじゃないか」

「こちらではただ番号を記録するだけで名前はありませんけど」

「じゃ、数週間勤務についていた兵士に聞いてみたら、大体の数と行き先がわかるじゃないか」

「覚えていたらの話ですが。それに非常に時間がかかります。休みを取っている兵士もいるし、手薄なのにそんなことはしていられません」

「何だって、そんな簡単なことができないのか！　お前は怠慢だ。基地の司令長に話してみるから」

「ちょっと待ってください。時間がかかるから急にはできませんが、できるだけのことはやってみますから、明後日にでも来てください」

その足で基地の法律部に行った。軍属の弁護士と離婚召喚状を一緒に見て対策を練る予定だった。

次に、

〈綾子は僕が休暇で出掛けていた間、突然エミとジェームスを連れて、アメリカに戻り離婚手続きをしました。多分C州の友だちの所に行ったのだと思いますが、現住所はわかりません。綾子の雇った弁護士の住所は……〉

という出だしで綾子の家族に、彼女に思いとどまらせるようにと、依頼の手紙を書いた。

〈……綾子は僕の言うことをちっとも聞いてくれません。綾子は頑固で、どうしても僕の思うとおりに動いてくれないので強い言動にでることもありました。でも私は綾子を心底から愛しています。今まで幸福で完璧な結婚生活をしていたのに、綾子が破壊しようとしています。あなたたちが僕の最後の望みです。どうか彼女を説得してください。離婚は家の恥になります。云々〉

ジムは綾子の家族に手紙を書いたら少しほっとした。日本人は離婚を嫌っている。家族からの反対で綾子も離婚を断念する可能性があった。

日本に手紙を書いた後、時間を見計らって、両親に電話を入れた。

「ダディー、実はアヤコが大変なことをやらかした。二人の子を連れてアメリカに帰ったみたいだけど、そっちに顔を出していないかしら」

「そんなのは全然知らなかった。エミとジェームスと一緒にか？」

「うん、五月の末にそっちに行ったらしいけど」

「三年前にアヤコが離婚したいと僕のところに相談に来た時に、さっさといい方法を見つけて離婚してしまえばよかったんじゃないか？」

「そんなことはないよ。僕は今でもアヤコを愛しているんだから」

「アヤコが嫌なら無理やり縛り付けておいても、お互いに不幸じゃないか」

「そんなことはない。アヤコは真実がわかっていないんだから。お金をアヤコから全部取り上げてしまえば、そのうちに困って必ず僕のところに戻ってくるよ」

「ジム、アヤコだって馬鹿じゃないんだよ。いつまでもお前の言うことを聞いていると思っているのは間違いだよ。お前のお母さんを見てご覧。コミュニティー・サービスやら、ボランティア活動やらで、家のことなんてほっぽらかして大活躍しているじゃないか。女だって少しは社会的な仕事をする必要があるんだ」

「アヤコにはボランティア活動を大いに勧めたよ。僕の食事と洗濯と家の掃除と育児をきちんと怠らなくやっていれば、彼女が何をしても僕は文句を言わなかったはずだ。でもあいつはアメリカ社会に出るのを怖がっていたんだ。だからじっと家に居て僕の面倒を見ていればいいんだよ」

「そんな考えだったら、アヤコを取り戻すことはできない」

「そりゃダディーが日本人と結婚していないからわからないんだ」

「日本人だってアメリカ人だって、根本的には同じ人間じゃないか」

「だってアヤコはアメリカに親類がないから、頼れるものは僕だけのはずだし」

「だからといって、アヤコが必ずしもお前に頼るとは限らないじゃないか」

「アヤコは僕が稼いだお金で生きているんだ。いつもそれを言い聞かせている。だから僕に全面的に服従するのは当然だろう」

「そんなことはないよ。もしかしたらお前を利用しているかもしれない」

「それよりもアヤコの友だちの電話番号を調べてくれないか」

「どうするんだ」

「電話してアヤコが厄介になっているかどうか調べて、アヤコに花束でも贈ろうかと考えているんだ」

「それならいいだろう。三年前から仲良しだった友だちの電話番号は僕たちも控えてある。それを教えるよ」

教えてもらった電話番号を次から次へとかけた。

「アヤコがドイツから逃げるのに援助しただろう」

「さあ、でも友だちを助けて何が悪いの」

「そうか、やっぱり助けたんだな。そんな口を叩いて、これ以上アヤコに手助けしたら今に後悔するような事態が起こるから覚えておけ」

思ってみなかったような脅し文句を聞いてさすがのカレンもびっくりしてしまった。次に弁護士を紹介したスーザンにも電話した。

「アヤコは百万ドル程の財産を盗んで、ドイツから逃げ出したんだ」

「そんなにあなたたちはお金持ちだったの。軍人なのに」

「軍の退職金や持っていった骨董品、宝石も含めればそれぐらいにはなるさ」

「ちょっと計算間違いをしているんじゃないの。軍の退職金ていうけど、それは貴方がもらう分でしょう」

「そんなのは関係ないさ。お前が加担したのに決まっている。僕の財産を奪った手助けをしたから訴えてやる」

「どうぞ勝手にして頂戴。それはそうと訴えるとかいうのは脅しになるんじゃない？　近所の人が電話局に勤めているから脅迫電話があったと報告して、手続きをとってもらうから」

第四章　離婚訴訟

先手必勝で法律手続きも済ませ、肩の荷が下りたところで、綾子はアパート探しを始めた。戻ってから十日後に見つかったアパートは、二寝室でキッチンとリビング・ルームが付いていてかなり広々としていた。新築なので明るく、白い壁にベージュの絨毯、クリーム色のカーテンと、何もかもがぴかぴかと光っている。場所も友だちの家に近いし、ハイウェーにもすぐ出られ、交通の便も良かった。

ドイツを出てくる時に沢山荷造りをしたが、どう考えても数が足りなかった。最後のほうに送った箱は、あまり急いで作ったからだろうか。そんなある日、綾子たちの持ち家の管理を頼んでいた不動産屋から電話があった。

「実は今日借家人から電話があって、貴女宛に借家に小包が送られてきたそうです。どうしますか。こちらへ届けてもらいますか」

ドイツから借家宛には小包は送っていなかった。なんだろうかと不審に思った。その小包が不動産屋に届いたので早速取りにいった。厚手の大きな本みたいな小包。

アルバムだった。子供たちの小さい時の写真がぎっしり詰まった懐かしい思い出のアルバム。綾子はこんなに大事なものをどうして手荷物の中に入れなかったのか、自分をなじった。多分大きな箱に入れられたアルバムは、放り投げたりされた結果、中継地で箱が壊れてしまったのだろう。中身が捨てられるところを親切な郵便局の人がアルバムに目をとめて、アルバムをめくったのだろうか。丁度綾子たちの持ち家の住所が写された写真があったので、その住所宛にアルバムだけでも梱包しなおして送ってくれたのだろう。

綾子は自分にとって何が一番大切なのか、何を重点に生きていくべきかを神から啓示されたような気がした。そのアルバムと一緒に包まれていたものは何か、全然思い出せなかった。無くても暮らせるものだったのだろう。でも子供たちの幼い頃の記録集は必要だった。歴史は心の糧になるのだ。親切な郵便局の人が目をとめなかったら、ページを捲ってくれなかったら。

「郵便局員さん、どうも有難う」

と、小さくつぶやいた。

「シンプルライフで暮らすわ」

アルバムのページを捲りながら、ドイツを出てきた時に日本人の友だちとそんなことを話していたのを思い出した。物が無くても、他のもので間に合わせることができる。でも思い出がなくなったら、心の潤いが涸れてしまう。

シンプルライフ、と口ずさんだ綾子の目に涙が止めどもなく流れ落ちた。物欲に拘らずにシンプルライフに生きると決心したはずの綾子だったが、今までヨーロッパ各地で買い集めた品のほとんどを失ってしまったのだ。もう二度と見ることはないのだ。それらの物は、綾子が自由を買い取るための代償になったのかもしれなかった。自分はそれで自由を買ったのだ、と言い聞かせた。

アルバムの件と前後して、弁護士事務所からも電話がかかってきた。

「日本から電報が来ています。日本の家族に連絡するようにとの内容です」

綾子は忙しさにかまけて日本の家族に知らせ損なっていたのだった。一番最初にやらなくてはならないことなのに。でも反対されると予想される場合には、どうしてもそれを避けるか後回しにしてしまうのは、人間の常だ。悪いと思いながら、親に簡単に説明ができなかった綾子は、ついつい忙しさにかまけて頭の隅に追いやってしまった。


綾子の母、隆子はジムから手紙が来たとき、英語だから何が書かれてあるか検討もつかなかった。姪の洋子に手紙の翻訳をしてもらった。綾子がジムといざこざがあるのは聞かされていたし、以前離婚しようと決心した綾子に反対して離婚を留まらせていたから、うすうす承知していた。だが、まさか急にアメリカに戻ってしまうとは想像しなかった。

「お父さん、綾子が逃げ出したって。大変よ」

「何だって？　そんな大切なことをこっちにも知らせず」

「そうなのよ、あの娘はいつだって独断で、人に相談せずにやるから」

「行方を調べて早く連絡しないと駄目だな」

「どうしよう」

「その弁護士に電報を打ってみたらどうかな」

それ以来、隆子の血圧は急上昇し、耳鳴りがひどくなってきた。娘はいくつになっても娘である。

医者から血圧を下げる薬をもらって安定させたが、電話が鳴るたびに飛び上がっていた。

「もしもし、お母さん」

「あ、綾ちゃん、お父さん、お父さん、綾ちゃんから電話、電話がかかってきた。良かった。本当に良かった。どうなったのか全然わからないから心配で、血圧は上がるわ、頭がくらくらして立っていられなかったりして、大変だったのよ。どうしてこんなに心配かけさせたの」

「本当にご免なさい。反対されるかと思って、黙ってドイツを出てきちゃったの。落ち着いて様子がわかったら日本に電話を入れようと思ったのだけど、弁護士と相談したり、荷物を整理したりして、すごく忙しくなっちゃったからつい。本当にご免なさい」

「まあ、生きているのがわかっただけでも良かった。もう死んでしまったのかと思ったのよ。一度日本に戻っていらっしゃい」

本当に何故もっと早い時点で親に知らせなかったのか。綾子は後悔の念に襲われた。

「うん、七月初めに裁判所に行かなくてはならないけど、それが終わったら直ぐ日本に帰ります」

「そうしなさい、それが一番良い。エミちゃんとジェームス君は元気?」

「うん、アメリカに戻った理由がわかっているのかどうか知らないけど、昔の友だちと一緒に毎日遊んでいるわ」

隆子も耳鳴りを忘れたかのように、娘と楽しそうに話した。心のもやもやが晴れたかのように。

審議日がやってきた。綾子は予定時間よりも少し早く裁判所に出掛けていった。初めての経験で、どのようなことが起こるか皆目検討がつかなかった。ジョーンズ事務所のカーター弁護士が綾子の担当だ。カーター弁護士は有能で恰幅の良い押し出しのきく人だった。

勿論ジムが来るとは思っていなかった。彼の両親が裁判室前の廊下で一人の紳士と話し合っているのに行き会った。帰ってきてから彼らに会ったのはこれが初めてだった。綾子の姿を見ると、まるで魔女に会ったかのような顔をしてすぐにその場を立ち去った。

その日に審議を申請しているケースが載った紙がドアに貼り出されていた。約十ケースくらいあった。カーター弁護士が書類で一杯になったブリーフケースを重そうにやってきた。

「お早うございます。さあアラン夫人、裁判室に入りましょう」

裁判室の中は、映画やテレビで見ていたのと同じで、傍聴席が手前にあり腰の高さくらいの低い仕切りがある。その直ぐ先に裁判官に向かって大きな机が二つ並んでいる。被告（被申立人）と原告（申立人）とその弁護士たちが座る机だ。それに向かって真向かい中央に裁判官の席が数段高い所に位置している。席は立派な木の彫刻が施された枠の中にある。正に全体を見渡せる最高権力の象徴みたいな席である。裁判官の右横の一段下がった位置に証人台があり、左には書記と廷吏が一段ずつ下がったところに座っている。そして向かって右側に陪審員席があった。

カーター弁護士は、傍聴席を区切る仕切りの戸をおして、書記に近づいた。法廷に到着したという報告を書記にする為だ。他のケースの弁護士たちも次から次へと、書記に名前を言って報告を済ませた。

傍聴席に座った綾子のところに戻ってきたカーター弁護士に、彼の両親と一緒に居る紳士が誰なのか聞いてみた。

「あれはトーケイと言って、この辺ではかなり名の通った弁護士ですよ。ジムが彼に依頼したのかもしれません」

「それで彼からは何とか言ってきましたか」

「いや、告訴状に対しての返答がまだアラン中佐からもトーケイ弁護士からも来ていませんね」

「返答が無かったらどうなるのですか」

「まあ、裁判官の考え一つですけど、次の審議日程を決めてもらって、離婚手続きを進めるのが一つと、その間貴女に出すべき養育費と慰謝料の決定を申請します。この二点を中心に話していきます。仕事はしていないでしょう」

「ええ、ドイツから帰ったばかりですし、仕事の経験がありませんから」

「わかりました。あっ、開廷です。静かにして」


「オール　ライズ（全員起立）」

廷吏が声高く裁判官の入室を告げた。傍聴席が一斉に静かになり、傍聴人が立って裁判官の登場を待った。黒いローブを着た裁判官が左手から入ってきて、傍聴席をすっと見渡し、おもむろに席についた。それを見届けてから、皆腰をおろした。

その日に審議が予定されているケースの名前を裁判官が順番に読み上げていく。読み上げられる度にケース担当の弁護士たちが立ち上がって、裁判官の前にある机に進み出て、自分たちのケースの進行状態とか、どのくらい審議に時間を費やすかを裁判官に申し立てる。

審議日の前に両者の合意が取れていたり、解決策があったりすれば、ケースの名前を呼ばれた時に、その場で裁判官が判定を下す。その日までに両者の歩み寄りができなかったり、都合が悪くて審議できなかったりする場合は、延期を申し込んで次の審議日を決めてもらう。

小一時間たって、やっと綾子たちのケース名を裁判官が読み上げた。

「アラン対アラン。初審ですが、どのような状況ですか」

カーター弁護士が腰をかがめて低い仕切りの戸を開けて、裁判官の前に進み出ながら答えた。

「ユアオーナー（裁判官殿）、申立人代理のカーターです。被申立人はこの裁判所に見当たりませんが、交付はちゃんと期日以内にしました」

カーター弁護士が振り向いて、綾子にも前に来るよう促した。その時、

「裁判官殿、被申立人に頼まれてこのセーラー・アンド・ソルジャー・アクト（『水夫及び兵士法』）を手渡しに来ました」

トーケイ弁護士が前に進み出て、持っていた書類を裁判官に渡した。

「トーケイ氏、あなたが被申立人の弁護士として出廷しているのですか」

裁判官が尋ねた。

「いいえ、私は彼の代理人ではありません。単にこの書類を手渡すだけの役目でこの裁判所に出廷しています」

「それでは、彼の為に抗弁できないことになりますね」

「はい、私は書類を提出するだけになっています」

「じゃ、ベルボーイでも用事が足りたでしょうに」

トーケイ弁護士の提出した『水夫及び兵士法』は、第一次大戦時代に作られた法律である。戦争に駆り出された兵士たちが外国で戦っている間、アメリカ国内で借金の返済とか離婚等数々の訴訟が起こった場合に、兵士を保護する意図で作られた。約八十年前は電話で話ができるような時代でもなかったし、飛行機で自由に動ける時代ではなかった。兵士たちは訴訟が国内で起こっているとは知らずに、戦いが終わって帰ってみたら、家は取られている。借金は滞納されている。奥さんは知らない人と結婚している。兵士たちはお国の為に戦ったのに、帰国したら予想外のでき事に直面して大騒ぎになった。従軍兵士の裁判は、たとえ判決が下りたとしても、その決定は無効であるという法律が定められた。


しかし今ではファックスがあり、飛行機が自在に飛び交っている。しかも当人が出頭できなければ弁護士を立てることもできる。これは電話一本で片付く。弁護士に頼んで戦争から帰ってくるまで審議を延ばしたり、当人の意を汲み取った弁護士に采配を任せることもできる。裁判所でもそれくらいの便宜は図ってくれる。

ジムはそのような法律を引き出して、その日の審議判決を無効にする意図だった。ジムに雇われて書類提出した弁護士は、その場でジムの為に弁護すれば自ずから『水夫及び兵士法』の趣旨に反した行為に出るので、一切口は差し挟めない。

裁判官は続けて、カーター弁護士に向かってこう聞いた。

「このように、『水夫及び兵士法』が提出されています。中立人の審議内容は養育費と慰謝料の設定も含まれています。中立人は仕事をしているのですか」

「いいえ、今までに働いた経験もないし、収入の道はありません」

トーケイ弁護士が口を差し入れたそうにしているのを尻目に、カーター弁護士が綾子の事情を説明し始め、ジムの収入を序列した。

裁判官は表に照らしあわせて、養育費と慰謝料を設定し、その日の判決とした。裁判官が決定する際、両者の収入、子供の数、年齢等によって養育費などが計算できる表ができていて、数字を見るだけで決めてしまう。

綾子は思っていたよりも多額な養育費と慰謝料だったので、カーター弁護士を見上げた。彼は黙っているように目配せをした。

「裁判官殿、もう一つ法廷に決めてもらいたいことがあります」

「何ですか」

「中立人は日本人です。過去三年間日本に帰っていません。日本の親に今回の離婚の説明をする為に帰りたいと言っております。日本の親も孫に数年会っていません。夏休み中に日本に帰る許可を、法廷から頂きたいと思います」

「その切符は誰が払うのですか」

「中立人の両親が負担すると言っています」
「往復切符があれば別段問題はありません。一ヵ月以内に必ずアメリカに戻ることが確実だったら許可します」
「裁判官殿、有難うございます」

ジムが『水夫及び兵士法』を持ち出して審議の進行を妨げるであろう、ということは、予めカーター弁護士も予測していた。綾子にもその点は忠告してあった。彼女はそれを口実に養育費などが支払われないのではないかと懸念していたが、カーター弁護士がうまくことを運んでくれた。トーケイ弁護士が、口出しできないのをうまく利用して多額の養育費がおりたので、綾子はほっとした。が、判決が下りたということと実際にそれが支払われるかということとは別個の問題だった。

アメリカでは離婚後、養育費を払わない無責任な父親が多い。父親からの仕送りが無い母子家庭に州が援助金を出すので、社会問題になっている。父親が規定された養育費を払えない事情があれば別だが、きちんとした収入があるのに意図的に払わない父親が多い。母親が法廷に訴えてもそれに対して弁護士代がかかるし、面倒な手続きを踏んで時間がかかる。うまい具合に安い弁護士代とか公共の法律事務所の助けをかりて、審議にこぎつけて裁判官が父親の非を認めて監獄に入れると判決したとする。そうなると、稼ぎ手の父親は監獄に入って仕事ができずに、収入が無くなるという悪循環になってしまう。

「養育費と慰謝料が決まったけど、ジムが自主的に払ってくれるのかしら」

と綾子は心配を隠さずにカーター弁護士に相談した。

「両親も来ていたし、トーケイ弁護士も居たんだから、直ぐに話は伝わるのは確実でしょうね。もしも彼が払わなくて滞納したら直ぐに知らせてください。裁判所で強制執行令状を出してもらって、給料天引きの処置をしますから」

色々な方法があるのだと綾子は感心した。ドイツを出る時、かなりまとまった金額を個人名義で持ち出したから差しあたって生活に支障は無かった。法廷を出て、車に向かって歩きながら、このお金が果たして自分のものになるか否かの寸前だった日を思い浮かべた。一ヵ月くらい前の暑い日だった。

アメリカに戻って一週間くらい経った後、綾子は法律の手続きも終わったので、金銭的な問題を解決しようと、基地内の銀行に行った。ドイツの銀行の口座をこちらの銀行に移行する申請をした。

「貴女の口座がある銀行の本社はP州ですから、手続きに二、三日かかります」

綾子は持っていた現金を使って口座を開き、P州からのお金がおりたらそこに自動的に入るようしておいた。気に入ったアパートを見つけるのに一週間くらいはかかる。その前に敷金の準備をしないといけない。

五日後どうなったかと銀行に立ち寄った。綾子は勿論問題なくことが済んでいると思っていたから、確認程度の軽い気持ちだった。

「アヤコ・アランですが、P州から私の口座にお金の移行が終わりましたか。この間の話ですともうそろそろできたと思うんですが」

「ちょっとお待ちください。調べます」

行員が書類を調べるために奥に入っていった。

「Ｐ州のほうで貴女の口座が凍結されていて、こちらのほうには送金されないという返事が来ています」

「ええっ、凍結というのはどんな意味でしょうか」

「はっきりとはわからないのですよ。ドイツで貴女の口座を開けた時に支障があったらしいんですよ。これがＰ州の銀行の電話番号ですから、貴女から直接問い合わせたほうが良くわかると思います」

「あ、どうも有難うございました」

綾子は唖然として外に出た。六月に入ったばかりでも、砂漠の気候だと日中は非常に暑くなる。朝晩はひんやりするような温度でも、午後一時、二時になると四十度くらいに上昇する。太陽がひりひりと照る暑さだ。しかし乾燥しているから、過ごし易いことは過ごし易い。

綾子は、エミとジェームスの手を引いて、近くの公衆電話に急いだ。今から約三十年近く前の話。勿論携帯なんか無かった時代である。Ｐ州は三時間の差がある。家に帰っていれば東部の銀行は閉まってしまう。急がねば。

銀行で換えてもらった小銭を全部入れて公衆電話に入れてダイヤルした。リーン、リーンと鳴っている。もう銀行は閉まってしまったのかと気が気ではなかった。

「こちらはＨ銀行です」

と受付の人の声が聞こえた時にはほっと胸をなでおろした。

「マネーマーケット小切手口座の主任をお願いします」

「お待ちください」

係りの人がでるまで、そこで足踏みをしたいくらいイラついた。

エミが「ママ暑いから家に帰りたい」と駄々をこねるのを、「大事な話だからちょっと我慢して。二人ともこっちの日陰に入りなさい」と宥めすかした。やっと主任が電話口に出た。

「アランです。私の口座が凍結されていると聞いて電話しています」

「ああ、その件ですか。実はM基地の支店で口座を開いた時に使った小切手が凍結されている、という連絡をご主人から受けました。その小切手が不渡りになってしまうと困るので凍結しました。今ご主人からの指示を待っているところです」

「何故小切手を使って口座を開いたと言っているのですか。M基地では現金を使って口座を開けたんですよ。もっとよく調べてください。現金で開けたかどうか調べられないのですか。お願いします」

「ちょっと、コードをチェックしましょう」

「不思議ですね。コンピューターで調べると現金というコードになっています。これはどうも私どもの間違いですね。申し訳ない」

「多分私の主人がコードを調べる時間を与えなかったのかもしれません」

と綾子は主任に事情を説明した。

「それは大変でしたね。こちらでご主人の言うことを鵜呑みにして、ちゃんと調べなかったのも悪かったです。あなたの言っていることとコンピューターのコードが同じですから、それが正しいと認めましょう。それでは、この預金金額全部を、そちらの信用銀行に移行しますから安心してください」

暑い太陽に照らされているのも気がつかず、綾子は必死になって受話器にしがみついていた。その『安心してください』という最後の言葉を聞いて、はっと我に返った。受話器を置いた綾子は、暑さと緊張でTシャツがぐっしょりになっているのに気がついた。

第五章　里帰り

綾子は肩身の狭い思いをしながら成田に降り立った。

肩身の狭いのはその時に始まったわけではなかった。親戚中でアメリカ人と結婚したのは前代未聞の話で、しかも相手が軍人だったから綾子は厄介者的な存在だった。母親が親戚の人たちに言い訳をしていたとは露知らず、綾子は好き勝手な人生を送っていたのだ。

彼女は小さい時から、海外に憧れていた。それが高卒後のアメリカ留学につながり、日本に帰ってきてから知り合ったアメリカ軍人と結婚したいと言い出した。父親は非常に怒って、

「まるでパンパンみたいじゃないか」

戦後まもなく軍人相手の売春婦を卑下した呼び名で自分の娘を対比して、一時は口も利かなかった。綾子は家族の中どころか親戚の中で鼻つまみ者になってしまった。しかし、頑固な綾子は反対を押し切って結婚してしまった。それが今、親戚中でまたもや初の離婚という大胆な業を成し遂げて帰ってきたのである。

綾子の母、隆子はどんな態度で娘を迎えようかしばし戸惑った。ドイツから急にアメリカに帰ったという知らせがジムより届いてから、綾子の声を聞くまでの心配は言葉に表せないくらい辛いもの

だった。しかも隆子は親戚への面子がある。どうやって娘の不始末を取り繕って説明したらいいのやら、それでも頭が痛い思いがした。

綾子の両親と姉の智子は、最初の二、三日は綾子の説明に耳を傾けた。

「ドイツから出てくるのに忙しかったでしょうけど、離婚するんだったらすると一言でも言ってくれなきゃ困るじゃない。こんなに心配かけて」

と愚痴をこぼした。

「だって、基地の家族センターの所長になった偉い先生も離婚を認めてくれたのよ。その先生が『時間の無駄だから、本来ならあなたたちのカウンセリングなんかしない』というくらい、私たちの関係は望みが無くなっていたみたい」

「結婚する時に、あんなに反対したのに。今日のことは予想できなくも無かったわ」

「でもジムは頼り甲斐があって、アメリカに行くまではとても親切だったのよ。日本では私が居ないと言葉が通じないから、かなり私を優遇してくれていたんだけど、アメリカに行ったらすっかり私に辛く当たり始めたの」

「頼り甲斐があったのなら頼りっぱなしになっていれば良かったのに」

「でも大変なのよ。ジムの気に入るには凄い努力がいたの。完全主義者だから何をやっても私のやることは気に入らないし。最初は私に無い性格だからそれに憧れて、ジムと一緒にいたら素晴らしい完全主義者になれる、と喜んだけど直ぐに息が詰まってきちゃった。彼は自分の思い通りにならないとすごく怒るの」

「アメリカに戻れば自分の領地だから、日本に居る時と態度が変わったのかもね」

「綾子、ジムさんはベトナム戦争に行ったりしたから、東洋人を卑下する気持ちがあったんじゃないか」

　父も口を挟んできた。

「どうかわからないけど『将軍』がテレビ化された時すごく感激していたわよ。ぶん殴られても三つ指ついて主人に仕え、武道の心得のある主人公のまりことという人物を随分褒め称えていた。そして私たちの結婚もそれに似通っている、だなんて。まあ、暴力をふるうところだけは似通っているけど」

「亭主関白なのね」

「日本人以上に亭主関白だったかもね。体格がいいからもっと質が悪い」

「でも、綾ちゃんはジムが怖い怖いと言うけど、私なんか貴女がはっきりと物事を言うから、高校に一緒に通っている頃でも怖くってしょうがなかったわよ。貴女が怖がるなんてちょっと不思議ね」

　姉の智子が不信の声をだした。

「口答えしたら怒鳴られるし、反対なんかできなかった。私の意見を言う機会もなかったの。だから彼の気に触れないように暮らしていたの。いつどんなことで怒鳴られるか検討がつかないんだから。一度なんかタイヤがパンクして、ジムのお父さんと相談して新しいタイヤを買ったの。お父さんがタイヤさんと交渉してかなり割安にしてもらったのよ。後でそのことを話したら、自分に相談しなかったって怒鳴るの。パンクして立ち往生していたのよ。ジムに電話かけたら仕事中は怒られるだろうし、連絡なんかつかないかもしれないし。お父さんに迎えに来てもらって、彼の提案でタイヤを買ったの。

すごく安かったからジムも喜んでくれると思ったのに、その反対」

「そんなこともあったの。そんな人と結婚した綾ちゃんの眼鏡違いね」

母が皮肉った。

「結婚する前は素敵なドレスを毎週のように着てパーティーやディナーに連れていってくれると約束したのに」

「くだらないことで靡いちゃったのが悪かったのよ」

「自分でも馬鹿なことをしたと反省している。でも彼に頼むと義侠心を起こして何から何まで面倒見るから、大船に乗った気持ちでいられるの。逆らわない限り」

「でも、あんな立派な両親の息子なのにね」

彼らは、ジムの両親が結婚式に出席するために日本に来たときを思い出した。両親は社交的で、綾子の親戚中を魅了した昔話に一時花を咲かせた。

「お金は大丈夫なの？」

「一、二年は仕事しないでもいいくらいのお金を持ってきたから」

「でも何かあったら言って頂戴。子供たちにあまり倹約を強要したら可哀想だから」

「それは心がけるようにします」

家族に自分の行動を説明してから、綾子は昔の友だちにあったり、エミとジェームスを遊園地に連れていったりして日本の夏を楽しみ始めた。

伯父に誘われて軽井沢に避暑に出掛けた。懐かしいはずの軽井沢の大通りはすっかり銀座並みの混雑で、おしゃれデパートもなくなっていた。あそこのソフトクリームが本当に美味しかった。今はそれよりももっと美味しい物があるはずなのに、戦争後数年間は日本人の食生活は非常に限られていた。

昔の面影は、神社の近くの公園で見受けられた。小さい時その公園によく出掛け、金髪の子供たちがピンクや青の綺麗な色のショートパンツをはいて遊んでいたのを、じーっと眺めていたものだった。遠い外国への憧れが、すでにその頃から綾子の心に芽生え始めていたのかもしれなかった。

軽井沢に到着した日の午後、従姉妹たちと散歩してその公園を通りがかった。三十年近くもそのままにしてあったような、金具が錆びているブランコがあった。そしてそこに金髪の男の子が二人とお母さんらしき人が日本人の青年に混じって遊んでいた。

「憶えている？　小さい頃来た時と同じね」

「そうね、昔はもっと外国人がいたわね。教会の人たちと一緒に来ていたわね。ほら、あの人たちもきっとそうよ」

綾子は従妹と一緒に、子供たちの手を引いて、空いているブランコに近寄った。その時金髪の男の子たちの声が聞こえてきた。

「ダス　イスト　マイン、ギービン　ミッシュ（それは僕のだ、頂戴）」

綾子の耳に懐かしいドイツ語が入ってきた。思わず足を止めて話しかけたくなるような一瞬だった。エミやジェームスにも話の内容がわかったのだろう、振り向いて金髪の子供たちのほうを見つめた。

そうだった。アメリカの砂漠に七年間も住んでいるうちに心が乾ききってしまったのだろうか。しかしドイツに行った時に昔の自分が取り戻せたのか、と綾子は自分の気持ちを思い浮かべ始めた。ドイツの自然が、日本のこの昔馴染み深かった土地の自然とあまりにも似通っていた。深い緑に囲まれた小道。お水端と呼ばれる清水が湧き出る池。ドイツにも家から五分も歩けばこんこんと湧き出る清水があり、そこから流れ出る小川が村を潤していた。

幼い頃、毎年遊んだ土地がドイツとそっくりだったのだ。だからドイツ人も好んでこの地を愛したのではなかろうか。彼らがドイツ人だったとは、幼なかった綾子は知らなかった。深々とした森、手の切れるような冷たい清水、ドイツと日本と通じるところがあったのだ。水や川、こんなに日本にはふんだんにあるものが、アメリカの砂漠にはなかった。周りが乾燥していれば、心も乾燥地帯になってしまうのか。

東京に帰ると暑いし、子供たちも涼しくて気持ちの良いこの土地が気に入って大喜びしていた。結局旧盆のお祭りまで滞在しよう決めた。

綾子が従妹と旧盆の踊りを懐かしく話していた矢先のこと。

リーン、リーン。

夜十時ごろだった。こんな時間に電話がかかってくることは珍しいので、皆何事かと顔を見合わせた。子供たちは既に寝付いてしまった時間だった。

「もしもし」

「あ、綾ちゃんいる？　ちょっと代わって頂戴」

隆子だった。

「お母さんどうしたの。こんな時間」

「大変なのよ。ジムさんがここに来るんだって。今新宿から電話があったの」

「何ですって、どうしてそんな急に」

「私だって全然わからないんだから。英語でぺらぺらと何を話しているかわからなかったけど、ジムさんの声で、新宿と中野という言葉がわかったから、こっちに来ることは確かよ。どうしよう」

「どうしようって。私だってわからないわよ。まさかわざわざ飛行機代を払ってドイツからやってくるなんて夢にも思っていなかった。絶対に家に入れないで。お願いよ、家に入れちゃ駄目よ。何するかわからないから」

綾子は母親に念を押した。隆子は娘の離婚を全面的に支持するとは言っていたが、その言葉の裏に綾子が悪いから、ジムもあのような態度に出たのではないか、と勘ぐるようなニュアンスがあったのが、綾子の心の隅にひっかかっていた。

伯父たちが事情を聞いて、皆で相談した。

「その綾ちゃんの言っていた、リスト何とかというのはアメリカの法律だろう」

「それは、暴力をふるわれたので、特別に裁判所に頼んで、ジムが私と私の住んでいる家から二百フィート以上近寄ってはいけない、という保護をもらったの。アメリカにはそうゆう法律があるの」

「いや、最初聞いたときは不思議な法律があるものだと思ったけど、日本ではそれは通用しないんじゃないかな」

「そうね。アメリカでもC州でしか通用しないかもしれない」

「じゃあ、この際、綾ちゃんはアメリカに戻ったほうがいいんじゃないかね。C州なら裁判所に届けてあるんだから、法的にも保護されているだろう」

リストレインオーダーというのは、身の危険を感じた人が法廷に申し出て、裁判官が確かに危険だと判断した場合は、相手側が近寄れないように決める法である。もしも近寄ってくる可能性がある場合は、警察に知らせて保護を求められる。

日本でジムに暴力をふるわれたとしても、日本では綾子を保護できないだろう。ジムはアメリカ軍人だ。たとえ日本駐留でなくてもジムが治外法権を主張する可能性はある。

その夜、床についたが一睡もできなかった。母と父がどのような応対をしているのかわからなかったし、心配で頭が一杯だった。偶然とはいえ、東京に居なかったのが幸いしていた。逃げ隠れができなくなっていたかもしれない。ジムも綾子たちが東京にいることを予定して来たに相違ない。


翌日、母の電話を待った。やっと九時ごろに電話が入った。

「だって、寝袋を持ってきていたのよ。もしも泊めないと言ったら、近くの公園で寝るつもりだったみたい。仕方がないから泊めたけど、話し合いは洋子ちゃんに来て通訳をしてもらわなくちゃならないでしょう。新宿のレストランで会うことにしたの。それで今朝早く出てもらった。ジムさんは綾子に帰ってきてもらいたいみたい」

「とんでもない。それで今どこにいるの？」

「どっかにホテルを取ったみたい。午後新宿から帰ったら電話するから」

「じゃ、私はどうするの。アメリカに帰ったほうがいいという結論が出たんだけど、荷物の問題もあるし」

「一応横浜の山内さんのところで待機していて頂戴」


綾子の両親は隆子の姪の洋子と一緒にジムと新宿で会った。大雑把な事情とジムの意図を聞き出した。その時気がかりなことをジムが口走った。

「もしもアヤコが自発的に帰るのに同意しなければ、子供を連れ出す以外方法はないかもしれないな」

洋子があとでちゃんと通訳して隆子に説明してくれたので、隆子はジムが腕ずくで綾子を取り返そうとしているのを知り、気持ちが悪くなってしまった。

「あなたみたいに、神様がどうこうというのはわからないけど、人は縁があっていろんな人に会ったり、でき事に直面するのよ。その出会いから何を学ぶべきか、大切なことは何かを見定めていくのが大事なのよ。ジムさんはあなたがジムさんの立場を理解しようとしなかったから、いらいらして暴力に訴えたんじゃないかしら」

「お母さん、私は彼のコレクションと同じなんじゃないかしら。パーティーに連れていけば上官の奥さんとも対等に応対し、料理もできるし、家の中では彼を恐れているから口答えはしない。彼にとってこれ以上便利な『持ち物』はなかったのよ」

「持ち物なのね。じゃあ、あなたに暴力をふるったら壊れちゃうと思わなかったのかしら」

「彼が暴力をふるっても、人が直に見てわかるような痣は作らないように考えてぶったのよ。他人にばれないような場所を、殴ったの。何か意のままにならなかったり、悪いことがおきたらそれを全部私のせいにしたかったのよ。自分が責任とらなくて済むじゃない。だから私に怒ったりぶったりしたの。私は骨董品よりも便利よ。打ったって時間が経てば痣は治るし、壊れるくらいの暴力はふるわなかったもの」

「そうなの」

「はい、はい、って彼の言うとおりに物事を運んでいっても、一旦計画と違うことが発生したら私の責任になってしまうの。私に落ち度があるからって。全てが計画通りに行くことは少ないのよ」

「私だって、私の計画通りにいけば、綾ちゃんが外交官か商社の人と結婚していたはずよ」

「だから、世の中計画通りにならないって、言ったばかりじゃない」

「それにしても、子供だけはジムさんに会わせちゃあ駄目よ。エミとジェームスがパパを見て、付いていったらそれまでだから。子供を連れていけば、綾子は戻るかな、と言ったんだから。ぞーっとしたわ」

「ここはジムも知らないし、まさか横浜まで来るはずはないでしょう。会わせないから大丈夫」

軽井沢を引き上げ、横浜の親戚の家に子供たちと一旦落ち着いた。

「何しろジムは綾子と話し合いをしたい、それから子供たちに会わせてくれでしょう。子供に会ったら誘拐する可能性があるからそれを承知したら駄目よ」

「それで今どこにいるの」

「銀座に詳しい洋子さんも名前を聞いたことがない安いホテルに泊まっているの。銀座にあるみたいだけど」

「皆に迷惑ばかりかけて、本当に申し訳ないわ」

「これはあなたの問題だけど、皆も親戚だし、心配しているのは当然よ。今は迷惑かけてもこれから自分でしっかりと生活の道を立てて、きちんとしていけば最後には皆も喜んでくれるの。自分と子供にとって一番よい方法を考えて頂戴。こっちのことは心配しないで」

「まあ、あっちが会ってほしいと言うのだから、会わざるをえないわね。会ってもどうにもならないのに」

「明後日はどう？　都合は良いでしょう」

「都合はいつでも悪いけど、仕方がないわね」

「子供に会わせろって、言ったらどうする」

「うん、どうしよう。断れば怒るでしょう」

綾子と母の隆子がこのような会話をしている間、姉の智子は知り合いの旅行代理店でR市行きの切符を手配した。アメリカで買ってきた往復切符はこの緊急の場合なので、破棄することにした。

話し合いの場所は横浜から出向いても便利なように、東京駅近くのレストランにした。綾子は両親と姉夫婦、そして従姉の洋子と途中で待ち合わせて時間通りにレストランのドアを押した。

「あ、来ている。いやだな」

ドイツを出てきた時のすっきりした気分がこの面会で汚されてしまったようだ。それまでは一つ屋根の下に暮らしていたのに、離婚を決心してからは、一緒に暮らすのが苦痛だった。それを耐え忍んで今日までやってきたのだ。自由の身になった喜びを奪うためにドイツから邪魔をしにきたのではないか。顔を合わせるのも虫唾が走った。胃が重く感じた。

「じゃあ、席に着きましょうか」

姉の智子がウェートレスに頼んで席に案内してもらった。皆その後に従った。綾子は両親の間に入ってジムから一番離れた席に着き、ジムは通訳係りの洋子の隣につく。

「アヤコ、お前を愛しているし、子供たちも居なくなって本当に寂しくてしようがない。これからはお前の好きなように暮らしていいからどうか帰ってくれないか」

綾子は背中にナメクジが這っているような嫌な気分になった。

「ねえ、洋ちゃん、私は直接返事したくないの。絶対に帰らない、と伝えてくれないかしら」

「アヤコは帰る気持ちがないそうです」

従姉の洋子が通訳した。

「次の勤務地は大使館づきで社交的で派手な生活ができる。国際的な公式パーティーに出席しなくてはならないから、アヤコの理想に思っていた生活ができると思う」

ジムが何と言おうと綾子の心は動かせない。ボール博士の言葉を思い出していた。

『ジムは貴女が何を言っても、貴女の気持ちは理解できなかったのですよ』

彼女はロングドレスを着飾って国際的な社交場に出るのは、既に興味がなくなっていた。それを言ってもわからないだろう。人間は変化していくことをジムは知っているのだろうか、それとも十年前の無知で華やかなことを夢見ている女だ、と思っているのか。派手な生活に憧れたのは結婚前、もう綾子は結婚前の女ではなかった。どんな理想的な生活でも、所詮彼女はアラン中佐夫人だった。決して綾子にはなれない。もっと重要なものが綾子の人生にあるはずだった。

何故ここに生をえて今まで永らえてきたのか。結婚の苦労も綾子の人生の中で、経験しなくてはならない過程だったのかもしれない。ひとつの勉強だったのだろう。その過程を経て後に綾子の生き方が何であるか、を探さなくてはならないのだ。綾子にとって、夫への服従に耐えて子供を育てるのが綾子の人生とは決して信じられなかった。もっと何かあるはずなんだ。まだ綾子にはそれは見えてなかった。

人生には予想できないことが次から次へと起こってくる。計画通りにはいかないのが、人生ではなかろうか。破局に出会って解決の道を探しながら生きていくのではないか。ちゃんと自分が歩く道が最初からわかっていたら、詰まらない人生になってしまうだろう。平々凡々の人生が一番楽かもしれないが、綾子はその道を選ばなかった。しかし傍目には平坦な人生と見えても、その中身は嵐が吹き捲っているかもしれないのだ。

人には予測できないような人生が待っているのだ。人が簡単なことだと思っても当人には我慢できない苦痛なのかもしれないのだ。綾子が苦境と感じていることも、もっと大きな目から見たら『大したことじゃないのに、あんなことをして』と笑っている人がいるかもしれない。当人でなければ、どうも判断しにくいだろう。

「もう言いましたように、アヤコはどんな生活でも帰る気持ちは無くなっていますから」

洋子が意を汲み取ってジムに伝えた。

「その内に気が変わるかもしれないから、それまで待つことにしよう。折角日本に来たのだから、エミとジェームスに会わせてくれないか」

「今エミたちは東京にいません。エミが東京に帰れるのに、二日間以上かかります。だから早くても明後日の午後になると思います」

「明後日でも待っているから、是非とも会わせてくれ」

従姉は両親、姉夫婦にもわかるように通訳した。面会の時間や場所がわかったら、彼の滞在しているホテルに連絡することを約束した。

普通このような席を設けた場合、日本であったら依頼したほうが費用を負担するのが常識である。皆が自分の為に集まってくれたのだから、普通だったら率先して皆の為に食事の注文をしただろう。ジムはそうゆう神経は持っていなかった。特に日本に来るのに予定外の飛行機代とホテル代がかかってしまったから、無駄なお金は最小限度に止めるつもりだった。

ウェートレスが注文に来た時、ジムは、「ウォーター、プリーズ」と言った。

その答えに、一瞬皆が顔を合わせた。

レストランを出ると姉が、

「あの人お水だけだったのよ。レストランに入ってあんなにお金を使わないで平気な顔をしていられるのも大した神経ね。少しは見習わなければ」

お金を気前よく使ってしまう癖のある姉が感心をした。

「万事あの調子ですから。本当に遣りづらかった」

「あなたもよく我慢したわね」

「そうなの、大変だったの。これからはお金の使い道を一々報告せずに自分の思い通りに使えると思うとせいせいする」

「綾子、無駄遣いはやめてよ。仕事がないんだし、あの人からお金を出してもらうのは至難の業よ」

「はい、勿論注意するわ」

従姉と姉夫婦と別れて、綾子は両親と一緒に一旦家に帰った。

綾子はジムと会うのは勿論のこと、電話で話すのも嫌なのだ。背中に毛虫が這っているような感じがしたのと、未だにコントロールされてしまうという恐怖感が混ざっていた。そんなに怖かったのに、どうして今まで一緒に居たのかと問い質されても、まともな答えは出てこない。

一旦別れてしまって、これまでどんなに自分が惨めな思いを耐え忍んできていたのがわかった今、元の状態には戻れなかった。綾子は勝ち取った自由を大きく胸いっぱいに吸い込んだ。自分の矜持を取り戻した幸福感は、味わった人しか分かち合えない貴重なものだろう。自由を得たがそれには大きな代償が伴ってくる。険しい自立の道が目前にあった。綾子はようやく得られた幸福感を二度と手放したくなかった。

話したくはなかったが、両親のたっての依頼で綾子は横浜からジムに電話を入れた。

「離婚したいという意志はわかったから、一度どんな条件で離婚するかを話し合いたい。弁護士をつけると費用もかかるし二人で話し合いをすれば解決することだから」

「私はC州の法律に従って離婚すればいいんです。今まで話し合いができなかったのに、今更協議離婚ができるとは思えない。それは無理です。全て弁護士を通して、法に則って解決するのが一番いい方法だと思う」

「そんなに俺の言うことを聞かないのなら、お前の両親を不幸な目にあわせるぞ」

「お母さんたちに手出しをしたら、決して子供たちには会わせないから」

綾子はジムと十二年間一緒に暮らしているなかで、彼が怒鳴りだすと長年の習性で恐ろしくなり、自分をコントロールできないくらいに理性を失ってしまうようになっていた。電話を持つ手が震えて、どうしていいかわからなくなって涙が止めどなく出てしまった。相手がジムでなければ空の脅しとわかるのに、綾子の頭にはジムにこずかれている父親の姿が浮かんできた。

ジムと話をするだけでも恐怖心でどきどきしていたのに、その上ジムが両親の家に行って談判すると怒鳴っているのだ。綾子は涙を流しながら、

「お願いだから中野の家には行かないで。お母さんたちをこれ以上脅かさないで頂戴」

「そんな約束はできない。お前が俺の提案にも賛成しない。子供にもいつ会えるかわからないなら、お前の両親と談判する以外ないじゃないか」

「私はあなたと話したくないの。無駄だから」

「じゃあ、いつ子供に会えるんだ」

「中野に脅しに行くつもり？」

「子供に会えるのなら、年寄りと無理やり談判する気はない」

綾子はまだ震えが止まらなかった。

「東京に出なくてはならないから、明日の昼過ぎ、場所とか時間を知らせるわ。ホテルに電話するから待ってて」

と折れて出た。

綾子はなぜ自分はこんな目に遭うのか運命を恨みたくなった。それから母に電話した。

「そうなの。会わせる約束をしちゃったのね。私ならどんなに怒鳴られても英語がわからないから大丈夫よ。だけど子供に会わせると問題よ。ジムさんの体力で子供を攫んでしまったらこっちは手が出ないわよ。ジムさんは父親だから子供たちが付いていってしまうかもしれない。それだけは勘弁して」

「お母さん、会うって約束の電話を入れるのが明日なのよ。絶対に会わせないわ。明日の午後私たちはアメリカに発つのよ。うまい具合に切符がとれたじゃない。お姉さんが頑張ってくれたお陰で。成田には昼までに行っていなくてはならないし、成田から電話を入れてすっぽかすつもり」

「そうそれならいいけど」

「私たちが今どこにいるか、日本語が通じないからこちらの動きが把握できるとも思えない」

「そうね、確かにそうだわ」

「但し、電話でアメリカに発つと伝えたらジムはどんなに怒るかわからない。中野の家に飛び込んでいったらどうしよう」

「お父さん、お父さん。綾子がジムさんが怒鳴り込んでくるんじゃないかと心配しているからちょっと電話に出てちょうだい」

「もしもし、あ、綾子。明日のことね。僕たちのことは心配しないで大丈夫だよ。いざとなったら、警察も呼べるし、ジムさんもそんな非常識な手段は取らないだろう。まあそれは僕にまかせておきなさい」

そして再び電話を換わった母に、

「お母さん、こんなことになるとは夢にも思わなかった。迷惑もかけたし、切符で散財をかけたし、本当に何もかも申し訳ありません。もっとゆっくりしたかったけど、今度にします。有難うございました」

「まあ、今回はジムさんも必死だったんでしょうね。やっぱり貴女は日本で子供を育てて生活する気持ちはないの？」

「うん、離婚が成立するまでC州にいなくちゃいけないし、仕事もあっちのほうが見つかりやすいでしょうし。離婚家族の多いC州なら子供も肩身の狭い思いをしなくてもすむし。やはりアメリカに当分は根を下ろすわ」

「そうね。でもこれからは頻繁に日本に帰ってきて頂戴」

皆に成田で落ち合った。母の隆子、姉の智子、その娘の京子、従姉妹たち。何と挨拶していいかわからない複雑な気持ちだった。母はこれから綾子が一人で小さい二人の子供を育てながら生活し、またジムとの離婚問題に手助けできないはがゆさを感じていた。

「日本に居れば何とか助けてあげられるのにね。言葉の通じないアメリカじゃね」

「でも、どうにかなるわ。私みたいな女性は沢山いるんだから」

「それでも、私にとっては未知の国だから」

「電話をする。なるべく早く仕事を見つけるようにするから」

国際線は一時間前までに出国手続きをしないといけない。ゲートをくぐって振り向いた綾子の目に真っ先に、姪の京子の手を振る姿が映った。

「綾ちゃん、頑張ってね」

「うん、有難う、京ちゃんもしっかり勉強してね」

「綾ちゃーん、エミちゃーん、ジェームスくーん」

見送りに来てくれた皆の姿が滲んで見えた。

第六章　焦り

　ジムは想像だにしなかった事態に慌てた。休暇から帰って綾子がお金を持って逃げ出したのを知ってから、信用銀行の預金凍結に成功したと思ったのに、何とお金は綾子の手元に入ってしまった。あんなに口を酸っぱくして銀行の主任を説き伏せたのに。どこで歯車が狂ってしまったのだろうか。望みは『水夫及び兵士法』だった。これで一時訴訟を引き伸ばして、どうにか綾子を説得して離婚を破棄する方法に賭けるしかない。

　ジムは以前から評判を聞いているトーケイ弁護士に電話して『水夫及び兵士法』申請書の提出依頼をした。

「提出だけですか？」

「そうだ。弁護したら『水夫及び兵士法』の主旨に反するじゃないか。時間稼ぎをして離婚を阻止するか、アヤコの考えを変えさせるつもりだ」

　一応の対策をとって、次の基地に移る準備を進めた。

「サン（息子）、ダディーだ」

初審があってから、二週間後にアメリカの父から電話があった。

「初審の結果は、トーケイ弁護士から聞いたと思うが」

「いや、まだ聞いていない」

「なかなか連絡がつかないと彼もこぼしていたよ。でも連絡は済んだと思っていた」

「引越しに時間が取られてたし、新しい仕事で忙しかったんだ。でもとてもいい家を見つけられたよ。五寝室もあって、周りには池もある素晴らしい家だ。子供たちも遊べるし、アヤコが帰ってきたら、大使館の人たちも招待してパーティーをするに最適な家だ」

「ジム、そんな暢気なことを言っててもいいのか」

「だって、『水夫及び兵士法』で一応訴訟はストップされたんだろう？」

「裁判官は養育費とか慰謝料を設定したよ。そして、綾子が子供を連れて夏休みに日本に帰るのも許可したよ」

「何だって？」

「だから、僕たちはトーケイ弁護士と話して、一応訴訟の準備をしてもらおうと考えたんだ。彼はとっても立派な弁護士だから」

「ダディー、どうしてそんな勝手なまねをするんだ。誰が彼を雇うって決めたんだ」

「だってお前が書類の提出を頼んだじゃないか」

「僕の考えがわかっていないんだよ。雇わないで延期する作戦を取ろうと思っているんだから」

「だから、養育費とか」

「どうしてそれが決まったんだ。『水夫及び兵士法』を出したのに。何でそれを止めなかったんだ」

「だって、僕は本人じゃないし、トーケイ弁護士だって口出しはできなかった」

「アヤコは何万ドルも持って出ていったんだ。慰謝料だって？　冗談じゃない。今まであいつを養っていたじゃないか。養育費だって？　自分で勝手に子供を連れていったくせに。出ていくなら、着ている洋服一枚だけで出ていけばいいんだ。僕のものに一つも手を触れさせないからな」

ジムは計画していたことが全てご破算になってのを知って焦った。

トーケイ弁護士に電話を入れた。

「何故指示通りにやらなかったんだ。『水夫及び兵士法』を提出すれば裁判官は何も決められないはずじゃないか。お前の手違いじゃないのか」

「いいえ、手違いはありません。提出するだけで、何も討論しませんでした。アラン中佐の依頼内容通りですよ」

「じゃあ、どうして養育費なんか決めたんだ。お前が阻止すればいいだろう。アヤコは多額の金を持って出ていったんだから、こっちからお金を送る必要はないんだ」

「『水夫及び兵士法』を裁判官に手渡すという依頼でしたから、それを果たしただけで、もしそれ以上の依頼があるのでしたら、それなりの弁護士料を払ってもらわないと困ります。ご両親は支払うような意図をおっしゃっていましたが、如何でしょうか」

「彼らは僕の作戦を知らないんだ。彼らが入ってまた問題が起きると困るから、絶対に口出しさせせちゃ駄目だ」

「では今までの提出だけの弁護士料をすぐに支払ってくださいね。秘書にこの電話を回します」
こんなはずではなかった。何の役にも立たなかった弁護士にも代金を支払わねばならない。しかも、養育費の問題も抱えている。それはもう抛っておこう、それよりもすぐに手を打たなくては。もう最後の手段しかない。日本に帰っている綾子と子供たちの姿が目に浮かんできた。

『水夫及び兵士法』を法廷に提出したのでジムはアメリカには行けない。しかし、アメリカ以外なら、どこにでも行ける。もしも予告無しに綾子の目の前に僕が現れたら。綾子がどう反応するだろう。あいつの吃驚した顔を見たいものだ。彼女がどう言おうと、長い間会っていないから、子供たちは直ぐにパパの所に飛んでくる。小さい子たちは事情もきっと把握していないのに決まっている。子供さえ捕まえておけばもうこっちの勝ちだ。しかも、遠くドイツから日本まで追い駆けてきた自分を見れば、綾子は僕がどんなに愛しているか気づいて、今までの離婚訴訟を破棄するに決まっている。日本人は離婚を家の恥だと恐れているから、必ず僕の味方をしてくれる。結局は僕の意志どおりになるに相違ない。ジムは自作自演のシナリオが成功する、と確信して日本に降り立った。

ところが期待に反して綾子は実家にいなかった。新宿から電話せずに来れば良かったかと少し後悔した。何かちょっと調子が狂ったが、まだ大丈夫だ。直談判は無理だったがジムは綾子の両親が味方になってくれる、と信じた。
その晩は綾子の両親は親切にも家に泊めてくれた。夜彼らが寝静まった後、こっそりと部屋をでて、居間兼食堂に入った。そこには数時間前ちょっと気がついたが飛行機の切符の控えが棚の上に載っていたのだ。彼は綾子と子供たちの帰りの日にちを確認した。うん、時間は十分ある。

「何だって？　今成田だって？」

飛行機の切符は確かあと二週間あったはずだ。昨日の電話でこれから子供たちと会う約束をしたはずだ。だから買い物も途中で切り上げ、昼からホテルで待機して電話待ちをしていた。ビービーと電話がなった。待ちに待った綾子からの電話だった。受話器をとったら、

「会うという約束をしたけど、急にアメリカ行きの切符が手に入ったからこれからアメリカに発つところなの」

綾子の声は少し震えていた。

「子供に会わせないでアメリカに帰るのか！　そんな馬鹿な！」

「もうすぐ飛行機が出発するから。ただそれを知らせるので電話したの」

「じゃお前は最初から子供たちに会わせるつもりなんかなかったんだな。嘘つきめ！　お前みたいな売女はもう許さない。すぐここに来い。痛い目にあわせるから。すぐこっちに戻ってこい！」

「そんなことを言っても無理でしょう。もう成田なんだし、出国手続きも済ませたんだから」

「お前の両親を痛い目に遭わせるから。お前みたいな畜生は地獄に落ちてしまえばいいんだ。絶対後悔するような目に遭わせるぞ！」

「警察沙汰になったらどうするの。日本の警察に捕まったら怖いから。軍からも追い出されるわよ」

「俺がそんなどじを踏むわけはないだろう」

「飛行機の搭乗時間だからこれで電話を切ります。弁護士間の連絡にしてください。私は直接話を聞くつもりはないし、すべて弁護士を通してくださいね」

「ファッキング・ビッチ！（忌々しい売女め）」

ジムは怒りをどこにぶつけていいかわからなかった。ホテルにいたら部屋の中のものを全て壊してしまいそうだった。

外に出た。見るもの聞くもの全て日本だ。日本人は、真面目で深刻な顔をしていつもへいこらしながら腹の中では何を考えているかわからないのだ。綾子だってそうだ、何を考えているか全然検討がつかなかった。大嘘つきめ。どうしてくれよう。僕の人生があいつのお陰でめちゃめちゃになってしまった。どうしたら綾子に音を上げさせられようか。畜生め、畜生め、あのビッチ（売女）を痛い目に遭わせるにはどうしたらいいんだろう。

ジムは大股に渋谷の町を歩いた。行き交う人は彼の苦虫を噛み潰したような顔を見て、避けて通った。ジムは復讐心に燃えていたのだ。

彼の足は自然と綾子の従姉の洋子の夫が経営しているメダルショップに向かった。その店は渋谷のビルにあって、奥が事務所になっている。場所が便利だし洋子もその夫も英語が堪能だから綾子に連れられて何回か訪ねたし、今回も通訳をしてもらったりして立ち寄っていた。

午後の店が暇な時。丁度店には客は居なかった。突如としてジムが店に入り、店員には目も向けず大股で事務所に向かい、バーンと大きな音を立てて事務所のドアを開けた。

「お前たちは、アヤコが逃げたのを知っていただろう！」

大声で怒鳴り立てた。余りの衝撃に、一瞬水を打ったように事務所内が静まり返り、全ての動きが凍ってしまったようだった。

「アヤコが成田から電話をかけてきたんだ。子供に会わせると約束していたのに、それを反古にしやがった。最初から嘘をついたんだ。知っていたんだろう」

ジムは机を叩いた。怒りをぶちまけるように。事務員も店員も、突然事務所に突入した凄い形相の異邦人から逃げる体勢を取った。今までそんな大声を出した人は居ない。恐怖が色濃く彼らの顔に現れている。

洋子の夫が勇気を出して、返事した。

「ジムさん、あなたが怒っているのはわかりますが、ここに居る事務員たちは全然事情も知らない他人なんですよ。あなたがそんなに大声で怒鳴り立てれば、警察を呼ぶかもしれません。第一、近所の事務所の人たちにも聞こえるんですからね。少し落ち着いてください」

「落ち着いてなんかいられるものか。僕は騙されたんだ！　あいつに二度も三度も騙されたんだ。日本まで来て説得しようと思ったのに。お前たちだって隠していたんだろう、アヤコたちが帰るのを」

「怒鳴るのは止めてください。皆が震え上がっています。何と言われてもこれはあなたと綾子だけが解決できる問題ですから。私たちは部外者ですよ」

上役には必ず綾子を連れ戻して、正常な生活の戻ると見栄を切ってきたのだ。今までの努力も水の泡となってしまった。どうしたらいいのだろう。ジムは途方にくれた。

第七章　仕事探し

九月にエミの学校が始まり、ジェームスは週三回保育園に通わせた。綾子はジェームスが保育園に行っている間を利用して、近くのコミュニティー・カレッジでビジネスレターの書き方とかコミュニケーションのクラスを取る計画だった。

アメリカでは誰でも簡単に教育が受けられる。特にこのコミュニティー・カレッジでは年齢に関係なく各種のクラスに登録できる。高校を卒業し、四年制の大学に進学しない子とか、四年制の大学の月謝が高すぎるから働かなければいけない子とか、どの学部に進むかわからない子等がカレッジに入学する。

これは州立でアメリカ中どこでもある。州税を払っていてその州の住民だという証明さえできれば、本当に安く勉強ができる素晴らしいシステムだ。二年カレッジに通い、四年制の大学にトランスファーする学生も多い。大学もカレッジの単位を認めるシステムになっている。入学試験がないから誰でも入れる。四年制の大学でも最初の二年間は必須科目に費やされるので、それらの科目をカレッジで取り、大学で専攻課程の科目を取る学生も増えている。

技術者資格コースがあったりして、専門学校的な役割もコミュニティー・カレッジは果たしている。

アメリカでは就職先の仕事は、大学や専門学校で学んだ科目に基づいてきまる。その仕事をしたいから準備段階としてその仕事に適した勉強をする。法科卒は弁護士を目指し、文学部は先生やジャーナリストの卵を生み出す。

職種転向の場合にも、望む職種に適性があるかどうか調べる際に、クラスを取ってみるのが一番の早道だ。ここはやり直しのできる社会といえる。就職できたからその仕事はしているが、もっと自分に適した仕事があるかもしれないとか、上の地位に行くにはもっと知識が必要だからと、夜仕事が終わってからカレッジに通う人も多い。昇進するには学位が有利なのはどの社会でも同じだ。

更に、学位やトランスファーや昇進に関係なく授業を取る人も居る。外国語、自動車の修理、税金申告書の書き方、園芸、料理などは単位が目的でなく、生活や趣味の追求に大いに役立つから、奥さんとか年配者も多く見かける。

綾子ぐらいの年齢の女性もキャンパスの中で見かけられたので、彼女も違和感なくカレッジに通えた。綾子のようにフルタイムの学生でなくても、カウンセラーにクラスのとり方とか将来の仕事の方向付けを相談したり、就職を助けてくれるキャリア・センターなども利用できる。各種の便宜を図ってくれる。

就職活動に関して綾子は無知だった。日本ではアルバイトの話は友人や知人から来たから白分で率先して仕事を探したことは一切なかった。日本だったら、両親や親戚のつてとかがあったが、アメリカでは誰も知らない。実際に社会に出て働いている人を親しく知っているわけでもない。

新聞を見てちょっと目ぼしいような仕事を募集しているときは、直ぐに電話して問い合わせをしてみた。相手は綾子が今まで何をしてきたか、学校で何を勉強したかを聞いて、可能性がなければそれで打ち切り。綾子には経験が一つもなかったから、電話をかける毎に断られるので、次第に目の前が暗くなってきた。マクドナルドでも働いたことがあればそれが経験になるのに、それもない。ドイツでボランティアでツアーのコーディネートをしただけでは駄目だった。

仕方なく、市の職業安定所に出掛けて登録をし、その足で個人経営の職業紹介所に出掛けた。手には大学の図書館で何度も何度も打ち直しして、やっと間違いのない履歴書を携えていた。

「事務所で働いた経験はないですね。ファイリングとか電話の受け答えは？　ああ、ありませんね。セールスの経験もない、と」

ないものずくしだった。

「ええ、でもボランティアですがツアーのコンダクター的な仕事はしましたし、バザーで色々な商品を売ったりしましたが」

「あなたにできるような仕事があったら電話します」

すっかり意気消沈してジェームスを迎えに行った。保育所の前で、以前知っていた奥さんに声をかけられた。

「あら、綾子。いつドイツから帰ってきたの」

「五月の末よ。懐かしいわね」

「そうね。でもそんな格好してどこかで働いているの？」

「ううん、仕事を今探しているの。でも難しいわね」

「私も昔働いていたけど、銀行なんかどうかしら。銀行って綾子みたいにきちんとスーツを着ているビジネスライクな人を好むのよ」

「でも、求人欄に出ていなかったわよ」

「そんなの関係ないわよ。直接銀行に行って雇用の申し込み用紙に自分のことを書き入れて申し込んでおけばいいのよ」

「へえー、そんな方法もあったのね」

「あなたの知っている銀行を数件当たってみればいいわ。時間がかかるかもしれないけど見つかるかもしれないし」

「どうすればいいのかしら」

「銀行に行って、人事課の人に会うの。仕事があるかどうか聞いてみるのよ。ないっていっても、次に必要な時に連絡してくださいって、雇用の申し込みをすればいいの」

「じゃ、やってみる」

「がんばってね。幸運を祈っている」

少し希望が湧いてきた。綾子は背に腹はかえられない気持ちで、翌日履歴書を用意して銀行めぐりをしようと意気込んだ。友達もスーツを着ていたから銀行を勧めてくれたのだ。幸いスーツは数着作っていたから、これを着ていけばよいと安心した。

ところが、銀行に足を踏み入れて、どうしていいかわからなかった。一応皆の並んでいる列に加わって、順番が来たら行員に人事課の場所を聞けばいいのではないかと、履歴書を握り締めていた。しかし、次第に勇気が失せてきた。銀行で働いた経験はないし、会計をやったこともない。このまま並んでいるべきか、それとももう一度出直そうか、迷い始めた。

客は銀行に入ってから一列の行列に進む。数人の行員が窓口に立っていて、客は一人ずつ手の空いた行員の窓口に行く。行員が預金や引き出しを全部やってくれる。だから一人の客が長引く場合もあれば、さっさと用事を済ませて、次の客と交代する場合もある。客は日本のように、受付番号札を貰って、自分の番が来るまでロビーに座って待たない。客の座るソファーも置いていない。

綾子は普段は全然感じなかったのに、今日に限って銀行の雰囲気が冷たく感じた。入った時の雰囲気が違うのである。一人ずつ列が短くなり、それに随って綾子も重い足を一歩ずつ進めていった。順番が段々近づいていくにつれ、綾子はその場を抜け出して家に帰りたいという誘惑と戦わなくてはならなかった。後ろを振り向くと十人ぐらいの人が並んでいる。

「次の人」

という声にはっとして、待っている銀行員の前に進んだ。顔見知りの行員だ。

「アラン夫人、お元気ですか。今日は引き出しですか」

「いえ、ちょっと、あの、ええ、えーと、仕事を探しているのですが、人事はどこでしょうか」

「あ、それでしたら支店長と話してください。人事は本店しかありません。支店では支店長が雇用を担当しています」

行員は何事もなかったかのように、てきぱきと応対した。日常茶飯事という態度だ。緊張でピーンと張っていた気が抜けてしまった。綾子が心配していたようにそんなに大変じゃないのだと気付いた。

窓口を離れて支店長の机に向かった。支店長は二十歳代の綺麗な女性だ。綾子はこんな若い人が支店長で自分みたいな年寄りがその人の下で、いちから働き始めるのはどんな気持ちだろうか一瞬躊躇した。おどおどと支店長の机に近づいた。

「あの、仕事を探しているのですが、雇用はあなたとききましたので」

「はい、今のところ募集はしていませんが、もし空きがあったら連絡します」

「そうですか。一応履歴書を持ってきたので」

支店長は履歴書を受け取った。綾子は何となく不甲斐ない気がした。なんだこれだけか。

支店長は履歴書を横において、今までしていた書類をめくって仕事を続け始めた。もう帰ってくれと言わんばかりだ。綾子は話の接ぎ穂がなく立ち上がった。

「どうも有難うございました」

「はい、もし募集する時には電話します」

目算通り一ヵ月たってもそこからは電話一本かかってこなかった。他の銀行も同様に。職業紹介所からも何も知らせはない。綾子も心配になった。持ってきたお金は予定以上に早く手元から去っていった。七月の初審で決まった慰謝料や養育費も一セントも送られてこない。

途方にくれていた綾子に一通の手紙が届いた。丁度夏も終わるころだった。大学時代の同級生からだった。彼女がL市のほうに来るから会わないかという誘い。本当に十年以上も前に日本を出てから会っていない懐かしい友人だ。以前アメリカに戻ってきたと知らせて以来音沙汰なしだったが、なぜ突然彼女がL市に来たのかと不思議に思いながら、道順を確かめて、エミとジェームスを連れて九月末の土曜日に出かけた。

「本当に久しぶりね」

友人と旧交をあたためる挨拶をした。昼をすませて団欒している時、友人は、

「仕事はどうなっているの？」と聞いてきた。

「実は私も経験がないし、今住んでいる所は景気の悪い土地柄で仕事が何も見つからないの。産業なんか何もないし。それに仕事を探そうと思っても、したことがないからどうしていいかわからない」

「どんなことができるの」

友人の義弟が尋ねた。

「どんなことといっても、アメリカでの経験がないから何て言っていいのかしら」

「だって、日本語が喋れるじゃないか。それにタイプは？」

「まあ、一応一分四十ワードぐらいの速さでできるけど」

「うーん、経験がないから給料は安いかも知れないけど、日本企業に就職するのが一番手っ取り早いだろうな」

「日本企業ですって？　じゃL市じゃないの。引越しをするわけね」

「あなたの一番の特典は日本語と英語ができること。それを利用しないと駄目だ」

「でも日本企業も一杯あるでしょう。仕事が見つかるのかしら。大変よ」

「日本企業専門のリクルート会社があるはずだ。そこに相談したらいい。ちょっと、日本人用の電話帳を持ってくる」

彼は気軽に相談にのって、L市にあるリクルート会社の名前と電話番号をメモして渡した。

「誰だって仕事を探すのには苦労しているんだよ。僕だってリクルート社の助けで今の仕事にありついたんだ。それまではいろんな会社にコンタクトしたよ。専門にやっている会社に頼んで仕事を見つけてもらうのさ。日本企業もこうゆう会社を通して人を採用しているんだから」

友人から十年ぶりに会いたいと言ってきたのは、やはり虫の知らせだったのか。仕事が見つからない、どうして探すか検討もつかないで困っていた綾子に、助け舟が差し出されたのである。丁度困っている時、人に相談するのが一番良いのだが、綾子はプライドが高くて、なかなか人に相談できない性格だった。しかし、人生の谷間に入ってしまった時や、自分の考えだけで堂々巡りしている時などは、客観的な立場で相談できる人はどうしても必要だった。困っている時は、素直に助けを求めなくてはいけない。話している間にどんな良い知恵が湧いてくるかもしれないし、話しているだけで気持ちが落ち着く場合もある。

友人の義弟が語っていた言葉は、綾子もうすうすと感じはしていた。

「あなたの能力を生かすにはL市に出なくてはいけない」

この言葉を帰り道何度も何度も頭の中で繰り返した。自分でもその答えは出ていたのだ。でもそれをするには勇気がなかった。誰かが背中を押してくれなくては、怖かった。それが正しいと思っても、困難な道だったりすると、どうしても先延ばしにしたくなる。丁度、離婚しようか、そのまま結婚生活を続けて我慢するか、迷っていた時、決意させてくれたのは、ドイツの教会で神父が『アクト・オン・イット（行動せよ）』と語りかけてくれたからだった。

メモにあるリクルート社の電話番号を二、三日穴の開くほど眺めていた。その間にもこの近くでも仕事はないかと求人欄を調べ、目ぼしい仕事をチェックするのを怠らなかった。とうとう、仲良しのスーザンに電話した。

「私はやっぱりL市で仕事を見つけるわ」

「そう、そうなの……ここじゃ、仕事がないのね」

スーザンの返事がちょっと沈んで聞こえた。

「それでどうするの？」

「日系のリクルート会社の電話番号を貰ってきたから、そこに電話して相談してみる」

リクルート社に電話した。三軒ともL市の中心にある。面接に約一時間ずつかかるとして、一番遠い会社から先にアポイントをとり、うまくラッシュアワーに重ならずに一日で三社回れるスケジュールを組んだ。

最初の会社はダウンタウンからちょっと離れた二階建ての古いビルの一階半分を占めていた。電話でアポイントを取った女性社員は中年で、あまりはきはきしていなかったが、親切にその会社ではどんな仕事が入ってくるか、どんな関係の企業とコンタクトがあるかを説明してくれた。

「今の所、経験者しか仕事を募集していないけど、あなたなら秘書でもやれるでしょうから、そんなのが入ってきたら電話しますね」

次のアポイントの会社に向かった。今度は五階建てのビルで、ダウンタウンから十分ぐらいのオフィス街にあった。会社のドアを開けると、そこらじゅうに書類が散らばっていて三人の社員が忙しそうにメモや電話で話しているのが見えた。前の会社よりもこじんまりしている。アポイントを取ったエージェントの人がこちらを向いた。

「やあ、こんにちは。もう忙しくてこんな状態ですよ。面接に来てくれたから本当に良かった。やっぱり電話だけじゃなくて、直接会った人だと仕事の世話がしやすいんですよ。感じがつかめますから」

タバコの火を消しながらざっくばらんに話しかけてきた。

「今までアメリカで仕事をした経験がないのでちょっと心配なんですけど、事情があって働かなくてはいけないものですから」

「日本ではどんなことをしていたの？」

「通訳とか翻訳とか、それから事務的な仕事をアルバイト程度にしてましたけど」

「ここに、ツアーオーガナイザーをやっていたと書いてあるけど、コンダクター的な仕事はできる？」

「できると思いますけど、小さい子が二人いるから余り旅行には行けそうにないです。ちょっと無理じゃないかな」

「じゃあ、銀行なんかどうかな。銀行はあるんですけどね、皆就職しても仕事が辛くてすぐ辞めたいって根を上げるの。でも経験を積むにはいいかもしれないね」

「ええ、私にできる仕事なら何でも結構ですので紹介してください」

なぜこの歳になって経験もないのに働かなくてはならなくなったのか。そんな事情を持った女性が沢山居るのだろうか。そのエージェントは心得顔で別段詳しい話を突っ込まなかったのが有難かった。

このL市で離婚して初めて働く日本女性。そんな女性が何人彼の目の前に座ったのだろうか。そのような女性も、綾子と同じような過程で仕事を見つけ、自立に成功していったのか、それとも、挫折して日本に帰ってしまったのだろうか。綾子は、離婚を決意した時から、離婚女性を白眼視しないアメリカで子供を育て、自立していく道を選んだ。その道がどんなに辛くても。

次の会社はそれこそダウンタウンの真ん中にある高層ビルの十一階にあった。前の二社に比べると入っていくのが躊躇されるくらいに立派なビルだった。

受け付けで名前を告げてから、係りのエージェントの事務所に入った。日系というのが一目瞭然でわかる綺麗にお化粧を施した二十歳代後半の女性だった。面接は勿論英語。

「えーっと、経験は無いのですね。それじゃ、ちょっと筆記テストとタイプのテストをしてもらいましょう」

受け付けの横に試験用のタイプライターがあり、問題用紙を見ながらタイプの速さのテストをした。

「履歴書によると昔通訳をしたって。えっ、じゃあ、あなたは日本語を読み書きできるの？」

びっくりしたような口調で質問した。

「ええ、勿論です。日本で生まれ育ちましたから」

「あなた、本当の日本人なの？」

「はい、アメリカの市民権は持っていますが、正真正銘の日本人です」

「本当なの？」

エージェントが綾子の顔を穴が開くように見つめた。どうしてこんなに何度も念を押すように聞くのだろうか。日本人だから日本語が話せるのは当然だし、嘘なんかついていないのに。

「私はてっきりあなたが私みたいに日系人だと思ったのよ。英語にアクセントがないじゃない。アメリカ人と同じ話し方なんですもの。日本語ができるなら、あなたここで働かない？」

第八章　引越し

新しいアパートに落ち着いたのはクリスマスに近い冬の日だった。新しいアパートと言っても、建物自体は三十年以上の古びた二階建てだった。しかし仕事場にも十分くらいで行けるし子供たちの学校や依託施設にも五分でいけるくらいの便利な場所にある。

O郡はこれまで住んでいた高原砂漠と違い、夏の暑さも冬の寒さも厳しくない。理想的な気候といえる。朝晩ジャケットがあれば、冬でも日中は半そでで過ごせるくらい非常に凌ぎやすい土地だ。

綾子は一ヵ月前まではL市のアパート探しをしていた。リクルート社は少なくても一ヵ月間で引越しなどの準備をするように要請してきた。十二月一日から働き出す予定であった。綾子は三日おきぐらいに近隣の日本人が多く住む町に出掛けて、アパートやジェームスの保育園、放課後にエミを預かってくれる施設を探した。綾子が気に入るのは高価な施設になってしまう。余り環境が思わしくない所に住みたくないし、子供を預けたくない。L市のダウンタウンに通うのであれば通勤だけでも一時間はかかる。安心して預けられるところを物色していた。

リクルート社では綾子の英語力を認められたのだ。就職探しで苦労していた矢先だったので、何の理由でも有難かったし、本当に嬉しかった。結婚してから今まで一言も日本語を話さない生活が何年も続いた。日本語が懐かしくて、持ってきた日本語の本は端が擦り切れるくらいに何度も読み返した。英語にどっぷり浸って暮らしていたから、英語が上手になったのかもしれない。子供の時からアメリカ生活を憧れていたが、毎日聞くもの、見るもの、話すものが全部英語の生活に嫌気がさす時もあった。相手の言うことが良くわからなかったり、こちらの言いたいことがはっきりと伝えられないまどろっこさを感じる時も多かった。でも今はその苦労が報われたのだ。

しかし、会社の給料はエントリーレベルなので非常に少ないことがわかった。養育費も入ってこないので金銭的にも余裕はない。持ってきたお金も弁護士代や車を買った結果、あてにできなくなってきている。

三回目にT市に行った日、帰りがけに近くの日系スーパーに立ち寄って日本食と日系人向けの新聞を買った。日本人向けの貸家やアパートの広告を見るつもりだった。貸家やアパートに混じって求人欄もあり、思わず目を通し始めた。新聞の求人欄で仕事探しをしていた今までの癖もあったかもしれない。いや、むしろ直感で何かあるな、と感じたからかもしれなかった。

『O郡内の法律事務所。受け付けか秘書見習い募集。日英堪能な人』という広告が目に飛びこんだ。O郡、L市の南にあるが一九七〇年代から開発され、現在爆発的に発展している地域である。綾子はその広告から目が離れなかった。見習いなら綾子でもできるかもしれない。早速翌日広告にあった電話番号に電話した。

「ハロー。実は新聞広告を見て電話していますが」

電話に出た女性はちょっと躊躇していたが、まもなく違う女性が電話口にでた。

「ハロー、ヘレンですが、あなたは？」

「アヤコ・アレンです。受け付け募集と広告がありましたがもう決まりましたか」

「まだです。ええと、あと二週間ぐらいしたら一人空きができるんですよ。その時に日本語ができる人がいいので探しています。あなたは日本語ができますか」

「はい、日本で生まれ育ちました。日本の学校を出ています」

「グリーンカードは？」

「もう市民権を取っています。だから働けます」

「じゃあ、是非面接したいけど、受け付けの係りが帰ってから、来てもらいたいのだけど。そうね、五時半頃来られる？」

「はい、大丈夫です」

綾子は電話でヘレンと話していた時、非常にいい感触を得た。なんとなくこの面接は巧くいくだろうと思った。ふと手にした新聞に綾子の幸運が載っていたのだ。アパート探しで買った新聞だったのに。

通いなれたダウンタウンへの道をそれて、O郡に向かった。

事務所のドアを開けながら綾子の胸は期待で張り裂けそうになっていた。綾子は慌てて髪を撫で付け。スカートをひっぱってまっすぐにした。

入ると一番最初に椅子が三脚、目に入った。その横の受け付け用のデスクの上には電話とタイプライター、メモ用紙や郵便受けや書類をいれるトレイが載っている。目を上げてその先を見ると、奥に向かって机が六つほど、適度な間隔を置いておかれていた。その先、一番奥に女性が手を振っているのが見えた。ヘレンだ。

「アヤコでしょう？　ヘレンです」

「どうぞよろしく」

「こっちへきて頂戴。色々と話を聞きたいから。履歴書は持ってきた？」

「はい、ここにあります」

ヘレンは受け付けの横にある会議室に綾子を招きいれた。早速面接が始まった。綾子はヘレンがざっくばらんで気さくそうな人柄なので、経験に乏しいと最初から断っておいた。正直に言っておいたほうが、堂々巡りするよりも良いし、経験のある人だったら履歴書にざっと目を通したらすぐわかることだ。

この事務所には日本人が居る気配がなかった。日本語のカレンダーや飾りが全然ない。で、綾子は日本で通訳をしたり、ツアーのオーガナイザーだった話をして、この事務所の仕事に結びつくであろうと考えられる経験を羅列した。見習いだから、別段経験は必要ではないかもしれなかったが。

「タイプは？」

「スピードは四十ワードぐらいです。テストしますか」

「面接の時には大抵の人がそういうのよね。別に少しくらい遅くても問題はないから、テストの必要はないわ。今住んでいる所は？　ああ、あのB市の途中にある砂漠の町？」

「ええ、今日来るのに一時間半かかりました」

「どこに引越しするつもり？」

「ちょっと検討できないのですが。どこがいいでしょうか。なるべくこの事務所から近い所がいいんですが」

「K市とかT市はどう？　良い所よ。ここから近いし環境もまあまあだし、学校も評判がいいみたいよ」

　しばらく雑談して一時間後、帰路をとった。

　翌日の五時過ぎにヘレンから電話があった。

「あなたみたいに英語が巧く話せる人が応募してこなかったので困っていたの。パートナーと相談したら、私の一存で決定してもいいという返事だったからあなたに決めました。それでいつから働き始められる？」

「アパートを探したり、子供の学校とか保育園を決めなくてはならないから、そうですね、約二週間はかかると思います」

「二週間だと丁度感謝祭が過ぎた頃じゃないかしら。今の受け付け嬢には今週の初めに二週間後の解雇通知を出したから、丁度時期的にぴったりだわ。そしたら感謝祭の後ということにしましょう。何か質問があったら私に電話してね」

　万歳、と叫びたかった。

　アメリカでは雇用がしょっちゅう変わる。辞めていく人は、今働いている会社に二週間前に辞める意思を書状で示すのが常識になっている。雇用している側も何か不都合があったりした場合、もしも深刻な問題ならすぐに辞めさせるが、そうでなければ二週間の猶予をあげて解雇する。二週間もあれば、次の仕事を見つけるめどがつかめるという目算である。


「スーザン、決まったのよ。昨日行った法律事務所になったの」

「良かった、良かった。やっぱりここじゃ碌な仕事はなかったのね。本当におめでとう。これから寂しくなるけど」

　スーザンと一緒にアパート探しをすることにした。場所を狭めてヘレンの薦めるT市がいいと思った。早速そこの商工会議所に電話して、保育園と放課後に子供を預かる施設を聞いてみた。

「保育園は沢山あるから、下の子供はその中の気に入った所に入ればいいでしょう。電話番号を教えますから、問い合わせてください。上の子供は『ボーイズ・アンド・ガールズクラブ』に預かってもらったらどうですか」

「それはどんな施設なんですか」

「これは非営利的施設で企業の寄付金から成り立っています。小学生一年生以上の子供たちを対象にして、年間安いメンバーシップを払うと、放課後皆が集まって遊んだり、スポーツをしたり、勉強したりする場所を提供してくれます。電話をかけて直接問い合わせてみたらどうですか」

綾子は数軒の保育園の電話番号と、そのボーイズクラブの電話番号をもらって、早速電話をかけた。想像以上に理想的な養育施設が見つかったので有頂天になってしまった。ボーイズクラブではバス代を払うと学校が終わった時間に子供を迎えに来て、親が引き取りに行くまで預かってくれる。宿題や勉強をする部屋があり、ティーンエージャーのボランティアシステムが気に入った。ジェームスの保育園のほうは、話していて園長さんの子育て方針がしっかりしているのと、話し方が暖かそうな印象を受けた所を当たることにした。

O郡では共稼ぎが多いから高額でなく子供を預ける施設が必要なのだろう。綾子にとっては願ったり叶ったりの展開といえる。


スーザンと綾子は子供連れで朝早くO郡に向かった。

T市の町に入ったとたん、綾子はこの町に魅了されてしまった。広々とした並木通り、緑が濃く何となくゆったりとした雰囲気の町並み。通りに面した家々は、L市の家に比べると新しく綺麗で、周りの庭も整然と目に映った。余裕がある。治安もR市よりずっと良さそうだ。

ドライブをしながら、スーザンと二人で辺りを見回した。

「あそこにスーパーがあるわよ。あれは学校みたいね」

「ほら、海兵隊の基地がある。入ってみましょう」

スーザンは目ざとく基地を見つけ、その中に入っていった。

「近くに基地があると便利よ。ＰＸやコミサリーもそれ程大きくないけど、利用できれば得よ。安上がりじゃない」

「病院はなさそうね」

「ちょっとそこに居る人にきいてみましょうか」

外向的なスーザンは、車を停めて子供たちにコーラを買い、兵隊から情報を得てきた。

「皆、病気になったらここから十五分くらいの、もっと大きい基地に行くんですって」

「十五分ならいいわね。貴女は軍人扶養家族のカードを持っているから、基地内の施設は全部使えるわね。特に基地のクリニックは無料ですもの」

綾子は、あらかじめ電話で園長たちと話して、その中でも気に入った保育園を三軒視察する候補にあげていた。結局、電話で話していて一番気に入った保育園にジェームスを入れることにした。初印象は直感でもあるのだろうか。

ボーイズ・アンド・ガールズ・クラブも覗いてみた。体育館や図書館があり、子供たちが自由にスポーツや勉強ができる環境を提供している。建物が古くて、子供たちがいなかったので、ちょっと寂しい感じを受けたが、綾子には理想的な場所と映った。昼間は子供たちの活気で満ち溢れるのだろう。

Ｏ郡の地方紙をスーパーで買って、スーザンと子供たちと一緒に朝昼兼用のご飯を食べながら、広告の出ているアパートをチェックした。アパートのマネージャーに電話でアポイントを取り、数軒のアパートを回った。

三軒目に行ったアパートは、法律事務所から一番近い距離にあった。治安の為にゲートがしてあったので、安心だ。二階の二寝室のアパートが空いていて、値段も手ごろだった。敷地内にはプールがあり、各棟ごとにコインランドリーも完備されている。アパート自体は古くて狭かったが、文句は言えない。

「ここがいいわ」

「うん、最初の仕事だから、学校や保育園にも近くて便利よね。O郡でこのアパート代なら上できよ」

「すぐ契約する」

敷金を払い、ガス、電気、水道、電話会社の電話番号をもらって、契約することにした。電気、ガス会社の前払い料金等を払っていたら、予想よりもお金がかかってしまい、本当に懐が寂しくなってきた。クリスマスもあと一月足らず。

日本から帰ってからは、ジョーンズ弁護士事務所には電話を数度入れた。法廷でジムの為に弁護士を指定してもらう手続きをしなくてはならなかった。

カーター弁護士と話した。

「どうもジムは、弁護士を立てる気持ちはないらしいです。トーケイ弁護士に電話をかけて、彼の弁護士になるかと問い合わせたら、つっけんどんな返事をして、断られましたよ。どうも彼らの仲が旨くいっていないみたいな感じを受けました」

「じゃあ、裁判所に弁護士を決めてもらうのですか」

「まあ、私のほうで候補者二、三人に打診をしてから裁判所に申請するつもりです」

「それから養育費の件なのですが」

「まだ来ませんか。あちらのほうに判決の結果のメモが行っているはずですけどね」

「電話で話しましたけど、勿論ジムは知っています。でも送らない魂胆です」

「あの判決があってから、四カ月も経っていますね。給料天引きの強制執行令状を出してみます。滞納分が払い終えたら、次の分の執行令状を発行してもらいますから」

「じゃあ、その点をよろしくお願いします」

数週間後に、ジョーンズ事務所から裁判所で指定弁護士を決めたことを知らせてきた。これで訴訟もスムースに運ばれると思い、ほっとした。

引越しをする数日前にカーター弁護士ともう一度話し、順調に行っている様子なので、離婚は彼に任せ、自分は新生活に全力を注ごうと意気込んだ。


綾子が、離婚に関して他人任せすぎた、と気がついたのは既に泥沼に入り込んでどうしようもなくなってからだった。彼女は既にジョーンズ弁護士事務所に多額の依頼前金を払っていた。その時点では、前払いの分の弁護士代は全額かかっていなかった。もしも依頼人の都合で契約を破棄した場合、前金の使用していない分は戻ってこない。前金から弁護士が実際にケースに携わった時間にかかった費用を差し引いていくのである。綾子は、前金だけでケースは片付くと甘く見ていた。

ケースをO郡に移すのも大変だろうし、新しい土地でよい弁護士を探すのにも時間がかかる。新しい環境、仕事、学校。買い物に行くにもどこに行けばいいのか、生活が落ち着くまで時間がかかる。

前金も未だ残っていた。だから、もしも裁判所を移すとしても前金は戻ってこない。

第一に頼っていける友達がO郡には一人もいなかった。それ以前はスーザンを筆頭に数人相談にのってくれた。しかも、新しい土地での新生活に先立って、離婚訴訟中だと知られるのは避けたかった。

第九章　孤独

　日本行きが全然実りを得ずにドイツに帰ったジムは、意気消沈の日々を過ごした。どうしても綾子に帰ってきてもらいたかったのに。離婚の費用も気掛かりな問題だったが、十二年間も連れ添ってきた女に対する未練が残っていたのが大きな原因であった。自分の物だったのに、勝手に飛んでいってしまった。もう家に戻ってこないのだろうか。その事実を認めたくなかった。

「日本行きは失敗したんだって？」

「ダディー、洗脳されているんだよ」

　ジムはアメリカの両親に電話を入れた。丁度父親が家にいて電話に出た。

「アヤコは前から離婚したがっていたんじゃないか？」

「僕は諦め切れない」

「まあ、別れてから数ヵ月しか経っていないから、お前がそう考えるのもわからなくはないけど、余り期待しないほうがいいよ」

「あいつがいなければ仕事場での内部の情報もつかめない。ここはワイフ同士の情報網がすごく発達している。仕事の内容以外に、誰が何をしているかを掴んでいないと困るんだ。それをあいつにして貰おうと思っていたのだが。大勢の客を招待してパーティーができる大きな家も借りたのに」

「アメリカの社会でも昇進するには上部と個人的な付き合いがあるほうがいいからな」

「そうなんだ、特に大使館関係の仕事だから外交官的な社交面が大切だ。年二回ほど大きな舞踏会があるけど、その時も勿論奥さん同伴だ。一人で行くのは手持ち無沙汰だし、みっともない」

「もし万が一にアヤコが帰ってきても長続きしないかもしれないよ」

「この一、二年で僕の計画も完成する予定だったんだ」

「どういう計画なんだ？」

「アヤコに仕事を見つけてやるのさ。あいつに収入があったら慰謝料なんて取られないだろう？　二人名義の預金を引き出して、そのお金を使って僕のコレクションを買うのさ」

「アヤコはかなりのお金を持ってきたんだろう？」

「預金の半分は持ってる」

「じゃあ、戻ってくる見込みはないと思うよ」

「ダディーは僕たちの関係を知らないからな。アヤコは僕がちょっと脅かせばすぐに僕に従う。あいつには理論的な考え方はできないんだ」

「それならどうして日本に行った時でも、一緒に帰ってこなかったんだ？」

「別れてから余り日が経っていないからさ。少し時間が経てばあいつも寂しくなって、洗脳されたのが治るから、帰ってくるのに決まっている」

ジムは日本での裏切りに対して、どう復讐するか考え始めた反面、綾子にどうしても帰って貰いたい気持ちも強かった。肉体的な寂しさと日常の便宜さも入り混じっていた。綾子が帰ってきたら今までの裏切りを後悔させるために、これからは金銭的に彼女を縛り上げて自由を奪い、再度逃げ出す機会がないように工夫しなくては。

綾子に電話して、ドイツで財産分けの話し合いをする相談を持ちかけた。電話番号は両親から貰っている。ジムは綾子の気持ちをまだコントロールする能力を持っていた。十二年の間に、何と言えば綾子が理性を失ってうろたえるか、どんな脅しの文句を言えば彼女が従ってくるかをジムは習得していた。

「どうして日本では僕を騙したんだ。もしも僕と離婚をしたいのなら、財産分けをしなくてはいけない。殆どの情報がここにあるのだからドイツに来て財産分けの話をしないか？　お前が離婚をしたいのはわかったし、僕も相談してくれれば今までのことは水に流してお前を許す。それだけは譲歩する。ドイツでお前がどの品物が欲しいかと、実際に見たほうがいいのじゃないか。そうすればすぐに財産分けの話が解決する。弁護士を通していたら時間もかかるし、第一お金が高くつくだろう」

「お断りします。養育費と慰謝料はどうしたの？　裁判所で決めたでしょう。まだ私の所に送ってきていないのよ」

「沢山お金を持っていったじゃないか。それがあれば十分だろう。それよりもドイツに来て話し合いをしないか。それが一番いいと思うが」

「昔から話し合いができなかったのに、今さら相談なんてできるわけがないでしょう。全然無駄だと思います」

「今、ボール博士とも話していて、僕の考えも大分変わった。お前の言い分も聞くように努力しなくてはいけないのもわかりかけた。二人で話し合えば絶対に費用も少なくてすむし、そのほうがお互いに得じゃないか。弁護士を通すなら、僕は最後まで戦うつもりだ。お前が後悔するまで戦うよ。ボール博士もお前のことを心配していた」

「そう、ボール博士に立ち会ってもらってもいいのね」

「ボール博士と相談しているのね」

「ボール博士と一緒なら。そうねえ」

「彼の立会いで、お前が欲しいものでここにあるものは持っていっていいけど、もしアメリカにあるものだったら、後で必ず渡すという書類を作るから」

「それなら、弁護士代も助かるわね。ちょっと考えさせて頂戴。どうやって連絡をするの？　電話番号を教えてくれれば、こちらから電話をするから」

「電話は持っていない。今は基地からかけているんだ」

「電話がなければ緊急の時に、基地の人はどうやって連絡するの？」

「そんなのはお前が心配しなくてもいい。必要なら僕から連絡する」

　綾子が自分の言い分に傾いてきたと、ジムはほくそ笑んだ。やっぱり綾子は僕にコントロールされるのを好んでいるのだ、僕は切り札を失っていないという優越感に浸っていた。まだ綾子は僕を愛しているのだ。

しかし、二度目にかけた電話で、綾子に総スカンを食ってしまった。

「この間の提案は考えたか」

「ええ、よく考えて皆と相談したけど、やはりドイツまで行くのは止めます」

「何だって。あの時はドイツに来てもいいと言っていたじゃないか」

「でもどの程度信用していいかわからないもの」

「ちゃんとボール博士にも立ち会ってもらう、と言ったじゃないか」

「果たして巧くいくかどうかわからないし、もう訴訟を始めたのだから、きちんとC州の法律で裁いたほうが正当でしょうし、私もそのほうが安心だし」

「今僕の言うことを聞かないなら、後悔して謝ってきても僕は受け入れないから」

「そんなことを言っても、もう訴訟は始まっているんだから」

「お前は単純だから裁判所に訴えれば、問題が片付くと思っている。世の中はそんなに簡単なものじゃない。僕は最後まで戦ってお前には一セントも渡さないようにもできるんだ。お前が困るんだから二人で解決しようとしているんじゃないか。この訴訟はお前が考えているほど簡単にはいかないのだ。十万ドル（約千万円）弁護士に使う覚悟をしておくんだな。全部お前の責任なんだから」

「そんな大それた額にならないわよ」

「お前はことの重要さがわかっていないんだ」

「だって、法律通りにやっていれば、そんなに複雑だとは思われないけど」

「まあ、お前は無知だから、これからがどんなに大変か全然理解していないんだ」

「全て弁護士を通して話して頂戴」

「あの離婚弁護士なんかに何の話がわかるんだ。あの連中は離婚を食い物にして依頼者の事情なんてちっとも気にしてやしないよ。それをよく考えたほうがいい」

こんなはずじゃないと焦って、綾子を説得にかかった。いつもは脅かすと嫌々ながらも彼の言うことを聞く綾子なのに、彼の言葉に耳を傾けなかった。会うのを避けている。まだ、怖いのだ。まだ脅しが十分に効く可能性がある、と感じた。仕事が見つからなければ、仕事で首になれば、絶対に僕のところに帰ってくる。


クリスマス近くなり、法廷指定弁護士から書類が送られてきた。ジムは『水夫及び兵士法』を提出したので、その主旨に沿って返事を出さなかった。むしろジムが何も反応を示さないから、綾子が必死になって足掻いている、そんな姿が目に浮かんだ。

綾子に連絡してクリスマス休暇に子供たちをヨーロッパに寄越すのを命じたかったから、電話を入れた。ところがその電話番号は通じない。慌てて両親に電話を入れた。

「ジムなの？　アヤコはもうここには居ないのよ」

「何だって。僕の許可なしに子供たちを動かすなんてできないはずだ」

「私たちだって、アヤコが引っ越す一週間前にそれを知って、ダディーが引越しを阻止しようと抗議に出掛けたのよ」

「引越し先を聞いといたか」

「前に私たちがあなたに電話番号をあげたのを知っているから電話番号は教えるつもりはないと言っていた。ジムが訴訟に応対しないからだって。でも住所は教えてくれたわよ」

「そんな馬鹿なことを言わせておいたのか？　僕は子供たちの父親だぞ」

「アヤコは時々電話をかけてきてくれて、エミとジェームスを連れてきてくれるの。あなたは自分の用事がなければ、電話一本かけてこないじゃない」

「じゃあ住所を教えてくれ、僕が手紙を書くから」

「アヤコが離婚したいなら、難題をふりかけないで離婚したらどうなの。そんなに離婚を難しくすることはないでしょうに」

「マミー、あいつは僕の子供を誘拐したんだよ」

「誘拐ですって？　母親が子供を連れていったのよ」

「僕の許可なしで海外に連れだしたら誘拐だ」

「いつ許可がいるという法律ができたのよ」

「僕の家では全て僕の許可がなければ、何もできないはずだ。まあ、ちょっとした買物はあいつが処理していたけど、五十ドルを超えるものなら、僕が許可しなくちゃ買えない。重要な決定は僕が全部していたんだ」

「家ではダディーは全部私に任せていたわよ。それはあなたも知っているでしょう」

「僕とダディーではやり方が違う。このやり方で全部うまく行っていたんだ」

綾子が仕事を見つけた事実が判明した。話を聞くと引越ししてから二週間以上も経っていた。ジムには何の連絡もない。今までの慣れた地から離れて就職した綾子が段々遠ざかっていく。

こんなに自分が愛し保護し続けたのに、自分を裏切るつもりなのだ。かなり譲歩して許す、と何回も電話したのに。綾子はその譲歩に耳を傾けていたから自分の思い通りになるかと思ったら、最後になって断ってきた。あいつはやはり大うそつきだったのだ。それを信じた自分が馬鹿な目にあったのだが、そうなってもまだ諦めきれない自分が情けなかった。

綾子の弁護士から給料天引きの手続きをする書類が送られてきた。綾子はあんなにお金を持っていったのだし、仕事を見つけたから養育費や慰謝料等必要では無いはずだ。ジムは毎月の給料から差し引かれる額を少なくする為、軍の会計係りに所得税率を最高にして計算してもらった。所得税が多く取られればそれだけ手取り金額が下がる。法律では、最高の天引き率は手取りの半分以下と規定されている。毎月の手取りが少なくなり、約半分くらいが綾子に送られるとなるが、裁判所の指定額よりもずっと少ない。つまり、本来なら一ヵ月分の送金額が毎月送金できなくなるのだ。例えば、裁判所で送金額を千ドルと規定されても、もしも手取りが千八百ドルだとすると、実際に送金できるのは九百ドルで、毎月百ドルずつ不足分が出る。それは次の月に繰越になるので、結果として五ヵ月間の要求額が六ヵ月近くかかって支払われる計算になる。しかもあとで税金申告の時に、多額に払っていた所得税は自分に戻ってくる。それは、裁判所が知らない金額である。完全に引き伸ばし作戦、嫌がらせ作戦である。

その内に綾子をあっと驚かせてやろう。ジムは密かにC州南部の基地の司法長官の事務所に電話を入れて、対策を練り始めた。

「僕はドイツ駐留のアラン中佐だが、離婚専門で有能な弁護士を紹介してほしい」

「この事務所では弁護士を紹介したり推薦はできません。でも家裁法専門の弁護士のリストはあります」

「僕はヨーロッパから電話をしているから、早速そのリストが欲しいし、そちらでよく使ったりする弁護士は誰か教えてもらいたい」

「こちらでは今申し上げたように推薦とかできないんですよ」

「だけどリストの中で軍関係の事情を良くわかっていて、軍人の離婚なんかを多く扱っている弁護士は誰かぐらい知っているだろう。それが仕事なんだから、民間弁護士で優秀な人はだれか心得ていると思うが」

「公平を欠くから、各自直接にリストに載っている弁護士に連絡してもらっていますよ。そうお薦めしています」

「いちいち電話なんかかけている時間もないのに。どうしても駄目か」

「はい、しかしこちらでは国の制度で、民間弁護士や医師を推薦できないのです。規則ですから」

司法部の係りの下士官は教えられた返事を繰り返すばかりだった。

「じゃあ、お前たちは能力とか経験等も調べないで、軍人に弁護士のリストを渡すだけなのか。そんな仕事をしていてよく平気だな。お前と話していると埒があかないから、司法部の責任者の将校を電話口に出してくれ。その将校と話すよ」

ジムは、部の最高責任者が出てくるまでかなり待たされた。しかし目的を達成する為なら、どんな時間も惜しまなかった。下っ端と話さず、最初から部の上司と話してれば良かったのにと後悔しながら。

第十章　新生活

シモンズ・アンド・スタイン法律事務所はR市に本部があり、O郡のそれは支部である。この事務所は、保険会社からの訴訟事件を主に取り扱っている。交通事故とか災害で、事故を起こした側と受けた側で、保険会社を通しての談判がうまくいかなかった場合、被害者が訴訟を起こす。訴える相手側が多額の保険に加入していれば、訴訟を起こす場合が多い。保険会社からお金が取れる目算があるからだ。もし相手側が少額しか保険をかけていなかったり、賠償金が取れないような保険をかけている場合、被害状況によっては個人的に折衝したり、適当なところで手を打ったりする。悪徳弁護士がついて、相手の財産状態を調べてから、訴訟を起こしたりする場合もある。

アメリカ、特にC州では自動車保険とか医者の営業保険が非常に高い。ここでは何事か起こると、訴えて保険のかけ額最大まで取ろうとする人がいる。事故や過失があって被告に非があった場合は、原告は談判でなく裁判まで持っていこうとする。裁判は陪審員で決定されるので、弁護士の良し悪しによっては高額の賠償金が取れる可能性がある。保険会社が被告だとすると、不当な額を原告である被害者に与える場合が多い。その負担が廻り回って、陪審員の自分たちの保険額が上昇するとは考えに入っていない。

就職初日、綾子は母が作った紺のスーツを着て、エミを新しい小学校まで送った。

「エミちゃん、学校が終わったら『ボーイズ・アンド・ガールズ・クラブ』って書いてあるバスが来て待っているはずだから、それに乗って昨日行って遊んだところに行くのよ。わかっているわね。大丈夫ね。違うバスに乗っちゃ駄目よ。ママが夕方迎えに行くから、そこでちゃんと宿題をするのよ。わかったわね」

何度も念をおした。次にジェームスを保育園に連れていった。そこでは子供たちが遊んでいたので、係りの先生によく言ってジェームスに別れを告げた。

「ママが迎えに来るまでいい子でいるのよ。あ、あの子がジェームスを見ているわよ。あの子と遊んだらどう？」

彼は新しい保育園がもの珍しくきょろきょろしていた。エミがうまくボーイズ・クラブのバスに乗れるか心配であったが、心配してもどうしようもない。母の環境が変わった時点で、子供たちの生活対応も変わらなくてはならなかった。

最初の日は、ヘレンが手取り足取りして教えてくれたので非常に助かった。日常の仕事は電話の受け答え、手紙の整理、郵便局に手紙を出したり、取りに行ったりすることだった。電話でメッセージを受け取る時は、相手の名前のスペルがなかなか聞き取れず、何回も聞き直さなくてはならないのが、綾子にとって頭痛の種だった。

事務所の弁護士たちが扱っている訴訟事件（ケース）の日程表になっているカレンダーへの書き入

れの仕事もあった。これは非常に重要な仕事で、間違えると大変だ。事務所の真ん中に大きな本になった日程表があり、受け取った郵便を調べて、どの弁護士がどのケースで、どの裁判室に何時に出頭しなくてはいけないかを記述する。依頼人からの問い合わせがあった場合、各弁護士についている秘書や弁護士は、この日程表を覗き込んで出廷の日を数えたり、スケジュールを組んだりする。これは弁護士事務所のハートである。

その他の時間は、コピーを取ったり、忙しくて困っている秘書の手伝いをしたり、簡単なタイプをしたりして、便利屋さん的な仕事をした。事務所の人は皆親切で意地悪される心配はなかった。

丁度仕事を始めたのが十一月末であったから、事務所が終わり子供を迎えに行くころは六時すぎになって、辺りは真っ暗になっていた。ジェームスは待っても待ってもママが迎えにきてくれない。今までは昼寝が終わって、スナックを食べている時間に迎えに来てくれたのに、T市に移ってからは外が真っ暗になってからでなくては家に帰れなかった。

「ママ、どうしてお日様が照っている時に迎えに来てくれないの？」

ジェームスに聞かれた綾子は、心臓が打ち抜かれたかと思った。やっと息をついで、

「それはママが働き始めたからなの」

その次の言葉は出てこなかった。四歳になったばかりの子供に生活の変化をどうやって説明したらいいのだろうか。父親もいなくなり、母親も夜暗くなってからでないと迎えに来てくれない。自分は一日中、今まで知らない環境で、知らない子たちと一緒に遊ばなくてはならない。さぞかしジェームスは心細かっただろう。

毎日の生活に追われて、ほっとする暇もない時、軍から沈滞分の養育費と慰謝料が届いたので、その小切手をどこ宛にするかジョーンズ事務所から問い合わせがあった。待ちに待ったお金である。給料はアパート代ですっとんでしまうから、預金で生活を立てていかなくてはならなかった。これからは養育費等が入ってくる。予定したよりも一ヵ月分は少なかったが、お金が入ってきたので綾子は有頂天になり、少々遅いお正月を子供たちと祝った。

暫くして、ジョーンズ弁護士事務所のブロー弁護士から書類が沢山送られてきた。何故綾子の係りになったカーター弁護士からなんとも言ってこないで、ブロー弁護士という知らない弁護士から書類が来るのだろう、とジョーンズ弁護士事務所に電話を入れた。秘書が、カーター弁護士は主任弁護士のジョーンズ氏と軋轢があって辞めてしまったと伝えた。この場合、綾子はジョーンズ弁護士事務所と契約しているので、如何にカーター弁護士が気に入っていたとしても、カーター弁護士は以前ジョーンズ弁護士事務所のクライアントである綾子の弁護をするわけにはいかない。働く際の契約の中に、クライアントを勝手に勧誘してはいけない、という条項があるからだ。

綾子は事情が良くわからなかったし、離婚なんて手続きさえきちんとしていれば、問題なく自動的に法律が解決してくれるものと単純に思っていた。

法廷で指定した弁護士から、証拠固めをする手続きとして、綾子が持っている給料明細書とか銀行の預金通帳とか、小切手の控えのコピー、税金申告書を提出せよ、という書類が送られてきた。これらは裁判や婚姻継承的不動産処分（財産取り決め）の基礎となる。相互に書類を交換するから、申し立てしている金額が違っていると困る。

　これらの書類は証拠開示提出書と呼ばれ、勝手に相手側に送ってはいけない。その書類は相手側の弁護士に送る時に裁判所にもコピーを送って、公式手続きを取らなくてはならない。その書類の中には、何日までに返答をするべきと言及されている。普通これらの書類が送られてきた場合は、二十日以内に返答しなくてはいけない。しかし書類がなかなか揃わない時には延期を申し込める。

　綾子は嫌々ながらであったが、送られてきた書類になるべく正直に答えた。彼女の担当になった新米のブロー弁護士に問い合わせた。

「私がどんな書類を持っているか、相手側にはわからないはずだし、所得税の申告書も出さなくてはいけないのですか？　何かプライバシーの侵害みたい」

「こちらできちんとしていないと、裁判官に対して心証が悪くなると困りますし、訴訟になったらプライバシー云々と言っていられません」

「それじゃ探すのが大変ですが、なるべく期日内に揃えてそちらに送ります。でもジムの弁護士のほうから返事が来ているのですか」

「いいえ、どうも彼から何回かジムに手紙を書いているらしいんですが、無しのつぶてみたいです。でも指定弁護士が告訴状に返答してくれたのでこのまま進行させます」

「ちゃんと行くんでしょうか」

「ええ、今あなたの集めている証拠開示の為の書類交換をすれば、裁判の準備が終わります。公判の日が六ヵ月後ですが、もしも証拠固めの書類が揃わなければ、公判日を延ばしてもらいます。うまくいって公判に持っていけるケースでも、法廷はなるべく裁判をしないで解決するのを望みます。強制的継承的処分会議（マンダトリー・セットルメント・コンフェレンス、ＭＳＣ）という行程ですが、それを裁判日の二、三週間前にします。そこで両者が合意に達するチャンスを裁判所が設けるわけです。そこで合意に達さなければ、裁判になります。両者が歩み寄って交渉解決したほうが丸く納まるし、決定されたことも実行される可能性が大きいのです。裁判官が命令して判決を下すよりも気持ちがいいでしょう。まあ、大抵は裁判と言っても、両者で決定したことを裁判官に提出して採決してもらうだけですから、せいぜい半日ですみますよ。普通は六ヵ月ですがあなたの場合はもっとかかるかもしれません」

「じゃあ、どのくらいかかりそうですか」

「一応公判が今年の春になっているのですが、ジムのほうが証拠提出書に返答しないから、延期をしなくてはならないでしょうね」

「困りましたね。早く解決したいです」

綾子はジムが完全に無視しているのが癪にさわったが、真面目に要求されている書類の写しを送った。ジムが書類提出不履行をしても、刑罰が科せられるわけではない。正直者が損をするとは正にこのことだった。

相手がどう出ようとも、一日も早く解決して自由の身になりたかった。仕事があったので何回も弁護士と相談できず、成り行きに任せるより仕方がなかった。実際には綾子の毎日は、子供の世話と慣れない仕事で忙しく、訴訟は頭痛の種であったから、考えたくなかった。避けて通りたい道だった。

最初の春の裁判日は、ブロー弁護士が予測していた通りに延期になり、八月に公判となった。ジムは法廷指定弁護士の連絡を一切無視していたので、指定弁護士は八月に裁判所に行った時も延期を要請してきた。綾子は準備も何もいらないから、裁判官にその時ある書類を基にして判決してもらいたかった。

しかし法廷では両者が揃わないと、たとえその場で判決しても、後でその判決が不法であると相手側が審議のし直しを要求できる。しかたなく、再度の延期を承諾して結局三ヵ月後の十一月初めにMSCの日が決まった。最初の予定から約二倍の期間が経っていた。

ところが、九月の末、ジムが弁護士を交替したという通知が届いた。その通知書には『ある事項に関して正当理由を証明する審議』の申請書が附いていた。

「その正当とか言うのは何ですか？」

「訴訟で細かい点などを、裁判官に審議してもらいたい場合に提出する文書です。裁判所で、申立人か被申立人が今まで決まっている事項に不満があったり、未決の問題を再審議してもらいます。裁判前に解決する必要があれば、このやり方で審議を願い届けます」

「じゃあ、何を審議したいのかしら」

「この中でジムが列挙しているのは、養育費と慰謝料の再検討、裁判日の延期、子供たちの訪問権、例の『水夫及び兵士法』の有効性などです」

「何か問題が大きくなったようで恐ろしいわ。どうしたらいいんでしょう」

「必要書類はすでに用意されているし、準備は問題ありませんが、出廷日の前に一度会って、話を纏めたほうがいいでしょうね」

ジムがR市で雇ったノリス弁護士がどんな人か知りたかった。綾子はシモンズ・アンド・スタイン法律事務所に就職してから早くも一年経っていた。その頃には、綾子が離婚訴訟で苦労している事実は皆知っていた。証拠開示提出書などのアドバイスが必要だった時、たとえ畑が違っていても、弁護士がそばにいるのは心強かった。情報を得るためには、自分の手の内を見せる必要がある場合がある。綾子は日々の仕事の中でも、昼ご飯を食べたり、無駄話をしながら次第に彼女の抱えている難問を、皆に相談するのが得策だと感じていた。

「R市の目ぼしい弁護士に電話して、ジムがどうやってノリス弁護士を探し出したか調べてみたらどうかしら。あなた自身が弁護士を探しているふりをして事情を話すのよ。そしてジムがその事務所に依頼をしたかどうかを聞けばいいじゃない」

とヘレンが提案した。

「電話番号がわかるかしら」

「弁護士紳士録のマーティン・アンド・ホボルに載っているはずよ。デーブさんからどの弁護士がR市で有名か、教えてもらえばいいわ」

紳士録で調べたリストから、事務所のデーブ弁護士に少しはR市で知られている弁護士を三、四人に絞ってもらい、その人たちに電話した。

「実は、離婚訴訟で弁護士を探しているのですが」

と始めて、事情を話した。新しく弁護士を雇いたいという口実で、今までジムがその事務所にコンタクトしたかどうかを問い合わせた。

「あの人があなたの主人ですか？　二ヵ月前だったかしら。今でも憶えていますよ。まあ、あんな人から依頼が来て本当に困りました。電話でぎゃんぎゃんとどうすれ、こうすれ、と命令するんですよ。あんな失礼な人と話したことはありませんよ。どんなにお金を積まれてもこちらでは断ります。あなたの言いようになる弁護士はこの事務所にはいません、と電話を切りました。二度と電話をかけないように、と言うのを忘れませんでした。ああ桑原桑原。あんな嫌な電話はなかったですよ」

Ｒ市の弁護士事務所の秘書が綾子に同情した。

「この事務所では、あの人の思い通りにはならないのが明確でしたから、弁護士に取次ぐ前にお断りしました」

もう一人の秘書の返事だった。綾子が電話で問い合わせた弁護士事務所では、ジムと話して、驚き慌てて電話を切った様子が明らかになった。まるで疫病神から逃げるようにして。

シモンズ事務所の所長に、ジムの雇ったノリス弁護士の評判を聞いてみた。

「経験があって、なかなかしぶとくて、依頼人にとってはいい弁護士だ、と噂をきいているが、実際には当人には会ったことはない」

綾子は所長の話を聞いて、背筋が寒くなる思いがした。

第十一章　法廷

ジムは出廷日の一週間前に両親の家に到着した。ノリス弁護士と会うためだ。ノリス弁護士は、法廷の経験と法律知識が豊かで、頑固そうな人物だった。ジムは彼の選定が的中したので非常に安心した。彼が自分の弁護士なら綾子たち等は問題ではない。ジョーンズ弁護士事務所が地元では有名で、有能と評判があったとしても、たかが田舎の事務所だ。ノリス弁護士と太刀打ちできるはずはなかった。

「養育費の削減と慰謝料の打ち切りを審議するのと、訪問権を審議してもらいます」

「僕は『水夫及び兵士法』を提出しているから、このケースがC州の法律に適用されるべきかどうかも、審議してもらいたいんだ」

「アラン中佐、すでに私を代理に立てて訴訟に応じているので、その時点でC州法の適用を認めたことになります」

「裁判官に審議してもらわなくては、わからないじゃないか」

「私の経験や法知識からですと、法廷では採り上げられないですよ」

「僕の言うとおりにやってもらいたい」

「みすみす時間の無駄になることは避けたいですね」

「チャンスがあるんだから、やってくれ。可能性が無くても、論議で覆すのが弁護士の腕じゃないか。それを見込んで依頼したんだから」

「以前はC州住民だったんでしょう。他州の住民権を主張するのですか？」

「もうその手はずはついているんだ」

ジムは『水夫及び兵士法』が適用されることを信じていたから、それまでに何が決定されようと後で無効にするつもりだった。

出廷日が来た。ジムは勲章を飾り立てた軍服で裁判所に立った。早めに来てもらったノリス弁護士と、最終段階の打ち合わせを裁判室前の廊下でしていた時、綾子が裁判室に近づいてきた。ちょっと立ち止まったり、躊躇したりしていて自信なさげな様子だった。

時間が来たので裁判室に入った。暫くして綾子がジョーンズ弁護士と入ってきた。

審議が始まりジムたちの番になった。ノリス弁護士は、滔々と今までの判決が暫定的なものだったからこの場でもう一度審議してもらいたい、と述べた。更に以前提出した『水夫及び兵士法』の有効性を強調して、C州法はこのケースに対して適用しないと説いた。

その論議の内容を聞いて、ジムは再度ノリス弁護士の能力に感心し自分の決定が正しかったのを確認した。ジムはアヤコはこの論議を聞いて舌を巻いているんじゃないか、とも思った。ジョーンズ弁護士は態度も弁論も立派であったが、論議中戸惑ったり、時々綾子が耳打ちしているのをみて、ケースの内容を理解していない様子が明らかだった。

結局、その審議では『水夫及び兵士法』の裁判管轄権については却下された。ジムは残念だったが、管轄権については違うやり方で再審議してもらうつもりだった。

養育費と慰謝料は綾子が働き始めたので、額もそれに準じて検討された。今まで滞納になって支払いが済んでいない分は、あとで綾子に権利があるか決定することになった。翌月から新規に定められた養育費をジムが直接郵送すること、綾子が働き始めたのと、ノリス弁護士が綾子が持って出た預金額を述べたので、慰謝料は、一旦停止と判決がおりた。

最後に子供の訪問権の問題が残った。約一年半子供たちに会っていないジムは、是非ともクリスマスと夏休みに、子供たちをドイツに呼びたかった。今回、渡米している期間も彼らに会いたいと申請した。思惑通り裁判官はジムの言い分を通して、その年と、翌年のクリスマス休暇全部と、夏休み二ヵ月間はジムの所に子供を寄越すようにと判決がおりた。その費用は両者が半分ずつ持つこと。

更に、この審議が終わってからジムがO郡へ行き、ジェームスとエミに会って、時間を過ごし、その夜九時にジムの実家とO郡の中間にあるフリーウェー沿いのコーヒーショップに、綾子が迎えに行くという取り決めができた。ジョーンズ弁護士が反論を出した。

「被申立人が子供たちを誘拐してドイツに連れていくという心配がありますが」

「そんなことはないでしょう。軍の中佐という地位があるし、判決通りに子供を返さなかったら、むしろ彼にとっては不利になるのは本人も承知しているでしょうから。ノリス弁護士、被申立人はどう言っていますか」

「被申立人は裁判官殿の判決通り、九時に子供たちをコーヒーショップに連れていくと言っています。その点は間違いございません」

「それでは、申立人は被申立人の両親に付き添ってきてもらいたい、と要請していますが、その点を聞き入れてくれませんでしょうか」

「ジョーンズ弁護士、両親が承諾したらですが、その必要はないでしょう」

ジムは綾子が子供の誘拐に神経質になっているのを見て可笑しくなった。ジムは自分が子供を誘拐して何の得にならないことを良く知っていた。むしろ子供を一人で育て、仕事をするのは不可能である。ジムは今回は自分の勝利と確信を持っていた。沢山の勲章をつけて軍服に身を固めてきりっとした態度の軍人に裁判官が反感を持つわけはなかった。が、ノリス弁護士に手抜かりがあったのを指摘せずには居られない。

「何故、綾子が告訴する六ヵ月前に僕がC州の住民ではなかった、という反論を出さなかったんだ」

「出したとしても、実際に現在中佐が出廷しているから無駄ですよ」

「無駄でないかどうかは、僕が決めることだ。それを強調して最初にこの告訴を採り上げた裁判所の非を指摘しなくちゃ駄目じゃないか」

「私には裁判所の内部がわかりますし、私のやり方がありますから」

「だけど、今回はそのやり方で失敗したじゃないか」

「慰謝料の撤回、養育費の削減ができたし、訪問権の要請もすぐに裁判官が認めてくれたじゃないですか。今回の申し立ては殆どこちらの勝利といえますよ」

「そんなのは最初からわかっていたんだ」

一方、綾子はジムよりも一足先に子供たちに会うために焦って裁判所を出たかった。

「早くO郡に行って子供たちに知らせなくては困るから、この後のことは電話します。でも慰謝料はどうして認めてくれなかったのでしょうか。私のほうが収入は段違いに低いのに。私の給料は彼に比べて三分の一以下で、子供も育てているのに」

「まあ、働いているから仕方がないのかもしれませんね。じゃあ、明日にでもブロー弁護士に電話を入れてください」

「働くほうが馬鹿を見るみたい」

捨て台詞を残して車に飛び乗って、一目散にO郡に向かった。

全速力で子供たちの学校へと急ぐ。その間、ジョーンズ弁護士に腹が立って仕方がなかった。彼が綾子のケースに一つも勝とうという気持ちを持っていないのが明白だった。

保育園に着いた。息せき切って事務所に走っていった。先を越されたら困る。

「大変です。実はジェームスの父親が来るんです。ジェームスとちょっと会わせてください」

「ジェームスは今昼ごはんが終わって外で遊んでいます。探してきましょうか」

綾子が血相を変えて飛び込んできたので、保育園の人も慌ててジェームスを探しに出てくれた。

「すみません、今朝法廷に行っていたのです。大変なことになってしまって」

「大丈夫ですか」

「ええ、まあ何とかなると思いますが」

綾子が嫌だと思っても避けられない。怖気づいてもいられなかった。もう逃げ場はない。これは綾子一人で直面しなくてはいけない関門だった。誰にも助けてもらうことができないのだ。綾子は心細さで背中が寒くなってきた。どんなに擦り合わせても指先が冷えてくるのにはどうしようもなかった。

「ジェームス、ジェームス、パパが来るのよ。大丈夫ね。パパがジェームスに会いたいって、ここに来るのよ。ちゃんとしてね。今晩絶対に帰ってくるのよ。ママのところに帰りたいって、ちゃんと言わなくては駄目よ」

何もわからないジェームスは、ただきょとんとしているだけだった。

そうこうしている間に、ジムが保育園に現れた。見る人が釘付けにされるような勲章リボンを胸に沢山飾った軍服姿のジムは、保育園の人に丁重に挨拶して、ジェームスの手を引いて外に出た。綾子は慌てて自分の車に戻って、エミの学校に向かおうとした。

ジムはジェームスを車に乗せて、綾子が駐車場から出てくるのを待ち構えていた。ジムは綾子の車に近寄って、窓を開けろという仕草をした。綾子はジムの思惑通り反射的にジムの命令に従って車の窓を開けた。

「お前が逃げ隠れしようとも、絶対に追いかけていくからな。日本に行っても必ず探し出してこの始末をつけるから憶えておけ。この訴訟が全部済んだら、お前の身には何も残っていないぞ。死んだほうがましだと思うのが関の山だ」

綾子は案の定震え上がっている。それを見て気を良くしたジムが、次の脅し文句を言おうとした瞬間に、予想外の出来事が起こった。

今まで言うことを素直に聞いていた綾子が、手を伸ばして窓を閉めてしまった。

「窓を開けろ！　これを開けろ！　言うことを聞け！」

最初は反射的にジムの言うことを聞いたのに、窓ガラスを叩けど、怒鳴ろうと綾子が急に言うことを聞かなくなってしまった。ジムは必死になって、車に手をかけて停めようとしたが、綾子は構わずエンジンをかけて急発車した。ジムは思わず後ろに引き下がった。綾子が怖がっているのを確認しただけでも満足だった。これでC州まで来た甲斐があった。

エミの学校の校長と顔なじみになっておく必要があったので、ジムは校長に面会を求めて、エミの成績の状況を調べたり、彼の教育に対する意見を話し合ったりした。その後、授業が終わる前にエミの教室に行って、エミとジェームスの手を引いて外に出た。綾子が蒼い顔をして駐車場の隅に佇んでいたが、ジムはこれ以上脅かしても逆効果になると考え、そのまま二人の子供を車に乗せて去っていった。

ジムは翌日特別訓練を受ける予定だった。その訓練があるので出廷日もそれにあわせて組んだ。出張の一部だから休暇を申請する必要もない。全てうまくことを運んだが、時間が余りにもなさ過ぎた。夜の九時までに弁護士とも最終的な打ち合わせをしなくてはいけないし、両親にも子供たちを会わせたい。O郡に綾子たちが移ってから、彼らは会っていない。ジムは早速弁護士事務所に向かった。一時間ほど、秘書に子守を頼んで弁護士と話し合いをした。

「これから証拠書類の提出をアラン夫人に要請します」

「その時に入れてほしい質問条項をここに書いてきたから、必ずこれも一緒に入れてくれないか」

「どんな質問条項ですか」

「誰がアメリカに帰った時に迎えに来たか、持っている写真と小包にかけた郵便保険の控え、ドイツを出る六カ月前からの支払い済み小切手の提出などだが、読めばわかる」

「全部答えてくれるかどうかわかりませんが」

「答えなければ、法律違反でまた出廷させればいい」

「支払い済み小切手のオリジナルを送ってもらいましょう。これには応ずると思いますが、誰が迎えに来たなんかは、証拠開示の対象には不適当と返事されますよ」

「まあ、僕の言うとおりにこのリストにある質問をアヤコに送ってくれればいい」

弁護士事務所を出たら四時過ぎになっていた。慌てて両親の家に車を急がせた。子供たちもお腹を空かせている。

「パパは、エミとジェームスに会いたくてドイツからわざわざ出掛けてきたんだよ。二人とも大きくなっているからびっくりしたよ」

ジムは久しぶりに会う子に話しかけた。我が子と一緒に車に揺られながらジムは思わず涙ぐんでしまった。エミが鼻声になった父親を不思議そうに眺めた。綾子が子供たちに詳しい話をしていないのが幸いして、子供たちは事情がよくわかっていない様子だった。

「エミ、学校はどうだい？」

「今日友達とボーイズ・クラブで遊ぶ約束をしていたのに」

「パパに会えて嬉しいだろう」

「これからどこに行くの？」

「グランマとグランパの所に行くんだ。二人とも大きくなっているからきっと驚くぞ。グランマがご馳走を作って待っているよ」

「パパとママは離婚するんでしょう？」

「誰がそんなことを言ったんだ」

「ママ」

「ママが何と言っていた？」

「ママとパパは考え方が違うんだって」

「へえ、その他には？」

「ママが幸せになりたいからだって」

「ママは幸せかい？」

「知らない。余り家に居ないもの。仕事に出掛けているから」

「一年前パパがエミたちに会いに日本に行ったんだよ」

「どうして会いに来なかったの？」

「ママが駄目だって。日本ではどこに行ったんだい」

「いろんな所に行った」

「ママがずーっと一緒だった？」

「ううん、友達に会うって出掛けたこともあった。でも私たち楽しかった」

「どこだったんだ？」

「知らないけど、私たちの英語が通じたの」

子供に聞いても詳しい話は無理だった。

両親の家で夕飯を済ませた。ジムの両親は一年ぶりに孫たちに会った。ジムとは三年ぶりに会うのだが、ベトナム戦争の時には六年以上も会っていない時期があった。長い間息子と会わないのも別段珍しくはないのだ。

そうこうしている間に八時になった。子供たちを送りに行かなくてはならない。綾子とクリスマス休暇の話もしなくてはならなかった。彼女がどぎまぎしているのは、結婚当事とちっとも変わっていない。ジムは綾子が独り立ちしようとしていること自体、考えが甘い、まさに笑止のさただと思った。その内に謝って戻ってくるに相違ない。それまではどんどん手を弛めずに攻撃する作戦だった。豊かな将来を自分から奪い取る馬鹿は、懲らしめる必要がある。


ジムが待ち合わせ場所に到着したら、綾子がコーヒーショップから飛び出してきた。

「エミ、ジェームス、こっちにいらっしゃい」

綾子が子供たちを呼んだ。

「パパはクリスマスにお前たちが来るのを待っているからね」

「うん、ドイツに行くのね。私、まだドイツ語が喋れる」

「僕も喋れるよ」

「ジェームスは余りよく喋れなかったわよ」

「いいから、いいから。それまでいい子にしているんだよ。パパにキスして。じゃジェームスもエミもママが待っているから」

子供たちが綾子のほうに向かって歩いていった。あと一ヵ月近くで彼らがドイツに来るのだと思うと別れもそれ程辛くなかった。今までの寂しさに比べれば一ヵ月待つのはたやすかった。二人を抱きかかえるようにして迎えた綾子は、慌てて立ち上がって車へと足早に子供たちの手を引いて歩いた。

「アヤコ、クリスマスの件はどうする？」

大声で話しかけたが、それが聞こえないかのように、綾子は子供の背を押して車に乗せ自分もさっさと車に入ってドアを閉めた。綾子は、窓を少し開けて怒鳴り返した。

「あとで弁護士から連絡を入れます」

第十二章　奇縁

綾子はドイツから弁護の依頼をしたときは、全て私に任せれば大丈夫と太鼓判を押していたのに、ノリス弁護士の前ではしどろもどろの弁論しかできなかったジョーンズ弁護士に、不満を感じ始めた。弁護士を替えたいと思っても、どの弁護士がいいか検討もつかない。時間をかけて出掛けて調べるのも、綾子には無理な話だった。

改めて証拠開示用の書類が送られてきた。以前のよりも数段も詳しく、微々細々に亙っていた。綾子が何時離婚を決心したのか、ドイツで誰が荷造りを手伝ったのか、誰がR市まで迎えに行ったのか、財産整理をするには関係の無いことまで質問書に載っていた。こうなると感情的問題で、理性的に法律で解決できない。

更に銀行の支払い済み小切手の控えを全てコピーして提出せよ、という項目までついていた。小切手を切ると、月末に銀行からステートメントと一緒に支払い済みの小切手が送られてくる。その数も多大な分量になる。銀行の残高が正しいかどうか、その小切手の控えと比べ合わせるのだ。

支払い済み小切手を見れば、何時、誰に、いくら払ったか一目瞭然でわかる。今では全てオンラインで実際に小切手が送られてくることはないが、二十数年前はすべてオリジナルが送られてきた。綾子は小切手を提出しなくてはならないとは、夢にも思ってみなかったから、誰彼と見境無しに小切手を切っていた。そのほうが自分で家計をつけなくても銀行の控えがあるから、後から何のためにお金を使ったかわかるので便利だった。

それが逆利用されたのだ。プライバシーが剥がれてしまった。綾子は自由の身になったと思ったのに、再び監視の目が光っている嫌悪感を憶えた。

もう一つの憂鬱の種は、クリスマス休暇だった。裁判所で決定されたが、子供たちは果たして帰ってくるだろうか。綾子は日本で子供を誘拐して、よりを戻そうとしたジムの態度が忘れられなかった。

綾子たちがT市に引っ越してから、綾子はジェームスに何かスポーツでも習わせたかったので、近くの空手道場に通わせた。数ヵ月前の話である。そこで同じく息子に空手を習わせていたケートという金髪の女性と知り合いになった。彼女はO郡に長く住んでいるし、知り合いも多くて、色々なことを教えてくれた。ケートにクリスマス休暇のことで悩んでいると打ち明けた。

「綾子、私の知り合いのアルメニア人で占いをする人がいるから紹介するわ。彼女の息子も昔父親に連れ出されて、アルメニアに行ったきり十年も帰らなかったの。だから貴女の心配をよく理解してくれると思うわ」

「占いってどうするの？」

「マヤはカードを使ったり、コーヒーの飲みかすで占うの。参考の為にも行ってみたらどう？　少しは心が収まるかもしれない。でも、心配が増えるかもしれないけど」

綾子は一か八かで勧められたようにマヤの家に赴いた。

ドアを開けたのは、目の彫りの深い、顔立ちのはっきりした綺麗な人だった。中近東風の長いブルーのドレスを着た大柄のマヤに綾子は圧倒されてしまった。まさに、ジプシーが目の前に現れたという感じを受けたのだ。

「この書斎が落ち着いていいわね。でもその前に、このトルココーヒーを飲んで頂戴。飲み終わったらそのままカップを伏せておいてね。後で使うから」

綾子は言われる通り、香りの高いトルココーヒーで喉を潤した。

「凄く濃いけど、とっても美味しいわ」

「お砂糖をたっぷり入れたから、飲みやすいでしょう」

世間話をしてマヤと綾子はテーブルを挟んで座った。

「さあ何から始めたらいいのかしら」

「まず関係ある人たちの生年月日と生まれた所を教えてちょうだい」

そうやって、マヤは次から次へと、占いカードを捲っていった。

「うーん、このジムという父親はとても復讐心が強いのね。でも弱虫よ。気が小さいの。特に下の子、これは男の子？　そう、男の子って出ている。この子が変な影響を受けるんじゃないかと心配よ。えーと、あなたには中年の弁護士が付いているって出ている。黒っぽい髪の毛の人。その人はとてもビジネスセンスがあるからその人の言うことをよく聞くようにしたらいいわ」

中年の黒っぽい髪の毛の人？　それならこの辺に何千人居るだろうか。ジョーンズ弁護士も四十台で黒っぽい髪だがとても頼りにならなかった。当たるも八卦、当たらざるも八卦とは正にこのことか。

次にマヤは飲み干したコーヒーカップの内側を見て占った。

「あなたはとても孤独な人なのね。助けが必要でも決して人に話さない。まるで大海にぽつんとある孤島に似ているわ。もっと人と相談して助けを求めないと、息がつまってしまうわよ。体を壊すと困るから」

子供には変な影響があるかもしれないと言われたが、無事であるという占いだった。一応安心はしたが、実際に休暇が終わって帰ってくるまでは落ち着かない。ジムから二人分の切符が送られてきた。

R市の空港から二人を送り出す日となった。スーツケースに暖かい洋服を詰め、準備はできていた。エミとジェームスに前々から、飛行機の中は二人だけだから、スチュワーデスの言うことをよく聞いて迷子にならないように注意するようにと、何回も繰り返して教えた。

「ママがどうして一緒に来ないの？」

「だって、二週間も休暇が取れないもの。それにママはパパに会いたくないの」

「ママは一人で大丈夫？」

「ママは大丈夫よ。それよりドイツは寒いから、風邪を引かないようにしていつも暖かくしていなさい」

初めて子供だけで旅に出すのであった。九歳と五歳の子供である。しかもヨーロッパに行く長旅。大人でさえ大変なのに、こんな小さい子供たちだけで果たして大丈夫なのか。飛行機会社は子供の旅行の為に乗り換えの時とかには特別にアテンドをつけてくれるが、綾子は、行かせたくない、こんな長旅はさせたくないという思いで胸が締め付けられるようだった。

国際線はゲートまで送っていけない。セキュリティーの所で別れなくてはならなかった。付き添いのスチュワーデスはゲートから付くので、セキュリティーからゲートまでは二人きりだ。

「エミ、ゲートは十二番だからよく見て番号を確かめていくのよ。間違えないで」

「うん、十二番ね。ジェームス、ちゃんと付いてきなさい。わかったわね」

わかったのかわからないのか、ジェームスはエミの後に付いていった。リュックを背負った二人がしっかりと手をつないで、きょろきょろとゲートの数字を探しているのが、セキュリティーの向こうに見えた。もう綾子が大声を出しても聞こえない距離だった。やっとゲートの方向がわかったのか、二人で左に曲がって早足で歩いていく姿が、涙に擦れて見えなくなってしまった。

「神様、どうかお願いでございます。二人が無事に帰ってきてくれますように。どうか二人が無事にF市に着きますように。事故がなく、生きているのでしたら、どこで生きていても構いません。必ず、必ず、無事で生きていますように」

二人を乗せた機体がセキュリティー近くの窓から見えた。綾子は物に取りつかれたかのように、その機体から目を離さなかった。小一時間くらいして、ブリッジから離れ、機体が震えるように動き始めて、滑走路のほうに向かっていった。スピードを増して離陸した飛行機が、どんどん小さくなっていく。芥子粒みたいになって、空が飛行機を飲み込んでしまうまで、微動だもしなかった綾子がやっと自分を取り戻したのはそれから十分ぐらい経ってからだろうか。

家に帰るまで、子供がいなくなったという現実感がなかった。アパートのドアを開けた時に初めて、誰も居ない現実がのしかかってきた。


その後、こんな経験が何回繰り返されただろうか。綾子もその内に慣れると思っていたが、いつも子供たちを送り出す前は、これが最後かもしれない、もう二度とあの子たちには会えないかもしれない、という不安は拭いきれなかった。


心配していたが、子供たちは無事に帰ってきた。

普段通りの生活が始まった。春になり、ジェームスが水疱瘡に罹ってしまった。ちゃんと予防注射はしていたのだが。感染性が強い水疱瘡に罹ると保育園では預かってくれないし、ベビーシッターを頼む人もまだ水疱瘡になっていないから、頼めなかった。有給休暇は裁判所通いに使ってしまったので、仕方なく綾子は給料抜きの休暇を取った。

熱は大したこともなく、身体中が痒くなるだけなので、綾子はジェームスに身体をかかないように注意しながら、本を読んであげたり、ゲームをしたりして暢気な時間をすごした。随分昔にそんな日々を過ごしていたのだと思い出しながら。

そんな日の午後だった。近くのコミュニティー・カレッジのカタログを見ていた時、ふと日本語のクラスが入っているのを見た。

「さすが、O郡だから日本語のクラスもあるのね」と感心した綾子は、こんな所で日本語を教えているのはどんな人なのか、と教師の欄を見たが単にスタッフと書いてあり、名前はなかった。綾子はおかしいなと思った。もしも教師が決まっているのならちゃんと名前は書くはずである。

それがないのは。そう思った途端、不思議と自然に電話に手がいった。まるで電話をかけるのが当然、と感じる程だった。次の瞬間には指がカレッジの電話番号をまわしていた。

「ハロー、すみませんが語学部の人と話したいのですが」

「語学部の誰でしょうか？　秘書でもいいですか？　じゃあその人に繋ぎます」

「ハロー、語学部です」

「あの、日本語をそこで教えているというので電話をしました。変なことを伺いますが、教師は決まっているのですか」

「この間まで面接をしていたのですが、まだ決まっていないのじゃないかしら。私ははっきりとわからないので、二時すぎにもう一度電話をしてくれませんか。担当の先生がその時間に授業から戻ってきます。その人と話をしてください」

何故大学に電話をしたのか。手が勝手に動いてしまったのか、何か虫の知らせがあったのか、綾子もはっきりと説明できなかった。

二時ちょっと過ぎに、もう一度電話した。

「ハロー、先ほど電話したアヤコと言います。二時過ぎに電話をするようにとのことで」

「ちょっと待ってください。担当のジェーンと替わりますから」

大分待ってから、はきはきした口調のジェーンが電話に出た。

「ハロー、ジェーンです」

「私の名前はアヤコです。カタログを見ていて日本語のクラスがあるのに、教師の名前が書いていないから不思議に思って電話したんです。日本語の先生を探していらっしゃるのですか？　興味があるので是非応募したいのですが」

「あなたの経験とか学歴を教えてくれますか」

綾子は大学で教職を取ったわけでもなく、学校で教えたこともなかった。大学院に行ったこともない。ないものずくしだ。話している途中で、何故電話をかけたのか、何と自分は馬鹿なのかと後悔し始めた。

「経験が無いのは良くわかりました。でも是非会いたいので面接に来てくれませんか。学部長と一緒に面接したいので、明日の朝はどうでしょうか」

「私のほうは何時でも結構です」

「それじゃ、十時に待っています。教員室のある建物に来てください」

まさか、と思った。冗談から駒が、とはこのことか。

ジェームスの問題があった。水疱瘡も大分治ったので目立たなかったが、感染の可能性はあった。

その時、T市で小さく東洋人向けの食品を扱うマーケットを経営しているおじさんが、以前、

「綾子さん、母親一人で大変でしょう。もしも私らの力になれることがあったらいつでも相談にいらっ

しゃい」

と言ってくれたのを思い出した。早速電話して助けを求めた。

「別に熱があって寝ているわけじゃないんでしょう？　店の奥にテレビのある部屋があるからそこで休ませていればいいから、連れてらっしゃい」

「すみません。昼の仕事だけではお金も足りないし。もしも夜教えることができれば嬉しいと思って、駄目もとで応募したんです。余り時間もかからないと思うのでどうか宜しくお願いします」

時間通りに履歴書を持って大学に行った。ジェーンは小柄で早口な人で、学部長は穏やかな感じのする人だった。

「この大学では、ナチュラル・アプローチと言って、教科書等を余り使わず実際に暮らしのシチュエーションを通して、体験しながら言語を学んでいくという教え方をしています。適切な日本語の教科書が見つからないので、教科書なしに、どうやったら教えられるか、デモンストレーションしてくれますか」

綾子は面接している会議室を見回した。壁に時計が罹っている。自分の時計をさして、

「とけい、と、け、い、です」

と何回か繰り返し、ジェーンの腕にあった時計も指して、同じく

「とけい、と、け、い、です」

そして壁の時計を指して、

「とけい、と、け、い、です」

ジェーンがにこっと笑って、

「と、け、い。と、け、い」

と繰り返した。綾子はその機会を逃さず、大きく頷きながら、微笑んで
「はい、とけい、と、け、い、ですね。ＯＫです」

面接中、質問の内容がわからないものも多かった。ティーチング・メソッドは何かと質問があった。質問の意味がわからなかった。綾子は、たじたじになりながらも、教え方は、何回も繰り返し、実際の物を指差すのが良いと答えた。綾子はジェームスにお風呂を入れているとき、「ジス・イズ・ユアー・アーム、アーム」と腕を触りながら繰り返して、ジェームスが「アーム」と言えたら、大げさに笑って「イエス、イエス」と言っている、と経験談を話した。

更に、セカンド・ランゲージは云々という質問が出た。もう全身の血がかーっと頭に上がっていた綾子は、何と答えていいのかわからなかったが、セカンドは二番目だし、ランゲージは言語だから、第二言語のことかな？　ああ、そうだ外国語のことを聞かれているんだ、と勝手に想像して答えた。ドイツに居た時、近所のドイツ人とどうやって意思疎通しえたか、またスペインやフランス等を旅行した経験を思い出した。

「セカンド・ランゲージですか。そうですね、きちんと話せると困ると思います。正確に話せると、相手が速く話す可能性があるから困ります。外国人が自然に話している言葉は理解できないから、セカンド・ランゲージはスムースに話せないほうがいいと思います。間違ったり、たどたどしく話すと、

相手はゆっくりと話してくれるでしょう。それから、歌で憶えるといいかもしれません。メロディーと一緒に憶えると入りやすいかもしれない」

果たしてあっているかどうかはわからなかったが、綾子は外国生活が長かったし自分自身努力してその国の言葉を片言ながら話せるようになった実際の経験から鑑みて質問に答えた。

約一時間の面接が終わった。脇の下がびっしょりするくらい緊張の一時間だった。

その晩、ジェーンから電話がかかってきた。

「今まで、言語の博士号を持っている人とか沢山面接したけど、どうしても私たちの言語学教授法に添った人が見つからずに困っていました。時間も迫っていて、クラスをキャンセルしようかとも考えたんですよ。あなたに経験がないのが心配ですが、アプローチの仕方が私たちと同じ原点に立っていると思います。それが気に入りました。それとあなたの英語が上手なので吃驚しました。語学の達者な人は、外国語も本国人と同じように話せるようでなくてはいけない、と私は信じています。

私がコーチするから教えてみませんか。週末コーチした材料を使って、火曜日と木曜日の夜に教えるのはどうでしょう。私も日本語を習いたいと思っていたから、一緒にクラスを取るつもりです。最初のクラスは五日後の火曜日です」

「はあ、ええ、是非お願いします」

綾子は余りにも話が速く進んだのでドキドキしながら承諾した。

「じゃあ、C州の教師免許証を仮発行してもらうから、明日その手続きをしてください。秘書のアリスに用意させます。それにしても本当に不思議ね。一昨日アリスがあなたと是非とも話せと執拗に頼まなければ、あなたからの電話にも出なかった所でした。別に教師の募集をしていたわけじゃないのよ。だから何故あなたが応募してきたのか半信半疑でした。

アリスが、アヤコという日本人から電話があって、とてもいい感じだったから、電話に出ろ、出ろとせっつくので、つい私も電話口に出てしまって。あなたと話していたら面接する気になりました。いい巡り会わせだったのね。でも間に合って良かった。日本語のクラスは今のところ登録は四人しかいないから、キャンセルになる可能性が大きいの。でも最初の一週間は教えなくてはいけないから、二日分の教材だけでも用意しておきましょう。私の家に来てくれると色々見せてあげられる。丁度私もT市に住んでいるの」

綾子はキャンセルされるかもしれないと聞き、がっかりした。しかし降って湧いたような教師の仕事に魅せられた。たった二日だけでもいい。その経験をすることが重要なのだ。後で何の役に立つかわからない。

その週末、ジェーンの家を訪ねて、彼女に外国語教授法を手取り足取りして教えてもらった。沢山の写真やカードを使って、目の前で練習もしてみた。ジェーンもクラスを取るというので、綾子も心強くなった。

アパートのマネージャーに問い合わせて、ベビーシッターを探してもらった。このアパートには二百所帯ほど入っているので、それ程時間をかけずに、一棟奥のアパートに住んでいた十四歳の女の子が見つかった。

「もしかしたら一週間だけになるかもしれないけど、エミとジェームスの宿題を見て、寝る支度をして、本でも読んで頂戴。大体九時ごろには寝かせたいの」

アメリカのティーンエージャーが最初にやる仕事がベビーシッターである。夫婦で夜出掛ける習慣があるので、その間子供の面倒を見てもらうために、親たちはベビーシッターを頼む。C州では十二歳にならないと子供を一人にして出掛けられない法則がある。だからベビーシッターの仕事も廃れない。

さて、待ちに待った火曜日になった。練習してきたことを実践する日が来た。どきどきしながら、早目に教室に行って準備を始めた。ジェーンも同じく早く来てくれたので一緒に土曜日の復習がてら練習をし、生徒を待った。

四人しか登録していないと言われたが、十分前になったら、七、八人の学生が席を占めた。一人、二人と入ってくる。六時半になって、綾子は教室内の生徒を数えた。全部で十五人居た。結局、場所がわからなくて遅く来た生徒も合わせて、二十五人になった。ジェーンと綾子は顔を見合わせた。本当なのかしら。

必死の思いで、週末に習ったやり方で生徒たちに日本語を教えた。各種の挨拶と名前の言い方、聞き方、色の名前など。最初の一日が終わった。

「ジェーン、どうでしたか」

「うん、なかなかうまくやったじゃない。私だって生徒の名前を全部覚えちゃったわ。ああやって、繰り返し繰り返し、先生が話し、生徒に言わせることで自然に日本語が耳に入るのよ」

「ええ、やり始めたら一生懸命になってしまいました」

「この調子だと、キャンセルどころか満員で断らなくてはならないところだったわね。三十分くらい、木曜日のおさらいをしましょう」

こうして日本語の先生ができ上がった。


それからは、綾子は毎週末ジェーンの家に通って指導をうけた。ジェーン自身もクラスをとっているので、すぐに良い点、悪い点を指摘してもらえた。綾子は先生をしながら素晴らしい勉強ができるので自分の幸運を喜んだ。先生という仕事は重労働である。絶えず話しかけ、生徒が理解しているかどうか気を配り、動き回り、立ち尽くめだった。でも綾子は大いに生きがいを感じ充実感を味わっていた。

三月から五月までは綾子は無我夢中で教えた。時にはベビーシッターが急に来られなくなっても、代わりの人を何とかすぐに見つけ出すことができた。週末は教材つくりで必死になり、週の夜二日は大学で教えた。育児の手抜きが目立ちだした。先生の仕事を優先してしまったのだ。綾子は新しく発見した自分の才能に酔っていた。

疲れると自然に子供たちにも神経が尖ってしまったが、それにも綾子は気が付かなかった。エミがちょっと言うことを聞かなかったりすると、学校に行く途中でも、

「そんなにママの言うことを聞かないなら、一人で歩いていきなさい」

と声を荒げ、遅刻寸前になって、泣きすがるエミを尻目にさっさと発車させたりした。エミが泣き顔で走って追いかけるのがバックミラーに映っていても、平気でアクセルを踏んで走り去った。綾子は余分の収入が入ってくるから生活に余裕が出てくると思ったのだ。心の余裕が削られてきたのは、少しも気が付かなかった。

三十六年間、一度もフルタイムの仕事をしたことはなかった。二人の子供を育てながら、無条件で頼れる家族も居ない外国で生活すること自体大変だった。それに加え、夜は先生をして、離婚訴訟に追われ、肉体的にも、精神的にも無理が来ていた。そのしわ寄せが子供たちに行ってしまったのだ。

第十三章　女弁護士

子供の養育問題もさること、もう一つの頭痛の種は弁護士との折衝だった。証拠書類提出の返事について相談をするために、数度ジョーンズ弁護士に電話を入れた。その度ごとにつっけんどんな返事が戻ってくる。お金を払っているのに、何と言う態度か。

強制的継承的不動産処分審議（ＭＳＣ）が三月に予定されていた。裁判所が不動産処分に対して両者の合意を得るために設ける手続きである。

結局はジムがドイツに居て出向かれないのと、ノリス弁護士が証拠開示がまだ不十分であるからとして、延期になった。ジョーンズ弁護士事務所の新米弁護士であるブロー弁護士から、彼が処分審議日に出廷して、延期要請の旨を申し立てるという手紙が来た。延期を申し立てる場合でも、どのように展開されるかわからないから綾子は行く必要があったし、質問もあったので裁判所に赴いた。

裁判室の外でブロー氏が出てくるのを待っていた時、他のケースで来ていたジョーンズ氏が通りかかった。確かに綾子がそこに居るのを認めたはずだった。綾子のほうもじーっとジョーンズ氏に目を注いで、挨拶する寸前だったのに、挨拶どころか目配りもせずに通り過ぎた。明らかに無視の態度である。綾子のほうも挨拶の機先を損じてしまった。

「スーザン、いつもあなたに助けてもらって悪いんだけど、あなたは交際関係も広いから弁護士を探してくれない」

「ジョーンズさんは駄目なの？」

「うん、私のケースを嫌がっているみたい」

「それはそうでしょう。大抵の人があなたの離婚の弁護をするのを嫌がるわよ。あんな執拗な相手じゃ大変ですもの。凄く根気がいるわよ」

「それで困ったの。こっちでは誰がいいかわからないし、どうしたらいいのか困ってる」

「O郡には移せないの？　あなただって大変でしょう。行ったり来たりじゃあ」

「そうすれば良かったと、今では後悔している。引っ越した時に何故ケースを移さなかったのかしらって。でももう遅すぎるわよ。もう少しで終わると思うの。でも、ジョーンズ事務所に頼んでいたら、私に不利な判決が下りても、ジョーンズ弁護士は全然無関係な顔をするわよ。一生懸命働いてくれないもの」

「あの人、今奥さんといざこざがあるのよ。秘書と浮気したのがばれたみたい」

「それじゃますます駄目じゃない。自分のことで頭が一杯でしょうから」

「そうね、電話帳の求人欄の弁護士の所を開けているんだけど、ここじゃ本当にいい人は居ないわね。あれ！　この弁護士はどうかしら。ボスウェルと言って、女弁護士なの。確か私の友達が離婚する時に頼んだ人じゃなかったかな。アヤコ、女は女の味方をしてくれるんじゃない」

　早速綾子が電話をいれ、ボスウェル女性弁護士に会いに出掛けた。

ボスウェル弁護士事務所はジョーンズ弁護士事務所のように立派な構えではなく、家庭的でざっくばらんな雰囲気があった。ボスウェル弁護士も、肝っ玉母さんみたいにどっしりとした中年の女性だった。綾子は今までの経過を話した。ボスウェル弁護士も事情がわかり、引き受けることになったので安心した。綾子は今までの経過を話した。ボスウェル弁護士を変更するための『弁護士代置書』を用意し、ジョーンズ事務所に送付して、手続きを取ると綾子に確約した。

翌日、ジョーンズ事務所に今までのケースに関する書類を、ボスウェル事務所に送付する依頼の電話を入れた。

「送料はそちらで払ってくださいね」

「えぇっ！　一キロと離れていない距離ですが、誰かが届けても数分しかかからないのに、送るんですか」

「届けるというサービスは、この事務所ではしていません。送料を送ってくれなければ、そちらのほうで取りに来てくれますか」

「じゃあ、私が取りにいきます」

「ちょっと整理しますから、来週の月曜日午後四時半過ぎに来てください」

綾子は、秘書の対応でますます気を悪くしてしまった。何たることか。あんなに一時間百ドル以上も取っておいて（現在の弁護士料は一時間二百ドルから三百ドル以上かかる）、こちらに有利なことは殆どなかった。ケースの内容が複雑で大変になったら、手のひらを返したように、つっけんどんになるなんて、弁護士の風上にも置けない。もしかしたらあの秘書がジョーンズ弁護士の浮気の相手だったのかもしれない。綾子は憤慨した。

指定された四時半にO郡から数時間休暇を取って書類を取りに行ったら、事務所のドアのところにケースの入った箱が放り出されていた。綾子は呆れ返ってしまった。綾子に時間があって、法律に詳しければ、弁護士不当行為で訴えたかもしれない。

綾子はそれでなくても弁護士とコンタクトを取るのが嫌だったから、そのまま箱を持ってボスウェル事務所に届け、綾子も一応全部の書類に目を通した。なんとなくジョーンズ事務所が綾子の書類を全部揃えて送ってくれないのではないかと疑っていたから。


証拠開示の書類整理や手続きに追われた綾子は、疲労困憊に達していた。もう目をつぶって離婚訴訟から逃避したい気持ちが一杯だった。もうどうでもいい、ジムの言いなりにでもなってもいいから、一日も早く解決して、訴訟のいざこざから逃れたかった。それができなかったのは、ジムが全然妥協せず、もしも離婚するなら、子供を渡して、今まで持って出たお金は全部耳を揃えて返し、養育費や慰謝料も返して、今後一切何も要求するな、という無理難題を言っていたからだった。

C州で結婚している間、夫婦で築き上げたものは共同財産と見なされ、その分は離婚の際には二等分される。十年以上結婚していると、退職金に対する権利も生じる。それに反してジムは、お金が一切渡さない、持ってきた物をずべて返せ、しかも子供を渡せ、会わせない、とは。全く法律を無視するような言い分だ。

アメリカ人のように、もっときちんと記録をとり、嫌な法律の問題でも避けずに規定に従って暮らさなくては駄目だと、自分に鞭打って生活していた。どうしても綾子は日本人的な考えをしがちだちだ。日本では、和をもって尊しではないが、物事は全て丸く収め、法に訴えるのは避けたい、人の善意を信じるのが常識の世界だった。全ての物は川の如く流れ行く、物に執着してはいけない、という仏教の教えが、長い間を経て日本人の性格を作り出していったのか。

西洋では法を重要視する長い歴史を持っている。ローマ時代から書いた法を基本として市民は暮らしていた。多国民が生活する中で人権を尊重するためには、どうしても客観的に書いたものが重要視される。日本人同士なら相互信頼や言葉で交わした約束でも通用する。しかし、日本でも他国民が介入している場合はどうなのか。考え方、物の受け取り方が違う人たちの集まりだと、相互にわかり合える契約を通して合意を得ないと、ことが進まない。アメリカでは色々な人種が混じっているから、全て黒白をはっきりつけないと生活の保障ができないのだ。隣に誰が住んでいるかわからない、文化も考え方も違う人たちと仕事をするというような土地では、法に則って物事を収めるのが一般常識になっている。

全然法律に無知蒙昧だった綾子の最初の仕事が法律事務所、というのも何かの巡り合わせだったのだろう。たとえ専門の畑が違っていても、法律用語や、形式、訴訟行程は同じである。何も知らなかったら、証拠物件提出命令書が来ただけでも、度肝を抜かされていたであろう。綾子は毎日のように、事務所で扱っているケースで同様の書類を用意していたから、名称には慣れていた。だが実際に自分のケースとなれば、感情的に全然違うものだ。弁護士から来た書類の入っている封筒を見ただけでも、頭に血が上がってしまう。

仕事で毎日法律文書に接していなければ、この訴訟は彼女にとってどんなに重荷だったろうか。綾子は弁護士から手紙が来るたびに、まるで手紙に時限爆弾が仕掛けてあるかのように、数日はその封書とにらめっこをして、開封を一日延ばし二日延ばしにした。

審議日が次から次へと延期された。証拠開示が遅れているのと、ジムのほうが都合が付かないからだった。その度ごとに、綾子は目の前に餌をつけて、それを追いかけて走る競馬馬のような気持ちがした。審議日が延び、判決という餌がまた遠くに置かれるのである。走っても走っても餌には追い付かない。どんな判決が下りようとも、一つの決着が付くと、次の段階に進めた。いつまでたっても宙ぶらりんの状態が一番不安定だ。

審議日が延期されると、開示書も更新されていった。前回提出した銀行のステートメントは既に古くなっている。前回から今回までの六ヵ月間に送られたステートメントと小切手のコピーを提出せよ、との命令書が何回来たか。その度ごとに弁護士代も加算されていく。

そんな春先、ボスウェル弁護士から手紙が届いた。綾子はキッチンのカウンターにのせてそれが魔法の如く消えてしまわないかと願った。数日経っても依然とその手紙は、綾子を睨みつけていた。

やっと勇気を奮い起こして開けてみた。証拠開示の行程の一つで、弁護士が事情収集するための、ディポジッション、供述録取書の知らせだった。

ジムはC州法に関する本を仕入れて帰ってきた。

以前は家に居るときは車の手入れかミリタリーコレクションの整理と研究に勤しんでいたが、今では法律文書に首っ丈になっていた。どうすれば綾子を陥れることができるか、どうすれば財産分与を有利にできるのか、どうすれば退職金を渡さないですむのか、抜け道を探す努力を重ねた。

特に外交官や各国の軍人たちが集まる大舞踏会に一人で出席せざるを得ない時などは、逃げていった綾子に対する憎しみが倍増した。今では彼女が帰ってくる可能性は少なかったが、このように攻めていけば、降参するかもしれない。彼の計画通りに行っていたら、この大使館付きの勤務で大佐に昇進したはずだった。

その計画も全てはおじゃんになってしまった。ジムは結婚後、少佐、中佐と順調に昇進していき、修士号も無事に取れたのも、全ては自分の勤務成績の結果と思っていた。綾子が影で助けていたという事実は、全然念頭に無かった。

ところが、綾子の弁護士が養育費と慰謝料を取り立てるために、給料天引きの手続きをした。将校として汚名をかぶってしまったのだ。中佐から大佐に昇進するのは非常に狭き門で、コネや、特別の功績、特殊の職種についていないと難しかった。少しでも支障があれば、昇進の妨害になった。軍の会計本部から天引きの通知が来た時、それを阻止しようと会計部に電話して脅しをかけたが無駄だった。

離婚する軍人は職業柄沢山いる。離婚が珍しいのではなかったし、昇進の障害にもならなかった。

しかし天引きは別の話だ。毎月支払いをしていれば人事を通して給料天引きなどの憂き目に合わずに済んだのに、ジムは自分の迂闊さを攻める前に、その処置を取った綾子を憎んだ。

昇進の道が遠くなった。家庭でも仕事でも彼の道は閉ざされてしまった。どうしたらいいのか。自分が努力しても、計画が達成しないのなら諦めはつく。これが自分の妻の仕業と思うと、どうしても気持ちの整理が付かない。綾子に痛い目にあわせない限り、納得いかなかった。

「証拠開示の書類は全部送ったのか」

「はい、指示とおりに提出された分のコピーはそちらに送りました」

「小切手の二百五番、二百三十番から三十二番と二百四十四番が抜けている」

「抜けている小切手は、書き間違って破棄したりしたのじゃないですか」

「確かめてくれ。次の証拠開示命令書にその番号を指摘して、無かったら、何故無いのかもその理由を説明せよ、という質問条項を入れてくれ。最後の支払い済み小切手が二ヵ月前になっているから、来月すぐに最新のを提出するよう命令書を送ってくれ」

「普通のケースではこんなに頻繁に証拠開示をしませんけど」

「お前は秘書なんだろう。秘書なら黙って依頼人の言うことを聞いていればいいんだ」

「私はノリス氏の指示に従って仕事をします。依頼人からは指示はうけられません」

「じゃあ、最初から言っただろう、ノリス氏に繋いでくれ」

「前にも言ったように、今はミーティング中です。電話にでられません」

「僕はヨーロッパから電話しているんだ。出張があるから次にかけられるのはいつかわからない。ミーティングを中断して取り次いでくれ」

「ちょっとお待ちください」

ジムはいらいらしながらノリス弁護士が出てくるのを待った。

「ノリス氏は忙しいので、メッセージをお願いします。書状で返事するとのことです。今後も緊急でない限り、電話は避けて手紙で連絡をして頂きたいという意向でした」

ジムは頭にきたが、ノリス弁護士が徹底的に綾子を追求しているので、彼のやり方には満足していた。

秘書のキンバリーは電話を切ってから人気を感じて振り返った。ノリス弁護士が立っていた。

「例の中佐からか」

「ええ、私に命令するんですよ。まるで自分が弁護士みたいな口調です」

「軍人特有だが、彼みたいな礼儀知らずも珍しい」

「応対に困っています。暴言もひどいし。このケースを知ってから、中佐の弁護に荷担しているのに嫌気がさしてきました」

「それにしても、あの夫人もしぶといのか、無知なのかわからない」

「私は奥さんに同情しています。暴力があったんですから」

「まあ、軍人には家庭内暴力はあるかもしれないな。仕事が仕事だから」

ジムは、綾子から送られてきた小切手のコピーと銀行のステートメントを照らし合わせ、彼女がどこかにお金を隠しているのではないか調べた。綾子は三つの銀行に小切手口座を持っており、二つの当座預金があった。ジムはお金の出し入れを詳細に調べた。収入以上の生活をしているのは確かで、当座預金が少なくなってきた。

引き伸ばし作戦をして預金が無くなった所で、こちらの言いなりにすれば良かった。

「ジェームスと話したいが」

「今友だちのところに行っています」

「そっちでは夜の九時近いのじゃないか。そんなに遅くまで遊ばせておいていいのか」

「宿題は終わったし、もう帰ってくる頃です」

「それはそうと子供たちの夏休みの航空代はお前も半分出さなくてはならないからな」

「こちらで調べて、なるべく安い飛行機便にしたいです。立て替えておきますから、費用の半分が送られなくては飛行機に乗せませんから」

「いくらだか、知らせてくれ」

ジムは綾子が勝手に手配したのだから、半額支払う気持ちなど全然なかった。

「誰が昼間は子供たちの面倒を見るんですか」

「そんなのはお前の知ったことじゃない」

「それから子供たちの居場所の住所を教えてください」

「お前が知らなくても、僕が全てセッティングするから心配ない。クリスマスの時は文句は無かったじゃないか」

「あの時は大使館の電話番号を知っていたし、私も初めてで事情がわからなかったけど、今回は二ヵ月も行っているんですよ」

「私書箱の番号がわかっているじゃないか。それで充分だ」

「電話は？」

「電話なんかないと言ったじゃないか」

「夏休みになるまでの三ヵ月の間に引けるでしょう。そしたら教えてください。それに住んでいる家の住所がなければ、子供は飛行機に乗せません」

「そんなことをしてみろ、法律違反で訴えるから」

「電話で子供と話もできない、誰が面倒を見ているかわからない、どこに住んでいるかもわからない、じゃ困ります」

「六月二十三日に子供が来なければ、出廷命令を出すようノリス弁護士に連絡するから憶えておけ！」

ジムは綾子がヨーロッパまで来て、自分の居ない留守に勝手に家に入り込んで書類を調べるのを恐れていた。彼は所得税の控え、C州のドライバーライセンスや、州所得税で住民申告した申告書の控えをもっていたのである。幸い、綾子と弁護士がそこまで気が回らなかったので、旨くいけばC州の住民であったことが暴露されずに済みそうだった。

ジムは小切手口座を一つにしぼり、数百ドルずつの現金をマルクに換えてドイツ銀行に預けていた。決して個人宛やミリタリーコレクションの取引相手に小切手を切るようなへまはやらなかった。小切手を調べられて彼の小遣い稼ぎの相手がわかってしまったら大変である。税務署にも申告しない収入であった。現金扱いにすれば自分がどこで何をしているのか誰にもわかるはずがなかった。綾子に送る養育費と弁護士代、両親に支払う電話代以外は用心深く小切手を切らなかった。

ジムは自分の行動に関して、抜け穴が発覚されないよう努力した。自分の身の安全第一主義は生来のものだ。ベトナム戦争を経験しているし、敵軍襲撃演習の司令長として働いていた経験等で培われた習性も役立った。

ノリス弁護士から手紙が届いた。綾子からジムの住所を知らせてほしいという依頼があったから、直接綾子に連絡して家の住所を知らせるようにとの内容だった。更に証拠開示が順調に行われているが、ジムのほうの証拠品提出が滞っているので、延期を申請していること。三月に予定されていた強制的継承的不動産処分会議（ＭＳＣ）の延期はうまくいったが、綾子が弁護士をボスウェルという人に替えたこと、などだった。

離婚では離婚したいほうが、多少なりとも不公平を承知で合意する形が取られやすい。裁判官も後で問題が生じないよう、処分会議の結果報告があった際に、再び両者の承諾を再確認してから判を押す。その時点で両者が合意しない場合は、もう一度公判前に相談するチャンスを与える。このように、裁判所では、何回も訴訟当事者の話し合いの機会を設けて、公判を最終限度に押さえる。両者の合意で決まった結果は当事者が遵守する率も高いし、第三者である裁判官が、無差別に判決を下すのはなるべく避けたいのだ。

ジムは証拠開示の提出品のコピーに間違いがないか、何度も見直した。手抜かり無く綾子たちに彼の隠し財産がばれないように最新の注意を怠らなかった。もし万が一にも綾子が帰ってくるとしても、彼個人の口座は絶対彼女にわからないようにしなくてはいけない。その上、ミリタリーコレクションに形を変えてしまえば、彼女には手が出ない。コレクションの価値などわかっていないから。ジムのコレクションの購入メモを綾子が数枚持っていったのは知っている。しかし、それは買ったときの値段であって、二年後には、それが数倍で売れる、などとは彼女は夢にも思っていないはずだ。

第十四章　デポジッション

供述録取書（デポジッション）は、弁護士が相手側の申立人とか証人に対して質問し、証拠や事情を収集するプロセスである。ここで述べたことは全て公式文書になる。デポジッションを取られる側の弁護士、そして取る側の弁護士が一堂に集まり、宣誓してから行う。法廷公認報告者がその場で、質問、証言を全て記録する。だから頷いたり、首を振ると記録が取れない。必ず『はい』『いいえ』と言葉に表さなくてはいけない。

この報告者はタイプライターを縮小したようなポータブルの器械を持ってきて言葉のコンビネーションを利用して、タイプの要領でキーを押しながら用紙に穴を開けていく。後で用紙に開けられた穴の位置関係からその証言を普通の言葉に直し、転写していく。

綾子が働いている弁護士事務所では、交通事故で怪我して訴えた原告や、事故の目撃者たち、事故を起こした被告などの供述をとって証拠固めをする。証拠物件提出や質問書等を交換しても複雑なケースでは実際に何が起こり、何が問題点となっているかを知るのには関係者の話を聞くのが一番手っ取り早い。

質問書では『ノー』と簡単に答えられても、デポジッションだと次から次へと相手側の弁護士が質問を浴びせかけるので『ノー』だけではすまなくなる。本当に神経がすり減らされる会議である。たとえ悪事を働いていなくても、質問攻めにあうのは嫌なものである。度忘れしたり、不確かな点があって、ちょっと前に証言したことと多少違う証言をする可能性もある。

交通事故とか、数十万ドル、数百万ドルの訴訟だから、デポジッションが行われるものとばかり思っていた綾子は、まさか自分の離婚訴訟でデポジッションが行われるとは夢にも思っていなかった。綾子はびっくりした。しかし逃げたくても逃げられない。

先回の証拠物件提出から経過した支払い済み小切手とか銀行のステートメント、更に今まで提出したものも再び提出しなくてはならなかった。狭いアパートの中は、日本語クラスを教える為の、大学の教育資料等で一杯になっていた。だから日常必要でない財政的な資料、特に既に提出してあるものは、収納場所がなかったので、箱に入れてアパートの住民全体のための物置に入れてあった。それを引き出して要求されているものかどうか照らし合わせたりしなくてはいけなかったので、書類を集めるのに非常に手間取った。子供の世話、昼は仕事、夜は教えたり、宿題やテストの点数付けをしなくてはならなかった。精神的ストレスに加えて、肉体的にもこのデポジッションの準備は大変だった。

指定された日、綾子はボスウェル弁護士とデポジッションが始まる三十分前にノリス弁護士事務所で待ち合わせた。ノリス弁護士はR市にあるから、丁度裁判所のある町とO郡の中間地点だ。弁護士代はボスウェル弁護士に会った時からでなく、彼女が裁判所のある町を出た時からの時間が計算される。綾子にドイツから持ってきた貯金がなければ、決して秘書見習いと夜学の先生の給料では支払いきれない金額だ。

「どんな質問がでるのでしょう」

「多分、あなたがドイツから持ってきたお金の額を確認すること、そのお金のあり場所、どんなにしてあなたがお金を動かしていった、そんなところじゃないかしら。帳尻があわないと困るから、知っている範囲内で答えて、わからない部分はわからないとはっきり言わないと不利になるわよ」

「怖いな。よく憶えてなんかいないのに。今までちゃんと書類をだしたからそれで計算すればいいのに。しかもジムなんか全然正直なことを言っていないじゃないの。ドイツに居るんだから、隠そうと思えばドイツ銀行でもスイス銀行でもどこでも隠せるわよ。ジムの証拠物件提出を見たでしょう。小切手なんか全部何百ドルも現金化しているのばかりだから何に使ったかわからない。マルクに換えてドイツの銀行に入れてるかも」

「彼のデポジッションを取ることができたらいいのにね」

「どうしたらいいの？」

「彼をアメリカに呼んで取らなくちゃないから、費用がかさんで無理よ。飛行機代、宿泊費、法廷公認報告書への料金、弁護士代、莫大になるわよ。辞めましょうよ」

「そうね、彼は言い逃れのために命を賭けているんですもの。わざと書類を持ってこなくて、そんなものはない、と言うのが関の山よ。調べようが無い」

「まあ、頑張って頂戴。世の終わりじゃないんだし、私が付いているから、相談したければ私たち二人だけでどんな返事をするか相談できるから。大丈夫。大きく息を吸って。そう、その調子」

会議室に入った。彼らの準備はできていた。

「では、宣誓をしてもらいますから、右手を上げて私の言うことに返事をしてください」

法廷公認報告者が綾子に右手を上げさせた。

「あなたはこれから行われるデポジッションで、質問に対して真実のみを証言し、真実以外の物を何も証言しないとここに誓いますか？」

「はい」

綾子は余りにも格式ばった言葉に驚いた。

「ではお座りください」

引き続いてノリス弁護士が質問に入った。記録のために、姓名、住所、生年月日、その他の身分証明の為の質問の後、

「いつドイツからアメリカに戻りましたか」

「誰と一緒でしたか」

「名前は？」

思わず、そんなことは知っているでしょう、と言い出したくなる質問ばかりだった。

「何の飛行機でしたか」

「エアー・フランス機でした」

「いつごろ予約を取りましたか」

「四月半ばでした」

「飛行機代はいくらでしたか」

「憶えていません」

「大体でいいです。いくらぐらいでしたか」

「さあ、はっきりとはわかりません」

「今日、証拠品提出のために小切手やステートメントや、レシート、小包を郵送する時にかけた保険の控えなどを要求しましたが、持ってきたでしょう。その中に航空代の支払小切手は入っていますか」

「いいえ」

「どうしてですか」

「小切手では買いませんでした」

「どんな方法で支払ったのですか」

「郵便為替で払いました」

「その控えは持っていますか」

「どこにあるかわかりません」

「わからないのであって、あなたの家のどこかにあるということですか」

「いいえ、証拠品提出命令書の中にその項目も入っていたので家中探しましたが、見つかりませんでした」

「と言うことは無いということですか」

「アメリカに帰ってから二回引越ししました。その時に書類が無くなったりしました。控えもその中に入っていたのだと思います」

「それではいくらだったかもわからないのですか？　記憶で答えてもいいですよ」

「よくわかりませんが、一人千ドルぐらいだったと思います」

そんな調子でノリス弁護士は、ドイツから持ってきたお金と、物の行方と現在のあり場所、誰が助けたのか、など今まで質問書や証拠物件提出書の中で既に答えたような質問を、根ほり葉ほり違った角度から言い回しをかえて質問した。特に日本に帰ったときにどのぐらいお金を持っていったか、本当に提出した分しか持っていなかったのか、あたかも綾子が最初から嘘をついているかのように、執拗に探りだした。

同じような質問が順序だてて出されるのならいいが、違う質問をしてから、十分後にまた戻って質問を再発する。よほど頭をシャープにしていないと、数分前に何を言ったのか、真実であっても返事の仕方で違う解釈ができるように受け取られる可能性があった。

約三時間、公認報告者が何回かストップして用紙の取替えをする以外は休み無しで、質問攻めで、終わったときは一同ほっと安堵のため息をもらした。

実際に自分がデポジッションを取られるのと、事務所で担当のケースでデポジッションがあって、相手側にその知らせを送付し、日程表に書き入れるのとは雲泥の差があった。綾子はデポジッションを取られる原告や被告や目撃者が、皆自分と同じような経験をし、感情と神経の軋轢に打ち勝っていったのだと思った。自分の人生の幅が広がったのを喜ぶべきか悲しむべきかわからなかった。

生まれてから自分の意見を主張して、一歩も譲らない頑固な性格を覗かせていたエミは、父親が強く言えば聞いたかもしれないだろう。しかし、母親の、しかも他に沢山考えなくてはならないことで頭が一杯だった綾子の言うことをなかなか素直に聞いてくれなかった。綾子はいらいらして怒鳴るだけでなく、お皿を壁に投げたりして癇癪を起こす日もよくあった。

仕事も神経がすりへったし、日本語の先生も重労働、訴訟も気疲れがする。しかし、何が一番大変だと言うと、子育てだ。片親だと子供がまともに育たない、という考え方がおしなべて多い。だからどんなに離婚したくても、子供の為にと犠牲になる夫婦も多い。特に子供が一人前になるまでは、我慢して一緒に居るというケースが沢山あるだろう。

綾子は片親でも、一生懸命働いて生きている姿を子供に示して、良い見本とならばそれで充分ではないかと思った。むしろ、不幸な結婚生活を子供たちに見せることが子供に悪影響を及ぼすのではないか、そんな考えも離婚に踏み切った理由の一つだった。子供に良い鏡となろうと思っても、癇癪を起こしたりしたら、見本になんかなれない。

そんな生活では子供だけでなく、自分も救われないと自覚した綾子は、カウンセラーの門を叩いた。アメリカでは、健康保険がカウンセラーの費用を一部負担してくれる。しかもC州では、専門的に心理学の教育を受け州の資格試験をパスしたファミリーカウンセラーが大勢居る。健康保険も利くし、カウンセリングの職業も定着しているので、何かとカウンセラーに相談しに行く人がいる。

弁護士と同じくカウンセラーも、結婚相談、子供の問題、家庭内の不幸の相談等、専門が多岐に分かれている。医学博士号をとり、カウンセリングの資格免許も持っている精神医学博士は、患者に対して薬を処方したりできるが、多くは相談にのって、解決策を患者に提案するような、カウンセラーだ。ドイツで助けてくれたボール博士は、医学博士号は持っていなかったが、心理学博士号を持ったカウンセラーだった。

アパートの近くに家族専門のカウンセリングセンターがあったので、そこに電話をかけてみた。家族によってニーズが異なるし、家族メンバーとカウンセラーとの折り合いもある、事情を聞いてセンターでは、適切だと思われる人を探してくれた。

綾子は、エミが言うことをきかないのが問題だったから、エミだけを連れていけばいいと思った。しかし、カウンセラーは、これは家庭の問題でジェームスにも拘ってくるから、親子三人で来るようにと勧められた。これが大変であった。エミもジェームスも自分の心を広げて他人に話すなどということはしたくないと嫌がる。綾子だって日本人の特性で、感情を人に表現するのには抵抗がある。

やっとの思いで二人を引き連れて、二、三度セッションを受けた。その間目新しいことを言ってくれるわけでもなかった。ただ、良いことをしたり、素直に言うことを聞いてくれた時の回数を記録しておいて、何回までその丸印がついたら、ご褒美にどこかに連れていくとか、週末友だちを呼んで寝泊りせよ、という提案があった。その後、子供たちがあまりにも反対するので、ついに綾子も根負けしてカウンセリングを辞めた。辞める際に、子供たちからこれから言うことを聞くという言質を取った。

言うは易し、行うは難し。綿のように疲れて帰ってきて、子供の行動に採点をつけるのは至難の業である。ああでもない、こうでもない、とごねられると、もうどうとでもなれ、という気持ちになって降参するときのほうが多かった。

子育て、仕事、訴訟の明け暮れで疲れている綾子は体力が持つどうか心配になった。有給休暇はすべて裁判所通いに使ってしまい、二年間休暇無しの生活をすごし、実際には子供が居なくなる夏休みが待ち遠しくなっていた。


ジムは結局住所を教えてくれなかった。デポジッションの時に、必ずジムに教えるように連絡するとノリス弁護士が約束してくれたので、その約束が反古になったのか問い合わせの電話を入れた。

「ええ！　ジムはまだ住所を知らせなかったのですか？」

「直接、私からそちらに電話するのはいけないとわかっていましたが、子供の出発が迫っているし、飛行機の切符も買ってあるから乗せないわけにはいきません」

「もう、二ヵ月前に、そちらに知らせるようにと、手紙を書いたから、もう解決しているのだと思っていました」

「郵便私書箱では子供を送るわけにはいきませんしね」

「驚きましたね。知らせても別段困るわけでもないでしょうに」

「すみません、教えてくれますか？」

「勿論ですよ。ジムの住所は……」

ノリス弁護士は快く教えてくれた。電話番号もついでに聞いた。ジムは電話がないと言ってたのが嘘だとすぐにばれてしまった。

ジムはボンから一時間ほどの田舎町に住んでいた。子供にとっては、都会を離れ、のんびりと自然に親しめる環境の中でひと夏を過ごせた。大家さんの娘さんがベビーシッターだった。エミとジェームスは、広々とした家や、公園みたいな大家さんの庭、裏にある湖で遊んだり、楽しい日々を過ごしていた。

綾子は子供たちが居ない孤独を、大学の夏期講習が補ってくれたので非常に助かった。夏は期間が短いので、一回の授業の時間が長くなる。一日中仕事をして、夕飯を慌てて食べてから、三時間半近く教えるハードスケジュールをこなせたのも、ひとえに子供たちが父親のところに遊びに行っているからだと、感謝せざるをえなかった。昼間は仕事で法律一辺倒、家に帰っても訴訟で悩まされている日々で、綾子は法律に嫌気がさし始めてきた。

いっそのこと、先生だけに専業して、昼間の仕事を辞めてしまおうかと考え始めた。延びに延びていた、強制的継承的不動産処分会議（ＭＳＣ）はこの秋に予定されていた。ボスウェル弁護士もそれに向けて、ケースの研究をしていた。綾子は昼間は自分の訴訟に専念すれば、年内に終わらせる可能性が強い。いい加減に生半可で対処していたから、ＭＳＣにもなかなか持ってこられなかったのだ、と結論をだした。

「もうそろそろ訴訟が終局に来ていますし、本腰を入れて自分のケースに取りかかりたいんです。子供たちにとっても私が家に居るのは良いから、辞めさせて頂きます」

「折角事務所の内容や、訴訟の手続きがわかってきて、あなたみたいに信頼できる秘書はなかなか見つからないから残念ね」

アメリカでは人事移動が激しい。二年も同じところに勤めていれば長いほうだ。特に法律関係の秘書は特殊な知識がいるから、経験のある人は引く手あまただった。綾子が辞めるのも、次に仕事の口が見つかったくらいにしか思っていなかっただろう。

綾子は先生をしていたから、少しは家賃の足しになったし、ジムも養育費を送ってくれていた。どうせMSCが終わるまでの数ヵ月間なのだから、貯金で食いつなげようという算段だった。MSCで不動産処分の内容が決定されれば、後は裁判に移るだけだが、MSC用に書類などを準備すればそれも裁判に使えるし、年内で目処はつくという目算だ。

その十月、MSCが開かれた。綾子は養育権（親権）、養育費、動産不動産処分、退職金など、一切合財をC州法に則って分割してほしいと要求した。今回の弁護士は女性なので、綾子の立場が良くわかってくれ、綾子の身になってケースを研究してくれた。


O郡から、裁判所のある町までの約百マイル、キロに直すと百六十キロ。綾子はその年、この道を何回往復しただろうか。MSCの朝、もうこの訴訟も終末を迎えてきたのだという期待に胸を膨らませて、フリーウェーを北上した。

指定されていた時間よりも二十分ぐらい前に法廷に到着した。中を覗くとその日の審議予定者に混じってジムが座っている。案の定、軍服で身構えている。綾子は外で待つことにした。十分ほどして、ボスウェル弁護士、その五分後にノリス弁護士が到着した。厚い重そうな書類かばんを持った二人の後に従った。

裁判官に向かって、右側に申立人とその弁護士、左側に被申立人とその弁護士が座る。

「アラン対アラン。ＭＳＣですが、準備はできていますか」

ボスウェル弁護士とノリス弁護士だけが立って進み出て、裁判官の前の指定の席にに座った。

「まだ、両者の交渉がうまく運んでいません」

「それでは合同会議室で話し合いをして、午後一時にもう一度この裁判室に出頭してその結果をお知らせください」

合同会議室には、机と椅子が十組ほど並べてあり、他のケースで談判している人たちが頭をつき合わせて、話し合いをしていた。

ジムとノリス弁護士、綾子とボスウェル弁護士が別々の机に陣取った。ボスウェル弁護士がノリス弁護士の合図で、二人だけで違う机に座り、話し合いを始めた。綾子は手持ち無沙汰だったが、ジムと直談判する気は全然ない。

ボスウェル弁護士が戻ってきた。

「ジムは、まだこの訴訟が、Ｃ州の管轄には適合しないと主張して、訴訟の無効をとなえているんですって」

「何ですって？　一年前に、裁判官がその申請は却下したはずですよ。そんなことを繰り返していたら、いつまでたっても終わらないじゃないですか。彼が満足する答えは無いんですから」

「ノリス氏にも、その点を指摘しました。彼もちょっと困っていて。ジムと彼との間で意見の合致ができていないみたいです。財産処分の要求リストを置いてきました。ノリス氏がジムをどうやって、説得するかですよね」

「今日解決するかと思って、意気込んで出掛けてきたのに」

「本当にね。もしこれが駄目なら裁判所が次に審議してくれる日は三十日後でしょうね。でもジムだってドイツから度々出てこられないでしょうし」

「本当に困るわ。お願いだから今日中に解決するように仕向けられませんか。お願いです」

「私だって、解決の方向を望んでいるのよ。さっさと離婚訴訟を終わらせて、次の人生に向かっていかなくてはならないのに」

午後一時過ぎに、四人で裁判官の前にでた。

「合意に達しましたか」

「裁判官殿、私の依頼人であるアラン中佐が、このケースの裁判管轄権に関して疑問を持っているので、相談できませんでした」

「それはこの間審議されて、被申立人の意向は却下されたはずですよ」

「裁判官殿、確かに仰るとおりですが、被申立人がこの間の判決に支障があるので、それを解決するまでは、会議に参与しないと主張しています」

「MSCのための会議は両者でしたのですか」

「いいえ、被申立人は裁判管轄権に関して、再度裁判所の意見を聞くまでは会議には臨まないと申しています。勿論両者の意見が対立しているのは、訴答書を読んでいただければ、わかると思います」

「じゃ、被申立人はどうしたいのですか」

「裁判官殿、被申立人はＭＳＣの前に、もう一度裁判管轄権について審議しなおしてもらいたいと申しています」

「被申立人は、Ｃ州に何回も来て、訴訟に実際に携わっていますし、弁護士もいます。それだけで充分、このケースがＣ州法で裁かれる根拠になります。これが私の判決です。以前のトマス裁判官と同じ判決です」

「了解しました」

「裁判官殿、このように、被申立人とは話し合いができません。裁判官に全てを判決してもらう以外方法はありません」

ボスウェル弁護士が口を挟んだ。

「仕方がありませんね。ノリス弁護士、被申立人はドイツから来ているということですが、どのくらいの予定がありますか」

「はい、休暇はあと数日で終わります」

「裁判所の日程が非常に混んでいるので、被申立人が滞在中には審議日は設定できませんね。次に被申立人がアメリカに来られるまで、延期しなくてはなりません。双方の弁護士が相談して、ＭＳＣの日にちを裁判所に申請してください」

綾子たちが危ぶんでいたことが実際に起こった。ノリス弁護士がジムを説得しきれずに、延期になった。綾子は、裁判所が同じことを何回も採り上げるのか、理解ができなかった。何故、天邪鬼のようになっているジムの言い分を無視して、次の段階に進むよう努力しないのか。ひょっとすると、この訴訟は延々と解決しないのではないか。その疑惑で息もできないくらいだった。綾子は、真っ暗な洞窟に一人で取り残されたような悲壮感を憶えた。

第十五章　新転機

きっかけは偶然そこにあるのか、それとも自分が引っ張ってくるのか。

弁護士事務所を辞めた綾子は時間ができたので、K大学A校に付属しているウーマン・センターのミーティングに出席した。仕事を探す際に、どう調べなくてはならないか、どんな会社、職種が自分に向いているのかについてのセミナーだった。

綾子の前に、日本びいきというジャーナリストが座った。

「アヤコ、どこの教会に通っているの？」

エリザベスと名乗る女性が、雑談に入ってから突然聞いてきた。別に教会の話などはしていなかったのに。

「今、気に入ったのがなくて、物色中なの」

「クリスチャンなんでしょ？」

「ええ、カトリックの洗礼を受けたので。でもカトリックに拘ってはいないの」

「私の通っている教会に行ってみない？　カトリックに一番近い聖公会なの。Nビーチにあるのよ」

Nビーチは昔映画俳優が避暑地として住んでいたので、有名になった。今ではO郡の最高級住宅地として栄えている。太平洋が見渡せる風光明媚な地で、入り江や小さい島が点在している。海岸沿いは夏の間、避暑客で賑わう。湾には、ボートやヨットを楽しむ人たちが大勢居て港も完備されている。ここに繋がれたボートは殆ど個人所有で、島の住民たちは直にボートに乗れるよう、家から直接にプライベート桟橋がついていたりする。そのボートに乗って対岸のレストランに行ったり、湾に出て海で遊べる。数百万ドルの家が軒並みあるのも、Nビーチの特徴である。

情報集めのミーティングで、教会の話が出てくるなんて、不思議だと思いながらも、これも何かの因縁だろうと、次の日曜日子供たちを連れて出掛けた。

説教は、この裕福そうに暮らしている町でも心の中では孤独な人が大勢居る。その人たちに暖かい手を差し伸べなくてはいけない、という心の暖まる内容だった。説教が終わり、帰り支度を始めたら、綾子の後ろに座っていた金髪の女性が綾子の肩を叩いた。ジェームスが退屈して横になっていたから、それを注意されるのか、ドキッとした。ところがその人は、笑って名刺を渡してくれた。それには、

「誰かがあなたを愛しています。その人の名は、イエス」

名刺を受け取った手が震えてきた。涙でその活字がかすんで読めなくなってしまった。赤の他人からさりげなく親切な行為を受けたのに感激した。その時期の不安感から抜け出せないジレンマに、解答が与えられたような気がした。外に出た。空の青と海の青。綾子が一人でもがいて、訴訟問題の苦労に明け暮れしていた孤独感を洗い流してくれる、すがすがしさがあった。

その教会では、礼拝台に跪いて、顔を両手で隠して泣いている人をよく見かけた。お金持ちが住んでいるNビーチでも、人知れず悩み、苦しんでいる人が居る。人に涙を見せてもみっともなくない、

そんな包容力のある教会だった。心が清められると自然と涙が出てくる。浄化の涙、と教会の人が語った。感動の涙、悲惨の涙も神様は差別無しに受け入れてくれるのだと。

その秋、教会でキャンプがあった。O郡から北東に向かったビッグ・ベアーと呼ばれる山の中で行われるキャンプには多くの人が参加した。熊が寝ているような姿なのでその名がつけられたビッグ・ベアーは中心に湖のある山岳地帯で、冬はスキー場、夏は山林と湖を楽しむ人たちで賑わう観光地だ。O郡からは車で二時間くらいの距離なので、簡単に行楽できる憩いの場所である。

綾子は週末の集まりなので、子供たちも学校の休みを取らなくても良いキャンプに参加した。教会の人とも顔見知りになれるし、子供たちにも教会や神の教えの基礎をつけるいいチャンスである。

キャンプは牧師の話の合間に、信徒の中のリーダー格の人がテーマを決めてみなの体験談などを話し合った。ドイツで綾子が離婚の決心をするきっかけとなったセミナーみたいな、心が清められる週末を過ごした。

金曜日の夜から始まり、土曜日に入った。レーチェルという背の高い五十歳半ばの女性と知り合った。大勢参加している子供たちと遊んでいるエミとジェームスを見て、

「ねえ、あの子たちはあなたの子供？　父親は白人でしょう。可愛いわね」

「今離婚裁判中なんです。子供はハーフだから、ちょっとエキゾチックな感じ」

「私のキャビンはティーンエージャーばかりで、まるで私が彼らの監督係りみたい。煩くて夜も眠れないの。あなたたちのキャビンにベッドは空いている？」

「ええ、私たち三人とドロシーだけだから、一つ空いている。移ってくる？」

「うん、世話人に聞いて、今晩から移るわ。これから荷物を持ってくる」

見た目よりも気さくな人柄で、すぐに綾子と身の上話に花が咲いた。彼女も非常に辛い結婚生活から抜け出して、心を癒している最中だった。レーチェルは子供たちが一人前になるまで、我慢に我慢を重ねたあげく、心身ともにまいって動けなくなり、最後は息子二人が家から担ぎ出して、彼女の離婚を援助したという、結婚生活の犠牲者だった。

レーチェルがエミとジェームスを気に入ってしまっていたのと、離婚に至った体験が似通っていたので、お互いに助け、励ましあう仲間となった。

教会で礼拝するだけでなく、信徒の家で行われる祈りの会にも参加した。小さいグループでお互いに祈りあって心の糧を得る場所だ。子供には相談したくない、相談したくてもできない問題などもこの小さい祈りのグループで苦境を分かち合い、励ましあって、皆孤独や困難を乗り切っていった。

アメリカ人の教会仲間だけでなく、日本人のグループにも入るチャンスができた。綾子が昼間の仕事を辞めてから、カレッジに通っている日本人の駐在員夫人と知り合いになり、彼女たちのグループに入っていった。

O郡は治安も良く気候も良いので、日本企業が進出していた。夫は転勤でアメリカに来たが、一緒に引っ越してきた駐在員夫人は、綾子のように現地のアメリカ人と接する機会がない。行動範囲が違っていた。奥さん方のグループに入り、各種の行事に参加できたのは、綾子にとって有意義であった。アメリカ生活が長く、付き合いもアメリカ人が多かったので、日本人としての意識、知識が自分の中に欠けてしまったのを再認識した。

ジムはヨーロッパ勤務が終わりに近づいてきたので、次の勤務を探した。ちょうどT州にある基地に彼に適した仕事を見つけ、目指す基地に勤務が決まった。

転勤は子供たちが帰った二ヵ月後の十月半ばだった。その間、ジムはありとあらゆるミリタリーショーに出向いて業者とのコンタクトを深めていった。彼らとアメリカに戻ってからでも連絡を密に取り、掘り出し物があったら知らせてもらうように頼むと同時に、珍しいナチの勲章や記念品を買うのも怠らなかった。

予定通り行っていれば、去年大佐に昇格できるはずだった。ジムは綾子が給料天引きの申請をしたから彼の記録が傷ついたと信じて疑わなかった。しかし、中佐から大佐に上がるのには、政治力や仕事のこなし方以外にも色々な要素が必要だった。ジムは望みを捨てなかった。T基地では、副部隊長だ。大佐への昇格も望みがある。

勿論、綾子には基地を移動する、などと言わなかった。綾子が、ジムの持ち物や預金状態を調べられないように、彼は極力自分の居場所を知らせなかった。綾子だって、O郡に移る時は両親にも知らせなかったのだから。

「ダディー、MSCの準備があってマミーとも話をする暇がないから、ダディーたちの持っている別荘を貸してくれないか?」

「丁度良かった。お前がいるとマミーも予定がつかないと言っているし、お前の持ってくる書類が無くなると困るから別荘に行ってくれ、と頼もうと思っていた」

「僕もそのほうが落ち着くし、R市に三十分で行けるから、弁護士事務所にも近い」

「それにしても訴訟をいい加減にして片付けたらどうなんだ」

「だけど、C州法で判決したらお金が半分取られちゃうじゃないか。アヤコは早く解決したがっているけど、彼女が日本にお金を持っていって隠しているに相違ないよ。それをきちんと調べなくてはならないし、懲らしめるための作戦を練らなくてはならないし。時間がかかるよ」

「生活費にかかるから、そんなに隠す余裕はないと思うよ」

「ドイツから持っていったお金を全部取り戻さなくちゃあ」

「だけど、使ってしまったら、どうしようも無いじゃないか」

「あいつは、倹約に慣れていたからそんなにお金を使っていないよ」

「どうして、お金のことをそんなに執拗に追い求めるんだ？」

「だって、ダディーだって経済恐慌時代は大変だったじゃないか。僕はいつもその話を聞かされて、お金は大事に持っていなくちゃいけない、と肝に銘じていたよ」

「それはそうだが、持っていったお金を追求するのに、随分弁護士代がかかっているんじゃないか？」

「弁護士代にかかっても、アヤコに取られっぱなしじゃ、僕の気持ちが収まらない」

「収まらなくても、大やけどしたら困るだろう。適当な所で手を打ったほうがいいよ」

「そんなヘマなまねはしないよ」

「どうしてもお前は小さいときから、自分一人でとことんまでやらなくては気が済まなかったからな。お前は決して人任せにはしないからな」

「他人はいい加減だからさ」

「それはそうと子供に会いに行くのか？」

「冗談じゃないよ。大事なMSCの前に子供に会っている暇なんかない」

「まあ、お前の子供なんだから、好きなようにするがいいさ。マミーも僕も訴訟には関りたくないからな。孫の顔さえ見させてもらえばいいんだから」

「アヤコとは時々連絡を取っているのか？　もしもアヤコがエミとジェームスに会わせなかったりしたら、法廷に訴えなくちゃならないから」

「前は、アヤコから電話があったけど、今は殆どかかってこないんだ。春ごろだろうか、エミが病気になってアヤコは仕事が休めないから、三、四日面倒を見てくれないかと電話があった。感染するわけじゃなくて、ただ静かにしていればいいと言うんだけど、マミーが大変だから断ったんだ。それ以来からかな、電話がかかってこなくなった」

「もしも会うのを断ったら教えてくれないか。弁護士に電話させるから」

「そんな大仰なことはしないよ。それはそうと転勤するのをアヤコに知らせたのか？」

「言う必要なんかないだろう」

「どうしてだ？」

「僕の居所は知らせるつもりはないからさ。ダディーも言わないでくれよ」

「うーん、前にも言った通り、訴訟に関しては一言も口出ししない。お前がどこに居るかはアヤコも聞いたことがないし」

「感謝祭はエミとジェームスをここに呼びたいんだけど」

「マミーに都合を聞いてみないと駄目だけど、多分大丈夫だろうよ」

「クリスマス前に僕は基地での訓練があるから、そっちに行くほうが楽なんだ。子供たちがここに来るのならアヤコにも僕の居所がわからないだろう。そうしてもいいだろう？」

「マミーに相談してから返事するよ。二人を連れて山の別荘でクリスマス休暇を過ごしたらどうだい？　ここに来ないなら僕たちも予定を変えなくてもいいし。どんな予定をマミーが作っているか僕は知らないから」

「だけど、僕は一週間しかクリスマス休暇を取りたくないんだ。子供たちは二週間休みがあるから、残りの一週間を面倒みてくれないか」

「僕たちと一週間一緒か。マミーの都合を聞かないと即答ができないよ」


　クリスマスから帰ってきてから、エミが綾子の身分証明書では基地の病院で診察してもらえなくなったのに気が付いた。身分証明書は成人の場合十年間有効だ。子供は親の身分証明書で軍の施設を全て利用できる。しかし、十歳になると、親と別個の身分証明書が発行される。エミはジムの子だから身分証明書を発行してもらう権利がある。しかし軍に勤めている親のサインが無くては発行されない。基地の病院は無料である。医療保険が無くて民間の医者に行くと医療費が非常に高い。日本の五倍から十倍ぐらいかかる。

　実際に使えなくなってから、最初の内は綾子の証明書でも大丈夫だったが、一、二ヵ月経ってからは診療所に行く度に、エミ自身の身分証明が必要だと勧告を受けた。

エミが十歳になって身分証明書が必要だと知ってから、すぐにボスウェル弁護士を通してジムに身分証明書の申請書にサインをしてもらうための手紙を書いた。ノリス弁護士も快く引き受けてくれた。すぐにサインされた申請書が届くかと思って待った。ところが来ない。数回ノリス事務所に申請書を送って催促したが、待てど暮らせど書類は来ない。子供の為の医療費だ。身分証明書が発行されても別にジムの懐が痛むわけではない。ノリス事務所に問い合わせると、

「ええっ、まだ届いていないのですか。私たちもあなたから書類が送られてくるごとに、すぐに彼のところに転送していました。もう何通になるでしょうかね。届いてないはずはないですが。また催促してみましょう」

「催促しても本人がサインする気がないのでしょうか。どこの基地に配属されているんですか？」

「それはお知らせできないことになっています」

綾子は業を煮やして、最後の手段をとることにした。軍に直接電話するのだ。彼の居所は、ソーシャルセキュリティー番号があればすぐに配属先がわかった。

早速、T州の基地に電話を入れた。ジムと話すのではなく、ジムの所属する部隊長と話す為であった。子供の為だし、綾子は医療保険がない。手をこまねいていられなかった。

「すみません、突然で失礼します。私はアラン中佐の別居中の家内です。あなたがジムの部隊長ですか」

「はい、そうです。養育費の支払いの件ですか」

「いいえ、養育費はキチンと払ってもらっていますが、実は娘が十歳になって私の身分証明書では基地の医療機関を利用できなくなりました」

「それじゃ簡単ですよ。すぐに彼がサインすればいいんだから」

「それが、弁護士を通して三ヵ月前から三回程、申請書を送ってサインをしてもらうように頼んだのですが、全然音沙汰がないんです」

「じゃあ、郵便が巧くいっていないんでしょう」

「もう基地の病院で断られそうなので、どうか一日も早くサインされた用紙が必要なのです。こちらから直接送りますから、ジムにサインをしてもらってくれますか」

「用紙は、こちらでも同じですから送る必要はありませんよ。心配しないでください。すぐに手配します」

部隊長は快く返事してくれた。しかし、一週間経ち、二週間経っても証明申請書が届かない。仕方なくT州の基地の人事課宛に手紙を書いた。暫くして人事課長の少佐から手紙が来た。課長のサインのある用紙が同封されていた。

「アラン中佐と私は意見が相違して、彼は絶対に書類にサインをしない、と拒絶しています。彼とは話し合いができませんので、申請用紙には私がサインをしてそちらに送ります。私のサインでも有効ですから、すぐに近くの基地に行って娘さんの身分証明書を発行してもらってください。問題がありましたら、その基地の人に私の所に電話するよう申し伝えてください」

綾子は思った。

「離婚を決心して本当に良かった」

エミの身分証明書の件は片付いた。しかし綾子自身の身分証明書が数ヵ月で切れてしまう。仕方なくフルタイムの仕事を探すことにした。

日本人向けの放送局で、プロジェクト・コーディネーターをパートタイムで始めた。そして、その放送局の局長さんに頼んで日系の電気会社に就職を紹介してもらった。

M社では、丁度会議通訳を募集していたので、面接とテストをして採用が決まった。毎日行くところがあり、大人相手に話ができるというのは精神的に安心感があった。

丁度六月初めであった。子供たちが父親の所に二ヵ月間行く予定だったが、ジムのほうから連絡が無い。再度の問い合わせにも音沙汰が無かった。綾子は子供の夏休みと新しい仕事場と大学の夏期講習をどうやりくりするか困ってしまった。

エミの身分証明書のサインをしなかった時点から、どう考えても子供を預かるつもりはないと見て取った綾子は、苦肉の策として子供たちを日本に送ることにした。両親も快く引き受けてくれた。

夏休みの始まる一週間前だった。日本行きの切符も安いのが手に入り、準備万端整った。

ところが、夏休みが始まったら綾子のほうで切符の手配をして子供を送り出せ、という連絡がジムの弁護士から来た。住所も電話番号もわからず、基地内の郵便局の私書箱の番号だけだった。

「あの、ジムから夏休みT州に子供を送るようにとの手紙が来たのですが、電話番号もくれないので、そちらから連絡してくれますか？」

　何時も弁護士に連絡係りになってはもらえない。ジムの両親に電話した。

「離婚の問題には一切タッチしない積りですよ」

「でも余り連絡が無いから、子供を日本に行かせる準備をしてしまったんですが、もう費用も払ったし、ジムの言い分に添うことはできませんから」

「まあ、私たちは全然知らないことだし、あなたたちで話し合ったらどうですか」

「話し合いたくても電話番号もわからないし。だからそちらに電話しているんです」

　ジムの両親からは協力は得られないのがわかった。

　二日後、Ｔ市の警察から電話がかかってきた。子供の居所を知らせて欲しいというのである。誰が何故そんな問い合わせをするのか、と綾子のほうから逆に質問した。案の定、綾子が子供を隠匿している疑いがあるから、調べて欲しいとジムが警察に連絡したのだった。

　あと二、三日で出発という日。ボスウェル弁護士から電話が入った。

「アヤコ、子供を無断で海外に出すので、その阻止をするようにとジムが特別に裁判所に訴えて出廷命令を出したのよ。明後日の朝九時に来て頂戴」

「そんな馬鹿な。信じられないわ。今の今まで、何とも言ってこなかったのよ。こっちでいらいらしていたのよ。電話どころか、手紙も来ないし、だから仕方なく日本に行かせることにしたの。飛行機の切符を送ってきたのならまだしも、私に切符の手配をしろって命令してきたのが五日前。それだったら、二ヵ月前に手紙を出したときに返事すればいいのに」

「子供はどこに居るの？」

「ここにいるわよ」

「日本に行ってしまえばよかったのにね。まさか裁判官もあなたを監獄に入れることはしないでしょうし」

「切符を持ってきて頂戴。往復切符なんでしょう」

「でも、裁判官が駄目だって言ったらどうしよう」

「多分その問題はないと思う」

「いざと言う場合に旅行代理店に電話して日にちを延ばせるかどうか聞いてみるわ」

アメリカでは第一次養育権を持っている親が、もう一方の親の許可なしに子供を在住州から動かすと法律違反になる。一つの州で不法であっても、違う州に行けば合法となることがあるからだ。裁判の結果を片親がどうしても納得せず、判決が撤回できない場合、チャイルド・スナッピングが起こる。つまり、養育権のある親からもう一方の親が子供を誘拐するのである。

出廷日前に旅行代理店に電話した。少額のキャンセル料で日にちを延ばせる切符だった。ボスウェル弁護士と待ち合わせて、裁判官にどうアプローチするか作戦を立てた。

「結局、孫たちの顔を見たいおじいちゃんやおばあちゃんに会いに行く訳でしょう。出発日を変えられるなら、グランパとグランマに会わせたら？」

「それはいい案ね。エミもジェームスも、ジムの両親に会ったほうがいいと思う。あの二人にとっての唯一の孫だから」

「それにT州行きの切符があるわけではないし」

「何も連絡してくれなかったし」

「アヤコ、今度両親が子供を返さないって言ったらどうするの?」

「そんな心配は無いわ。前にも私が困って三日ほど預かってほしいと頼んだけど断られたの。大丈夫、返してくれるわよ」

憶測通り、裁判官は綾子が子供を誘拐する意図はないと認めた。三日間ジムの両親のところに行くということで片付いた。


無事子供たちを日本に送り出して、綾子は久しぶりに静かな日々を過ごした。今回は日本に行っているから、子供たちへの待遇を心配する必要は一切無かった。綾子は子供の居ないのを契機に家探しを始めた。これで週末の寂しさからも逃れると綾子は張り切った。仕事場に近い場所を第一条件として。M社がI市にあるのでI市が第一候補に挙がった。


二年ほど前だった。カレッジのクラスで日本語の期末テストを早めに受けたいという学生がいた。会社勤めで出張があるからテストの日には来られないと言う。結局、早めにテストを受けたい学生が数人いた。最初に申し出た生徒の家でテストをすることにした。

その生徒は、ビジネスウーマンで、不動産関係の仕事をしている人と結婚していた。I市の大学で教えていたが、綾子はI市の住宅地を知らなかった。行き方を書いた紙を持って、子供連れでその生徒の家に向かった。通りを曲がって住宅地に入った。目の前に湖の水が照明にあたって輝き、散歩道と自転車道が車道に沿ってある。あとは緑の芝生。家並みも整然としていて、大きな邸宅が道に沿って建っている。こんな綺麗な所が世の中にあったのか。こんな所に住む人はどんな金持ちなんだろう。こんな所に住めたらどんなに幸せだろうか。住みたい。と綾子はシンプルライフも忘れて見とれてしまった。

その後、日本人駐在員の奥さんたちとも付き合い始めたので、それ程疎通感はなくなったが、綾子にとってI市は所詮高嶺の花だった。

今では綾子の財政状態も少しは良くなったし、先生の副収入が入ってくるので、ひょっとするとI市に住めるかな、という考えが綾子の頭に浮かんできた。

毎日のように、新聞の貸家欄を見て電話をかけ、大家と連絡して、良さそうなのは見に行った。やっと綾子の懐具合と見合ったタウンハウスが見つかった。小学校から歩いて五分ぐらい、仕事にも車で十五分だった。タウンハウスの隣にはプールとテニスコートがあり、夏休みなのか毎日子供たちでにぎわっている。夢に見ていたI市に住める。

大喜びで日本に電話を入れた。

「お母さん、アパートを移ってM社に近いI市に住むことにしたの。子供たちが帰る前に引越しを済ませておく」

「随分急ね。あなたのやることは、本当に急だからこちらはいつも吃驚してしまう。エミたちには何と言うの？　嫌がるんじゃない？」

「嫌がるどころか、大喜びだと思うわ。環境が抜群なの。エミやジェームスくらいの年齢の子供も近くに大勢居るし。一人部屋になるのよ。学校も近いし、文句を言うはずがないのに」

あにはからんや、二人は電話の向こうで散々ごねた。

「ミッシェルやキャシーにも会えなくなるじゃないの」

「男の子は近くに住んでいるの？」

二人は決定に参与しなかったので、最後まで不満の声を連発していた。


夢のI市に引越しし、仕事も安定してきて、綾子にとって、訴訟問題さえなければ、本当に幸せな時期だった。

子供たちが帰ってきた。その午後、近くを散歩して、学校、プールやパークに連れていった。エミは大反対していたから、直ぐに賛成の意を示さなかった。しかし、ジェームスは次第に静かにあたりを見まわし始めた。自分たちで道を曲がったり、率先するような形で近所を探索し始めた。環境がよく、家も新しく、まず遊んでいる子供たちの格好が違う。二人の表情が緩んできて、この移ってきた町を気に入り始めたのが、綾子にも伝わってきた。新しい町での新しい生活が始まった。

第十六章　振り出し

仕事、学校、エミのサッカーと、毎晩家でじっとしている暇が無い数ヵ月が過ぎた。綾子が困ったのは、仕事で出張がある時だ。出張は採用の時の条件だったから断れない。子供を預ける場所を探し、大学の代理教師を探し、その人にクラスの説明をしなくてはならないから、出張前は大変な忙しさである。

出張がある度にもう先生を続けるのは無理だ、もうやっていかれない、と思い始めた。仕事が以前よりも複雑で集中力も必要だったので、三足のわらじを履く生活が辛くなった。

そんな時、ジムのほうからＭＳＣの延期を依頼してきた。それに添付されて先回の分の書類が古くなったので新しいものを提出すること、との要請もあった。再び引き出しやら箱をかき回して、支払い済み小切手や銀行のステートメントをコピーし、送らなくてはならない。その上、雇用先が変わったから、Ｍ社での収入、健康保険の内容などを調べるために、ノリス弁護士から直接、Ｍ社の人事課に内申調査の書類が送られてきた。Ｍ社は数百人の雇用者がいるから、人事課ではこのようなことは珍しくないので、機械的に対処してくれる。しかし、彼らはこのような調査書が今後数年、何回も送られてくるとは夢にも考えなかっただろう。

その翌年、ボスウェル弁護士から手紙が来た。この時も綾子は直ぐに手紙を開封できなかった。やっと勇気を奮い起こして開けてみたら、何と弁護士代置の依頼書が入っていた。ボスウェル弁護士は多少太り気味で、以前からも重い荷物を持っていたり、暑い外から部屋に入ってきたりする度に、息を切らしていた。綾子は彼女が心臓が悪いのではないかと、懸念していた。それが当たってしまった。健康が思わしくなくて、今扱っているケースの数を減らしている、と書いてあった。多分面倒で、手間のかかりそうなケースから手を引こうとして、通知を出したのだろう。

ジムは証拠開示書を提出しても、用意周到で尻尾を攫ませない。彼は歩いた足跡を消すような生活態度である。交渉にも応じないやり難さで、ボスウェル弁護士もいい加減嫌気がさしてきたのだろう。でも今更ボスウェル弁護士に辞められたらお手上げだった。

綾子はこの際、自分の立場を良く考えてみた。裁判所のある土地は、退職した年配の人が多いから軍人に温厚な態度を取る人もかなりいた。その頃は軍の威力も強かったので、裁判官等も軍服を着た将校が出てくれれば、一目置いた。綾子は昔の敵国の人間である。古い考えの人なら、内容を見ないでも彼女には味方せず、命を預けお国の為に戦う軍人に軍配を上げただろう。

裁判所のある土地が綾子に不利だとしたら、どうしたらいいのか。O郡に移すのか。今移したら、最初の振出から始めなくてはいけない。お金が更にかかってしまう。またノリス弁護士に反対されたら駄目になる。

ボスウェル弁護士に電話を入れた。病気で休んでいるらしく、一週間後にやっと通じた。

「ボスウェルさん、身体は如何ですか」

「やっぱり、体力的に無理はできないみたい」

「あなたに辞められたら、私は本当に困ってしまうんですが、どうにかなりません？　今まで、あなたみたいにこのケースを理解してくれた弁護士もいないし」

「アヤコ、あなたの苦境はわかるけど、私は身体を優先しなくてはならないし」

「あの、このケースをO郡に移せますか？」

「子供たちがO郡だし、あなたの収入源も住処もO郡だし。裁判所のある町にあるのは、貸家だけでしょう？　ジムが住んでいるわけでもないし。結構そのほうがやり易いと思うけど。裁判官も反対はしないと思うわ」

O郡で最初の相談は無料という家庭法専門の弁護士に二人ほどあたってみた。二人とも、こっちに移ってきたのなら是非とも引き受けるけど、わざわざ裁判所のある町まで赴いて、裁判管轄地移動申請審議をする気持ちはない、と断られてしまった。

ほとほと困ってしまった綾子は、ふと教会のキャンプで知合ったレーチェルが言っていた言葉を思い浮かべた。

「セント・ピーターのトーマス牧師は、カウンセリングも勿論やってくれるけど、昔弁護士もやっていたから、結構その方面でも知識があるのよ。アヤコも困ったら彼に相談してみたら？」

話し方がぶっきらぼうだが、トーマス牧師は非常に心が優しく愛情深い人だった。綾子ははっきり物を言う反面、涙もろい彼を信頼していた。会って事情を話した。

「良くある話ですよ。ジムはこの訴訟で頭が一杯で、他にも人生の生き方があるのにそれが見えない。

盲目ですよ。不幸ですが、あなたにはどうすることもできない。あなたが変わっていくより方法がないです。精神的に自由になって、訴訟の束縛から解放されないと駄目です」

「解放されたいのは山々なのですが、今弁護士がいなくて困っているのです」

「それじゃ、私が弁護士の勉強をしていた時に、一緒にクラスを取っていた人を紹介しましょう。彼がいいかもしれない。ここに名刺があるから、私からの紹介だと言って会ってみなさい。私もこちらに移すのに賛成です。そうじゃないと時間の無駄ですよ。彼ならやってくれるでしょう」

「今の弁護士もそんなことを言っていました」

「まあ、この名刺の弁護士と相談するのが第一の手ですね。私は今法律から離れてしまったから、きちんとしたアドバイスはできませんがね。この人はドイツ人ですよ」

ヘンリー・セルツナーという名前だった。

二週間後には、弁護士代置書と一緒に、裁判管轄地変更要請書がセルツナー弁護士事務所から、ノリス弁護士事務所に送付された。変更要請書の中には、これまでの裁判所で変更を審議する日にちも記されていた。

設定された日は、要請書を送付した日から約一ヵ月後の三月であった。

その日、綾子はセルツナー弁護士と一緒に、雨の激しく降る中を、裁判所に向けて急いだ。

もしかしたら、ここの裁判所に向かうのもこれが最後かもしれないと思うと感慨深いものがあった。暑い日、寒い日、風が強い日、様々な日にこの道を往復した。法廷日の前は眠れない日が多かったから、帰り道眠気が襲って、ハンドルを握りながら、くらくらっとなったことが何回もあった。窓の外をはしる雨が、そんな思い出を流し去ってくれるかのようだった。雨降って地固まるか。

裁判所で廊下の向こうに居たノリス弁護士とジムの両親を、セルッナー弁護士に目で合図して知らせた。

順番が回ってきた。弁護士二人が裁判官の前に進み出る。裁判官が管轄地変更要請の主旨を聞いてから、ノリス弁護士が返答した。

「裁判官殿、この要請書がこちらに送付されたのが約二十五日前でした。ご承知のように被申立人は軍人で今T州に駐在しています。軍人という仕事の関係で、連絡がなかなか付かず、最近やっと返事がきました。どうしても本人が出頭したいと申しています」

「それでアラン中佐は来ましたか？」

「いいえ、軍の関係でこちらに来られません。一ヵ月後でしたら、休暇を取ってこちらに来られるという返事でした」

「このケースは、もう三年以上もかかっているのですね。申立人と子供たちは三年近くO郡の住民になっている訳ですね。被申立人はT州ですから、移すのに問題はないと思われますが」

「裁判官殿、本人が是非とも審議に立ち会いたいと申しています」

「まあ、それを拒むこともできませんから、一ヵ月後に審議延期」

ポーンと槌を打った。セルッナー弁護士が口を挟む余地も無い判決の状況だった。

その朝、裁判所を目にしたとき、これが最後の見納めかと心をときめかしていたのに。もう一度来なくてはならない。またやられた。と綾子は舌打ちした。この訴訟に関して、物事がすっきりと通過したことはなかった。

一ヵ月後に設定された審議日は、C州特有の抜けるような青空だった。

「今日こそは大丈夫でしょうね」

この裁判所がこれで二回目になったセルツナー弁護士に聞いた。

「まあ、反対する理由が一つもないでしょう。もう裁判に近づいていると言っても、それから長引くケースはざらだから」

「ジムは来ているかしら」

「来ていれば、僕がお目にかかる最初ですね。全く手ごわい人と結婚したんですね。あなたも強くなったでしょう」

「強くなったかどうかはわかりませんけど、こっちが売った喧嘩ですから、戦わざるを得ません。アメリカの法律は大変ですね」

「僕も若くしてアメリカに来ましたが、やはり外国生活ですからアメリカに慣れるのに大変でした。兄が住んでいたので、C州に最初に来ました」

「家族がいるといいですね。結婚していたときは感じなかったのですが、O郡に住み始めて、友達も居なかった頃、お医者に行くのが一番辛かった」

「それは？」

「よく医者に行くと名前とか病気なんかを記入しますでしょ。その中に、一番近くで、一緒に住んでいない親戚の名前を書け、という項目があるんですよね。いつもそこに来ると、戸惑ってしまうんです。私には親戚が一人も居ませんもの。O郡でも居ないし、どこにも。ジムの両親は私のことを疫病神にしか思っていないんじゃないかしら。だから彼らの名前を記入してもいいかと聞けばきっと、断りますよ。だから誰の名前を書いていいのか本当に困ってしまいます。三年以上たった今でも、その項目が目に入るとつい涙が出てしまいます。いつも仲の良い友だちの名前を書くのですが。最初は友だちも居なかったから。自分で独り立ちを決めたけど、やはり辛い思いをします」

「外国人の哀しいところですね」

「医者だって、何かあると困るからそんな項目を作ったのでしょうが、見るたびに、私はここではたった一人なんだと痛感します。今でもどきっとします」

裁判所への行き帰り、綾子はセルツナー弁護士に今までの経過を詳しく話し、なるべくケースを早くわかってもらおうと努力した。

裁判所に着いた。ぐるっと見回したが、ジムの姿形もない。審議が始まる二分くらい前にノリス弁護士が到着した。一人で。

他のケースが読み上げられた。綾子たちの番になって、ノリス弁護士とセルツナー弁護士が進み出た。綾子は心の中で祈り続けた。裁判官はケースに目を通しながら、

「このケースはかなり進んでいるので、本来ならもう終わるから管轄地変更の許可はしないところです。しかし、ケースの綴じ込み書類の厚さから見ても、また中身にざっと目を通しても、どのくらい

今後長引くのか検討がつかないという状態ですね。子供がO郡に居住し、州外にある財産は別として、申立人である母親の収入源と居住地がO郡ですから、変更するのが妥当だと思います」

「裁判官殿。被申立人は、O郡に移ると、どこかに宿泊しなくてはならないので不便だと申し立てています。ここでしたら、両親の家がありますので」

ノリス弁護士が反論した。

「裁判官殿。ここからO郡に通っている人も大勢居ます。中立人も今まではO郡からこの裁判所に来ていましたし。またご承知のようにO郡には米軍基地があります。基地内には安く泊まれる宿舎もあります。もし、被申立人が軍用機を利用するのでしたら、その基地に来る可能性もあるそうです」

セルツナー弁護士も受けて事情を述べた。

「中佐ですから宿泊の心配をしなくてもいいでしょうよ」

と裁判官。綾子は、ジムは野宿でも平気です、と叫びたかった。

「では、O郡への管轄地変更を許可します。次のケース」

裁判官は、ポーンと音を立てて槌を打った。すがすがしい判決の音だった。

砂漠が終わり、山岳地帯に差しかかった。この峠を越えるのも当分無いだろう。峠の勾配を下っていくと、突然目の前が開ける。右側が高く聳えた岩肌の山、左は谷間が続き、素晴らしい見晴らしである。遠くまで広がる地平線を横切って、鉄道が走っている。C州の雄大さを代表する荒削りの自然がそこにあった。

急な傾斜の為、車のスピードが増してきた。綾子の心もそれにつれて、O郡のほうへと移っていった。

「ケースがO郡に移るのはいつ頃ですか」

「裁判所がどのくらい速く対応してくれるかにもよりますが、大抵、一、二カ月はかかるものと見ておいていいでしょう。O郡に移ったら、すぐに離婚の手続きをしましょう。それが一番いいですよ」

「だって、それをしたくて、今まで頑張ってきたんですよ。どういう意味ですか」

「財産処分とは別個に考えるのです。あなたの身分を離婚もしくは独身としないと、家だって買えないでしょう。別居というのは法的身分としては非常に弱い立場ですからね。離婚という法的身分を確立する。財産処理はその後やる、ということです」

「そんなことができるのですか」

「今までしなかったのが不思議なくらいですよ。離婚していたらあなたも家が買えるんですよ。税金が無駄でしょう」

「それ程収入があるわけではないから、税金と言ってもそんな額じゃありません。でも家はほしいです。自分の家となれば、子供たちも安心するでしょうし。いざとなったら、日本の家族からお金を送ってもらっても家を買いたいです。今はジムに取られちゃうかもしれないから、母たちも送金したくてもできない状態です」

「家を買ってそのローンの利子分は、収入から差し引かれて税金が計算されます。所得税が減って得ですよ。どっちみち住む家の家賃も払っているのですから、その家賃をローンに払ったとしても、最終的に税金率が低くなるから、税金申告後に税率の差から計算されたものが手元に戻ってきます」

「身分的に離婚するということですが、いったい成功率はどのくらいですか」

「これは分岐（バイフォケーション）といって、よほどの事情が無い限り裁判所は認めます。よく財産処理に時間がかかったり、片方が再婚したいと急いでいる場合などは、分岐という方法が取られます。あなたの場合は、ほうって置けば何年かかるかわからない。ですからこの際、法的身分としての独身になるんです。財産整理は後にする、という二段構えにしたほうがいいでしょう。今のうちに、家を買っておくほうが得ですよ。特に日本の家族が支援してくれるなら、チャンスを逃してはいけません。家賃は捨て金みたいなものですから。自分の家に遣いなさい」

こんな財政的なアドバイスを弁護士からしてもらうとは綾子も思ってもみなかった。家を持てば税金も助かる、財産にもなる。家賃の値上げを心配したり、引越しを考えなくても良い。有益なアドバイスだった。

ふと二年前のことを思い出した。子供たちが初めてヨーロッパに行く前に会った、占い師マヤの言葉が頭に浮かんできた。

『あなたには、商才に長けた中年の弁護士がついていますよ。その人の言うことをよく聞いてごらんなさい』

はっとして、綾子はセルッツナー弁護士を見つめた。

第十七章　分岐法（バイフォケーション）

　三月に裁判管轄地変更許可が下りてから、六月末になって、やっとO郡の高等裁判所に書類が送られてきた。ケース移項が完了した。その間ボスウェル弁護士事務所から、綾子の書類がセルツナー弁護士事務所に送られてきた。訴答書や開示書も見やすいように経過だてて整理されていた。一番最初に雇ったジョーンズ弁護士事務所のやり方とは全然違っていた。弁護士の勧め通り、O郡にケースが移った時点で、法的に離婚することにした。M社に勤め始めてから、軍の医療機関に依存しなくても済むようになったのと、綾子自身も家が欲しくなっていた。日本の家族が財政的な援助をしたくても、別居だと最終判決の際に財産処分の対象になってしまう。

　綾子たちはI市に住み始めてから約一年経っていた。ここは一九七〇年代に開発された町だが、湖があり、木や花に囲まれて美しい住宅地である。子供の為にも学校は歩いていけるところにあり、レベルもC州の中で高く評価されている。何しろ安全な町として有名だ。

　エミとジェームスにずっと幼馴染の友だちを作ってあげたかった。綾子は訴訟で頭が一杯になっていたし、夜は夜で教えていた。子供の世話が思うようにできない悩みがある。ジェームスに毎夜本を読んであげたくても、教えて帰ってくればもう彼は寝ている。教えていない晩は、綾子のほうが疲れていたから、数ページで辞めてしまう。世話も碌にできない母親、しかも今までドイツから移ってきてから点々としてきた。子供にとって何かしてあげたい、何か安定しているものを与えたい、と願っていた。綾子は自分たちの家があれば、子供も精神的に安定するのではないかと考えた。不安定で情緒に欠けた人間になってもらいたくない。

丁度同じ頃、日本の母と姉が綾子の身の上を心配して昔綾子が気に入ってよく通っていた中国の占いに見てもらった。その人はよくあたるという評判があり、一時は綾子は多くの友人を紹介してみてもらって居たりした。

「うーん、困りましたね。このジムという男性はどんなに口を酸っぱくして納得させようとしても、絶対にうん、と言わない人ですよ。難しい性格ですね。私なんかとても付き合ってはいられない。疲れちゃって。うーん、大変な人と結婚しちゃいましたね」

「あのう、妹は離婚をしようとしているんですが。どんなものでしょうか」

「さあ、困っちゃいましたね。難しいですね。離婚は無理じゃないでしょうか。うーん。駄目かもしれませんね」

「離婚できないんですか？　アメリカでは理由無しに離婚できるそうですけど。もう法廷にも届けて手続きをし始めているんです」

「そうですね。どうしたらいいもんでしょうね」

占い師は、腕を組んで考え込んでしまった。母と姉は顔を見合わせた。困った。

占い師は、チャートを見て、古い本を引き出してきて、なにやら計算をし始めた。

「うん、ここにですね、二つに分ければ離婚できるかもしれない、と出ています。けど、どんなものなのでしょうかね」

隆子も智子も『二つに分ければ』という判じ物みたいな占いが、理解できなかった。占い師もただ、二つに分けるというだけで、それをする方法はと聞いても答が無かった。

「綾ちゃん、占い師が『二つに分ければ』離婚できるかもしれない、って言ってたの。私たちにはどんな意味か全然わからないけど、その占い師さんはそうしないと離婚できないと言っていたのよ」

「じゃあ、こっちでやっている方法と同じかもしれない。今度の弁護士が、最初は正式に法的離婚をし、その後財産処理をするという手段があるって教えてくれたの、つまり離婚の行程を二股に分けるやり方なの。それが占い師さんの『二つに分ける』という占いかもしれない」

「まあ、法的に詳しいことはわからないけど、もしそれが、占い師さんの言うのと同じなら、不思議な話。その方法で成功するといいわね」

「こっちでも分岐を考えていたなんて、偶然とは言い難いわ」

「そうね。まあ、頑張って頂戴。こちらで手伝えることがあったら言ってね」

ジムは、O郡に移ってからはウィルソンという軍関係の訴訟で成功を収めた弁護士を雇った。その知らせがあった時は、子供たちは夏休みで父親の所に行っていた。

今回は、T州であった。暑い土地である。基地があるから勿論辺鄙なところで、ダウンタウンにはお店が数軒並んでいるだけだった。エミはすっかり呆れて、

「ママ、ここには何もないの。ショッピングモールなんてないのよ。ラジオだって、カントリーウェスタンみたいな変な音楽ばっかりで、退屈でしょうがない」

と苦情ばかり書いた手紙を寄越した。

しかし綾子は子供のいない身軽さを利用して、不動産屋と一緒に家を見て回った。不動産の動きが多いのは夏である。買い手は子供の学校が始まる前に家を買って、落ち着いて新学期を迎えるという家族が多い。日の照っている時間が長く、夜になってからでも十分家の細部を見れる。学校がないから子供も一緒に家を見て回れる。夏が一番人々にとって、不動産を売り買いするのに都合が良かった。

丁度気に入ったタウンハウスが見つかったのが、子供たちの帰ってくる一週間前だった。家を買うのは値段などの交渉が成立してから、四十五日から六十日かかる。この日数は買い手の資産状況を調べローンをおろしても大丈夫かどうか調べる期間で、エスクローと呼ばれる。買い手と売り手が合意したら、エスクローが開かれる。ローン会社や名義保険会社等から中立した立場にあるエージェントが、条件付証書受託者（エスクローオフィサー）となって、あらゆる書類を検査し、買い手の信用調査をし、売買の対象となる家の正当市場価格や家屋の状況を調査させ、ローンの手続きやら、名義保険書の用意等を全部統括して扱う。このエスクローを通さないと、C州では不動産は買えない。エスクローが開かれると、特別の状況で無い限りその中止はできない。勿論買い手の資産状況が悪く、ローンの支払いができないだろうと判断された場合は、エスクローが流れてしまう。家が買えなくなるのだ。しかし全部の条件が満たされていたら、ローンがおりて、名義が登録される。これまで何度煮え湯を飲まされた綾子は、訴訟の結果は五里霧中状態だったが、どうしても、子供たちが自分たちの家と呼べるものが欲しかった。

綾子は、セルツナー弁護士に電話して法的離婚手続きの進行状態を教えてもらった。すでに離婚申請の審議日は決まっていたが、果たしてその日に判決が下りるか、それとも今まで通りに延期になるかが心配だった。判決が下りなければ、綾子は以前のままの、別居中であり結婚していることになるから、その期間に家などを買ってしまえば、ジムにもその所有権利が出てしまう。不動産屋に、離婚が成立したら、という条件付で、証書を作成してもらうことにした。セルツナー弁護士が太鼓判を押してくれたとしても、今まで煮え湯を飲ませつけられた綾子は、油断ができない状態だった。

九月末、ジムも離婚決定の審議日にO郡の高等裁判所に出廷した。ウィルソン弁護士は、背が高くめがねをかけた理知的な中年の人だった。意外にも黒人である。ジムの父親なら、依頼はしなかったのではなかろうか。黒人に対する偏見は、どんなに教育を受けた人でも根強い。偏見が無いと公言している人も、本音はどうだかわからない。黒人の社会的地位はどうしても低かったし、黒人が専門職に付くのも難しい、という点から鑑みても彼らはアメリカ社会での偏見の犠牲者になっている。もしも正式依頼をする前にジムがウィルソン弁護士に会っていたら、果たして契約を結んだかどうか、疑問を感じた。

ジムは、綾子が死んで税金の未支払い分があった場合、それに対して責任は負わない、財産分割が済んでいないから分割の際に生じた税金は双方が各自負担する、離婚が成立しても、養育費の変更は要求しない、等を離婚判決の条件に入れて欲しいと申請した。

「あのような要求があっても、離婚判決が下りるのですか」

「今申請している要項は、離婚判決の中に入れるというだけですから、離婚の身分には関係ありません。それに財産分割の時にもあなたが買った家は対象にならないから、問題ないです。ジムは何故あなたが分岐法という手段にしたか知っていますか」

「いいえ、殆ど話もしていませんから。でも子供が漏らしたかもしれません」

「ウィルソン氏が列記している条件は慣例的な内容です。余り心配しないでください。大して意味はないから」

「それなら、何であんな条件をつけて離婚しなくてはならないの？」

「意味がない、というのは、そんな状態にはならない、と仮定しているだけです。後でジムに責任がのしかかってきては困るから、自分を守るための条件です」

「何でもいいから、離婚が成立しなければ、家が買えないわ」

「大丈夫です。離婚に強く反対する理由も無いのですから。頭金に対して条件付、というのじゃなくて良かったですね。頭金は日本の家族が送ってきたんでしょう？」

裁判所に居るときは、当事者はかっかとしている。だから冷静な第三者である弁護士が必要になる。綾子は、後から考えれば当然だとわかる条件をジムが主張しているのに、その場では彼が離婚を阻止している、と勘ぐってしまった。

綾子は物事がスムースに運ばれること自体が不思議だったので、どこかに落とし穴があるのではないか、と素直に喜べなかった。過去を通して、綾子の言い分が認められたのは四年前の初審の時以来だった。それくらい、この訴訟には支障が重なった。

判決が下りたのは、九月末で、セルツナー弁護士がその時の判決を書類にし、ジムの弁護士の合意の署名をもらって、裁判所に提出する。両者の弁護士の署名がある文書に、裁判官が判決の署名をして、正式になったのが一ヵ月後の十月末になっていた。判決が下ったのが九月末であったが、裁判官の署名もある正式書類がなければ、ローンもおりず、名義書き換えもできなかった。

アメリカで政治問題になった、セービング・アンド・ローン（貸付信用銀行）のスキャンダルがそろそろ新聞で採り上げられ、信用調査の基準が厳しくなり始めていた。このセービング・アンド・ローン事件は、C州の貸付信用銀行が貸し付けをする際に、融資先の財政状態を詳細に調べず、非常に緩い基準で融資した結果起きた事件だ。緩い基準で融資した場合、ローンで焦げ付きが生じて、多くの銀行や貯蓄者たちが、貯蓄したお金をなくした事件だ。政治的に大きな問題となり、銀行の頭取は監獄入りとなった。

綾子がローンを組んだのは、規定が厳しくなる直前だったので、割と簡単にローンがおりた。

子供たちの夏休みが終わり、I市に戻ってから、買うと決めた家の下見を子供たちとした。その時は本当に手に入るかどうかわからない時期だったし、離婚も正式にできるかわからなかったから、子供たちが余り期待すると困ると思い、はっきりとこの家を買うとは言わなかった。

「この家は、今売りに出ていて、ちょっとママが気に入ったけど、あなたたちどう思う？　ほら、両側に家がついているけど、家の中は隣の人の音は聞こえないの」

「ママ、このキッチンは広くて明るい。ここにテーブルを置けるわ。このキッチンの隣にテレビを置いたら？　このカーペットの色もブルーで綺麗ね」

「うん、この居間には暖炉も付いているのよ。このダイニングには食卓を置くでしょう。キッチンに置くテーブルは私たちが使って、お客さんをする時は、ここのダイニングで食べるようにしたらいいわ」

綾子が説明した。

「ベッドルームは二階なの？」

「そう、三つあるから、自分の部屋が持てるわよ」

「ママ、面白いよ。二階に洗濯機が置ける。僕の部屋はどこ？」

ジェームスが自分の部屋を見たがった。

「この家に決まったわけじゃないし、買えるかもわからないけど、こんな家がいいなって思っているだけなんだけど」

「僕、この部屋がいい。大きいしバスルームもついている」

「これは、マスターベッドルームだから、ママが使う部屋よ」

「じゃ、僕はどこ？」

エミもジェームスも家の中をぐるぐる回って探索していた。綾子は、離婚が成立しなかったらどうしよう、ローンがおりなかったらどうしよう、と心配しながらも、子供たちが大喜びで部屋から部屋へと覗きまわっている姿を見ていた。この子たちを幸せにするために、絶対にやり遂げるという決意を新たにして。

全てが順調に行った。引越しも前もって荷物を箱に詰め込んでいたので、時間通りにすんだ。新しい家は今まで住んでいた貸家から一キロしか離れていなかったが、ジェームスは違う小学校に行かせることにした。小学校が歩いて二分もかからない所にあるのも、この家を決めた理由に入っていた。

何もかも新しかった。離婚も成立した。今までと生活自体は変わらなかったのに、心構えが違う。離婚と同時に名前も旧姓に直した。新しい家。目の前が明るく広がるのが実感できた。


訴訟が起こると、裁判で最終的に判決が下りる前に、生活に必要な問題点を優先的に決めていく。普通一番大きな問題は、子供の養育や訪問である。

前の裁判所で取り決められていた訪問権が既に期限切れになっていた。ジムはO郡に移ったのを期して、今後の訪問権とか養育費を決める目的で、綾子を法廷に召還した。綾子が家を買ったから所得税が減り、手取り額が多くなったのを利用して養育費の削減、さらにドイツからT州に移ったので訪問権も現状に準じて決定する必要がある、とジムは思った。

綾子が勝手に、裁判管轄地変更をしたので、それを阻止しようとしたが、最終的には、彼女の言い分が通ってしまうのは明白だった。ノリス弁護士を雇ってから三年経っていた。彼との意見の食い違いがあり、ジムも不満が生じてきたので、結局、O郡に移るのは彼にとってもいい機会だった。

軍仲間に相談して、弁護士の情報集めをしたところ、軍の退職金に関して軍人に有利に判決を促したという評判のウィルソン弁護士にコンタクトした。最初弁護依頼の打診をしてから、彼が引き受ける返事をするまで、約三週間かかった。

「普通こんなに時間をかけて、依頼を引き受けるのか」

ジムはウィルソン弁護士の秘書と話があったので、電話で内情を聞いてみた。

「大抵は、即座に引き受けますよ。でも彼は色々な人にあなたのケースの様子を問い合わせてみたようです」

ウィルソン弁護士がこのケースに関して他の弁護士に問い合わせた、と聞いて、事務は非常に安心した。自分に似て、用心深い性格なのだと推測した。

これまでの裁判所に比べ、O郡の裁判所は数倍大きく、扱うケースも多かった。以前は、他のケースを待たせても、一つの裁判室で順番の早いケースを審議し判決する余裕があった。ここではケース数が多すぎて、その場で審議をしている時間がない。訴訟人たちは、最初に出廷裁判室に行く。時間が来ると、第一回目のケースを読み上げる。読み上げると、ケースの関係者は裁判官の前に進み出る。裁判官はそのケースにざっと目を通し、そのケースはどの裁判官が審議したらよいのか決めて、第二の裁判室に訴訟人たちを回す。第二の裁判室がわかった時点で、関係者は第一の裁判室を出て次の裁判室に向かう。そこで審議が行われるからだ。

第一回目の読み上げで、弁護士が遅くなったり、依頼人が来なかったりすると、第二回目の読み上げにまわしてもらう。第二回目の読み上げでまた同じことが繰り返されて、第一回目で裁判室を指定されなかった訴訟人たちが第二の裁判室に回される。

午前中はこのようにして、第一、第二の裁判室で順番待ちをして審議がされるのは大抵午後になってしまう。

第十八章　弁護士代

忙しい弁護士は、意図的に同じ日に二つ以上のケースの審議をかけ持ちする。裁判所に赴く日数も少なくてすむし、一つのケースの待ち時間にもう片一方のケースの交渉もできる。弁護士がかけ持っているのは裁判官もよく心得ているから、一つのケースが十時から始まるとなると、もう一つを午後一時から別の裁判室で審議するという便宜を図ってくれる。弁護士の第二の仕事場は裁判所である。裁判所で待っている間、その日審議されるケースでなくても、他のケースの担当弁護士に会ったら、立ち話をしてそこで解決したり、経過報告をしたりできる。

その際の弁護士代はどのように、割り振りされて依頼人に請求するのか。綾子は膨大な弁護士代が請求されてくる度に不思議に思った。ある日、セルツナー事務所の秘書であるリンに聞いてみた。

「例えば、出廷していて、他のケースの審議とか談判をしたりするでしょう。そんな時の弁護士代は誰がどのくらい払うの？」

「それは、一人が負担していたら不公平でしょう。かけ持ちされているケースと折半します。そうすれば待ち時間だって、半分で済むわけ。勿論事務所で相談したり、電話に出た場合は、そのケースのみの弁護士代と計算されるけど」

裁判所で待っている時、コーヒーを飲んでいても、綾子のケースだけの為に待っているとしたら、刻々と弁護士代は加算される。

裁判所では、ジムと顔をあわせるごとに、脅しをかけられたり、嫌味を言われたりした。各銀行の小切手が次から次へと開示用書類として提出され、プライバシーが侵害されるのも頭痛の種だった。しかし、弁護士代としてお金が湯水の如く流れ出るのを阻止できないのが堪らなかった。

弁護士とアポイントをとればお金がかかるのは理解できた。傍聴席で待っている時の無駄金はどうなのか。裁判室では、他のケースも審議されているから、傍聴席に居れば一切音を立てられない。弁護士はその日の裁判官の動きとか感情を知るためにも、他のケースが審議されている間傍聴する必要がある。外で依頼人と話しているわけにはいかない。もしかしたら、急にケースが呼ばれるかもしれないし、緊張して待っている時に余り冷静に話もできない。

自分のケースがどの裁判室で審議されるかを決定するだけで、二百ドルがゆうに消えてなくなる。問題が解決したのでなく、単に順番が回ってきたのがわかっただけで、お金がなくなるのだ。

弁護士代には千ドル近いお金を一日で使ってしまうのに、子供の為には五ドル十ドルのものでも、けちけちして考えに考えた挙句使った。訴訟がこんなに長引かなければ、エミにもジェームスにも、もっと良い物が買えるのに。大型遊園地だって、いやと言うほど連れていかれるのに。夜苦労して先生なんかしなくてもいいのに。弁護士代に関しては何度も涙をのんだ。そのたびにこれは人生の月謝だ、と自分には言い聞かせた。しかし、何故こんなにも高い月謝を払うのか、怒りをぶつける対象が無かった。次第にお金に対する価値観がめちゃくちゃになってしまう危機感を感じ始めた。家庭内では財布をしめ、嫌悪感を感じていても裁判にはお財布のひもをゆるめざるをえない。綾子は弁護士に支払うために二足も三足もの草鞋を履いていた。

弁護士代が多額なので費用を払えない人は、無料の法律相談所に行ったりするが、それは一般的なアドバイスや、訴訟の用紙しかもらえなかったりする。個人特有な問題を抱えている人は、泣く泣く妥協に持かざるを得なかったりする。高いお金を払ってでも解決する人は、弁護士代を月々少額ずつ支払いするという方法を取ったりする。

一時半には、ジムとウィルソン弁護士が傍聴席で待っていた。他の人も数人いた。百十室に配属された裁判官が入ってきた。綾子は自分たちのケースが審議されるとばっかり思っていたから、腰を浮かしたが、セルツナー弁護士に止められた。

「裁判官がまだケースの名を言っていないでしょう」

「でも一時半から始まるのでは?」

「一時半に来い、というだけで、私たちのケースの審議が始まるとは限りません」

「ええっ、また?　もっと待つのですか?」

「ちょっと様子を見ないと」

二人は小声で話した。

セルツナー弁護士の予測していた通り、午前中にその裁判室に指定されたケースの審議がまだ終わっていなかった。裁判官が午前中の続きを開始した。何時に終わるのか全然検討がつかない。三十分ほどして、簡単にケースの結論がつかない、と判断した裁判官が傍聴席を見回した。

「えーと、ショーネン対ショーネンの申し立ての弁護士、この審議はどのくらいかかりますか？」

「裁判官殿、これから被申立人の証言を予定していますから、あと一時間くらいで裁決に持っていかれると思います」

「ショーネンのケースの、被申立人の弁護士の意見はどうですか」

「裁判官殿、それくらい見ていればいいと思います」

「じゃ、ショーネンが一時間。その次に予定されているのが、サンチェス対サンチェスですね。そしてアラン対アラン。サンチェスの申立人の弁護側、このケースの予定時間を教えてください」

「大体話し合いが済んでいますから、一時間くらいです」

「それでは、アランのケースの弁護側、どれくらい時間がかかりますか」

「申立人は、半日と見ています」

「裁判官殿、被申立人は、この審議は二日かかると予想しています」

「二日ですって？　養育費と訪問権の問題だけで、二日もかかるのですか」

「裁判官殿、被申立人はこのケースが果たしてC州法で裁かれるかどうか疑問を持っています。その点を明確にする審議を希望しています」

「とてもではありませんが、今日は無理です。この裁判室では明日の朝から審議はできますが、午前中だけで、午後は他のケースが予定されています。他の裁判室にまわれるかどうか、調べてみましょう」

裁判官が席を立って、正面の横の扉から裁判官用事務所に入っていった。暫くして戻ってきて、

「今、この高等裁判所の中には、審議する時間がある裁判官はいませんが、丁度O郡所属のモリス裁判官がR郡の裁判所に出張していて、彼が今日の午後なら審議する時間が取れるといっています。これからその裁判所に行って、できる範囲内で審議してもらうのはどうですか」

「申立人のほうは、異議がありません」

「被申立人も異存はありません。残った部分の審議は明日引き続きその裁判所で審議するのでしょうか」

「いえ、モリス裁判官が時間がとれるのは、今日の午後だけです。明日はまた、裁判室割り当てをしますから、今日と同じように八時半に裁判室百号に出向いてください。今あなたたちのケースの割りあげが予定表には入っていませんから、特別に入れてもらいます。そこで割り当てられた裁判室で、できる限りの問題点を審議しましょう。解決できなかった点は、後日再び『審議原因を示す申し立て（モーション）』を提出して、審議する以外方法はありません」

普通の人だったら、半日で済ませる問題も、ジムは自分の言い分を詳しく説明し、相手に全面的に納得してもらい、しかも相手を賛成させなくてはならない。全て自分の意見は正しいというスタンスからきているから、審議する時間が長い。

以前綾子の母親の隆子がその頃ベストセラーになった本のタイトルを引用して、ジムの性格を評した。

「あの人は、石橋を何回叩いても決して渡らないわね」

注意深さは人生を亘っていくのに不可欠な必要だが、程ほどにしないと前進できなくなる。

R郡の裁判所は、S地区から十五分ぐらいしか離れていなかった。三時に出廷だったので、セルツナー弁護士は一旦事務所に戻って、スケジュールの調整やメッセージの処理、電話をして出掛けることにした。綾子は彼の事務所で待って一緒に出掛けた。

午後三時前に到着したセリートス裁判所は閑散としていた。大抵の審議は午前中に終わり、午後まで残って審議するケースは少ないからだ。

審議が必要なケースなら、もう裁判室に入って審議中なので、人の姿は余り見当たらない。この裁判所はO郡のそれと比べ、のんびりした雰囲気だった。

モリス裁判官は、養育費を決定するべく、両者の収入を記入した書類を調べ始めた。ジムは準備怠り無く、軍からの給料明細書と一セントも違わない収入を書き入れた。綾子が知っている株式ファンドに関しては、その全額がローンの担保になっていると記入した。綾子も自分の給料を記入した。

モリス裁判官は、計算機で養育費を算出した。それによると、最初の裁判で決定されていた額よりもかなり少なくなった。フルタイムの仕事とパートタイムの先生の収入があったからだ。それに加えて、エミが十二歳になったのでベビーシッターが必要でなくなったというのも養育費削減の理由になった。収入の面でも、家を購入したので所得税額が少なくなり、手取りが以前よりも上昇したからだ。

養育費の決定が終わってから、訪問権のスケジュールへと移っていった。午前中に行った仲裁所では何も合意に達していなかった。

綾子は子供たちが夏休みの間、O郡の友だちと一つも遊べなくて文句を言っていたから、その意向もいれて、夏休みは四週間から六週間、クリスマスは隔年と提案した。イースターの休暇も隔年にグランマとグランパの所に行かせる、と提案した。たった一週間のイースター休暇を過ごすのにT州までの飛行機代を出すのは馬鹿馬鹿しい。

ジムのほうは、夏休みが始まった翌日から新学期が始まる前の週末まで十週間という案を出した。クリスマスも最初の二週間はジム、その後は隔年と主張する。

こんな問題は、双方の話し合いで解決したいから、綾子は両者の案の間を取れば良いと妥協案を出したが、ジムは妥協するような人間ではない。平行線を辿るばかりたった。結局、裁判官が夏休みは八週間、クリスマスもその年から隔年という判決が下りた。往復の費用はジムの負担となったが、子供たちが夏休みにジムの所にいる間は、養育費が半額となった。殆ど綾子の妥協案に沿っていた。

養育費半額は綾子の念頭になかった。綾子はやっと何故ジムが訪問権を主張しているか、その本心を見たような気がした。子供たちと一緒にいたいのは確かだろうが、むしろ養育費の削減のほうが、重要だったのではないか、と。

離婚となると、正常な時に話をすれば充分に理解できる内容でも、第三者を通さなくては解決できなくなる。感情的になった父親と母親が話し合って、子供たちにとって一番良いのは何か、が見えなくなる。ジムはこちらが何を言っても、『ノー』と返事する性格だったから、話し合いも難しくなる。

弁護士に高いお金を払って、簡単な問題でも、大の大人が五人集まって、ああでもない、こうでもないと口に泡を飛ばして討論するのは、傍から見ても喜劇、としか見えなかっただろう。子供は品物じゃない。訪問するのは子供なのだし、彼らにも意見や希望があるだろう。嫌がる子供を無理やり、あっちに行かせ、こっちに寄越す等と、子供の気持ちを無視して決定するのも可哀想である。

離婚訴訟の関係者は、重箱の隅々まで他人の目にさらす破廉恥な行為に、平然として対処しなくてはいけない。R郡の裁判所では、この二点を解決しただけで、五時を過ぎてしまった。本来なら四時半に終了するのだが、モリス裁判官はできるだけ多くの審議条項をこなそうと努力してくれた。ジムも最後のほうは余り反対意見を出さなかった。残りの裁判管轄権に関しては、翌日O郡に戻って審議する成り行きになった。

第三者から見れば、こんなくだらないことだと思われるものに、二時間もかかった。裁判官が判決しないと決められないのか、と呆れ返るような問題なのだ。

しかし、O郡での最初の審議申し立て（モーション）の一日目が終わった。

その日の午前中に、第一審議での裁判官の提案通りに、裁判所内の仲裁所に出向いてソーシャル・ワーカーと話をした。

しかし、午前中のソーシャル・ワーカーとの話の内容は、午後の審議に一度も言及されなかった。何のために、午前中二時間以上も費やして、ソーシャル・ワーカーと話をしたのか。その時間を審議の為に費やしたなら、一日で全て解決したかもしれない。綾子は時間が無駄になったと感じた。

後で、子供が拘っている離婚問題では、ソーシャル・ワーカーとの話し合いという工程が必要だと、弁護士から説明された。しかしながら、裁判所に行くたびに、お役所仕事の緩慢さ、不合理さ、非能率さ、を感じた。お役所という所は、日本もアメリカも関係なく、形式に縛られているのではないか。

綾子は会社に電話して、次の日も休みを取らなくてはならない、と上司から許可を取った。幸いにも物分りの良い上司だったから、問題は無かったが、余りにも頻繁に裁判所通いをしているので、許可を取るのも気が引ける。それに、翌日も再び一生顔を合わせたくないジムと裁判所で会わなくてはならないかと思うと帰りの足取りが重かった。

憂鬱だったもう一つの理由は、ジムがその晩、子供たちに会わせろ、と要求したからだ。別段断る理由もないし、妥当な要求だとセルツナー弁護士も言った。玄関のドアから中を覗かれないよう、飾り窓に張り紙をしたり、カーテンも隙間無しにきちんと閉めた。綾子はジムに自分のプライベートな生活を覗かれるのが一番嫌だった。虫唾が走る思いだ。支払い済み小切手の裏表をコピーして提出する、という苦痛に耐えるのがやっとなのに。ましてや、綾子の城をジムが覗くなどという侮辱は許せなかった。

ドアのベルが鳴った。

「ガレージのほうからエミとジェームスを外に出すから、裏に回って頂戴」

「どうしてドアを開けないんだ」

「裏のほうが駐車場に面して便利でしょう。二人とも今、外で待っているわよ」

ジムは仕方なく子供たちと外で会ってマックに食事に行き、二時間後に帰ってきた。

その日は教会で親しくなったレーチェルに来てもらっていた。彼女も前の結婚生活でさんざ夫から傷めつけられていたから、綾子の気持ちをよく理解できる。出廷している時も家に来て、エミとジェームスが帰ってきたら、一緒に遊んでくれたし、綾子がくたびれきって裁判所から帰ってきたら、夕飯の支度をして待ってくれたりした。

結婚時代から、毎日びくびくとしてジムを恐れて暮らしていたので、別居して四年近く経った今でも、綾子はジムを恐れていた。長年の習性は一昼夜では拭いきれない。十二年近くも暮らしていたから、ジムは何と言えば綾子が血相を変えて怖がるか、一番の弱点は何かをよく把握していた。だから、電話で綾子を脅かすのは朝飯前だった。綾子がすぐにその脅しに乗ってくるのが面白いくらいだった。

綾子は、電話で時々ジムに脅されるという話をセルツナー弁護士に話した。

「ジムから電話があったら、話したくないって、直ぐに電話を切りなさい」

「だって、どんな作戦を練っているか話していたらわかるかと思って」

「あなたを脅かすために電話するんだから、作戦なんて言いっこないですよ」

「電話を切って、後で何か言ってこないかしら。面倒じゃない？」

「それだから、弁護士が付いているんですよ。彼から電話があったら、弁護士を通して話をしてくれって、切っちゃいなさい」

「ええ、そうしますけど」

「何か話を聞くと絶対に嫌な気持ちになります。あなたの考えを左右させようと操っているんですから。子供のことも心配しないで。私に電話するように言えばいい」

と弁護士から何度忠告されても、綾子はついつい電話を切れなかったり、私は今は強気だから大丈夫と思って電話で話しては脅かされて、無駄な心配をするのが常だった。

審議の二日目。その日審議を予定されていたケースの関係者は、裁判室百号に集まっていた。割り振りを待っているのだ。ジムが既に来ているのがドアのガラス越しに見えた。ケースの割り振りが始まる時間になった。申立人側から誰も来ていないのでは自動的に後回しにされる恐れがある。それだと、また、一時間半ぐらい無駄な時間と無駄な弁護士代を払うのだ。ウィルソン弁護士の姿が見えたので、綾子も部屋に入ろうとドアに手をかけた。

ドアを開けながらちらっと振り返ったら、重い書類かばんを持ったセルツナー弁護士もエレベーターを降りるところだった。

「いつも、振り当ては、十分は必ず遅れて始まるから、大丈夫ですよ」

「もういい加減で嫌になってしまいます」

二十分ぐらいして、綾子たちのケースが呼ばれ、裁判室が振り当てられた。百二十号室。グレン裁判官だ。綾子たちのケースの前に二件ケースが先行していた。綾子は、うまくいくと午前中に審議が始まるかもしれないと期待した。

しかし、百二十号室で待っている間、先行のケースがすぐに終わらないのに気が付いた。グレン裁判官は、午後一時半に戻ってくるように綾子たちに提案した。

セルツナー弁護士は、一旦事務所に戻って仕事をし、綾子は四時間近くあったので、家に帰ることにした。しかし、中途半端で手持ち無沙汰だった。午後の審議が気になってゆっくりと休めない。夕飯の支度をするにも、時間が足りない。ただ会社に電話して午後も裁判所に行くと報告した。ランチを食べ、また車に飛び乗って裁判所に戻った。

一時半にグレン裁判官が裁判室に入った。

「アラン対アランの審議はどれくらいかかりますか。この審議を申請した被申立人の弁護士に答えてもらいましょう」

「被申立人は、残りを審議するには、一日かかると言っています」

「しかし、今日はあと三時間くらいしかありませんよ」

「その時間内で残りの問題を審議してもらいたいです」

「あなたたちの後に審議すべきケースが二つあります。これはもう解決が済んでいて、判決だけですので、このケースを片付けてから、あなたたちのケースを審議しましょう」

順番としては、綾子のケースが先であったが、ジムが一日という意見を変えないので、結局後に回されてしまった。裁判室では裁判官が王様である。彼の気持ちを損ねては大変なので、全て裁判官の言いなりになってしまう。

既に解決されているケースでも、裁判官が目を通して、両者に異存の無いことを確認するから、二十分や三十分はゆうにかかる。その後の休憩も含めて、綾子たちの番が回ってきたのが、結局午後三時になってしまった。

ジムは裁判管轄地の問題の他に、初審で決定された慰謝料と養育費の無効を唱えた。何故そんな昔の問題を出してきたかというと、綾子が六ヵ月遅れて給料天引きをしたからだ。つまり遅滞分に対してしか、給料天引きできなかった。ジムが三年前ノリス弁護士を立てて、養育費と慰謝料の再検討を依頼したとき、天引き後の遅滞料が約一万ドル程宙に浮いて、後の審議と後回しにされていた。それをこの場で解決して欲しいと申し出た。

審議を進めていく過程で、初審の判決文が必要になってきた。それを決定した法廷議事録はあるが、判決文は見つからない。セルツナー弁護士も綾子も持っている書類やファイルをひっくり返して探した。しかし無い。議事録が出る前の判決文が無ければ議事録が書けないから、判決文があったという想定ではあるが、実際の証拠書類が無いと無効になる。


本来なら、給料天引き申請書に、判決文が添付されていなくてはならないのに、それが議事録で済まされていた。綾子はそんな判決文を見たことも無かった。確実にジョーンズ弁護士事務所の落ち度である。しかし、今そんなことを言っていられない。

「判決文が無いのは不思議議です。初審では議事録だけでよかったのかもしれません」

「判決文が無いのですから、養育費と慰謝料の額が無効になり、それまで申立人が貰った金額も無効になります」

とウィルソン弁護士は述べた。

「三年前に、被申立人が出廷した時点で、慰謝料が取りやめになり、養育費の額も変わりましたね。訴訟最初の四年前の判決を審議しなおすのは非常に難しいです。一年近くもこの額で支払われていて、被申立人が何故阻止をしなかったのですか」

と裁判官が問い質した。

「それは、被申立人が『水夫及び兵士法』を提出したので、出廷できるまでは、無効になるはずでした。被申立人は、三年前まで、アメリカに来ることができませんでした」

「裁判官殿、アラン氏が初審一ヵ月後に、日本に出向いたと申立人が言っています。ですから被申立人が『水夫及び兵士法』を提出してアメリカに来られなかったというのは方便であって、実際にはアメリカに来れる状態でした。『水夫及び兵士法』は被申立人には適応しません」

セルツナー弁護士も反論した。

「まあ、それまで支払われていて、申立人もその金額を生活費に使ったのでしょう。ですから、今まで支払われた額に対しては、被申立人には権利が無いと判定します。それから、係争中の未支払い分、一万ドルですが、それを決定した判決文がありません。ですから、それに対して申立人は権利が無いとします。もう四時半になりましたから、被申立人が審議を申請していた残りの問題点は、改めて申請しなおしてください」

バーンと裁判官の槌が下ろされた。

初審の頃は綾子も法律に無知だった。書類は何が重要か、皆目わからなかった。法律事務所に勤めていたとき、判決文を何度タイプしたか憶えていないくらい、事務所で扱っているケースの処理をした。しかし、自分の判決文はどうだったか、考えたことも無かった。最初は綾子は無我夢中だったし、弁護士から送られてくる書簡は避けるように暮らしていたから、カーター弁護士の落ち度に全然気が付かなかった。

ジムはその判決を聞いて、意を得たりという得意顔になった。

判決の結果を考えてみても、滞納分は半分は諦めていたお金であったし、こちらの落ち度であったから致し方なかった。後悔先に立たずである。しかし心の中では、ちゃんと弁護士が書類の整理をきちんとして、手続きも怠らなければ、とか、もっと頻繁に給料天引きの申請をしていれば、未支払い分も少なかったのに、とつい、懐が痛い時だったから、他人のやり方を責めた。

この審議で綾子は何を得たのか。子供を家に残し、会社の有給休暇を使い、緊張の連続の二日間だった。この二日間だけで、綾子の一ヵ月以上の給料がすっとんでしまった。未支払い分がこの弁護士代の足しになるのではないかと、半分期待していたのに。

第十九章　カウンセリング

夏休みになった。週に一回は二人に別々に手紙を書いた。お小遣いを必ず入れて。たとえ五ドルであっても二人が楽しみにしているのだ。ショッピングができなくても、何かもらえるだけで心がわくわくする。

ジェームスからは手紙は来なかったが、エミは前もって渡しておいたレターセットを使って手紙を書いてよこした。郵便受けにエミの懐かしい字を見ると、綾子はその日が忙しく疲れていても、つい顔が綻ぶのを感じた。エミはT州滞在中の文句や、ブックリポートの内容を書いてきた。

父親のところで二ヵ月緊張の生活をしてきた二人は、母親のところでは優しさを求め、甘えを求めた。父親が厳しいからその反動かもしれない。母親が何を言ってもなかなか言うことを聞いてくれない。家に帰ってほっとしたのだろう、と綾子が気づく心の余裕は無かった。父親のところでは言うことを聞いたのだから、母親の自分の言うことも聞くはずだ、くらいに考えて、無理やり意見を通そうとした。無意識の内に父親との競争をしていたのだと、その時にはわからなかった。

特にジェームスは丁度第二反抗期に差しかかっていた。家の中には男の子の好きなピストルとかライフルのコレクションを持っている父親に、崇拝の念を抱くのは当然である。むしろ、母親である綾子に反抗を示すようになり、昔の穏やかな性格が失われ始めた。

綾子は再びカウンセリングの必要性を感じた。自分の手では負えないと断念したのだ。専門家に任せるべきだ、と。高いお金を払って通っても効果が無ければ困る。色々な人と話して、近くの教会所属で、評判の高いカウンセリング・センターに決めた。ジェームスが、「父親は怖いものだ」から「男の人は怖くなくてはいけない」という考えをもってしまったら、大変だ。特にジムが綾子に暴力をふるう場面を見ていたから、それが普通なのだと思ったら困る。将来、自分のガールフレンドや妻を痛めつけたら、幸せな結婚生活は望めない。そんな観念が芽を出す前に除去しなくては。男の人は優しくても芯は強い、という方向に持っていかなくてはいけない。

カウンセリング・センターに電話した。

「十歳前の男の子ですね。それなら丁度いい人が居ます。インターンですが、ドノバンという人です」

「経験がありますか？」

「ドノバンは以前にも、ユース・グループのリーダーをしていたし、インターンと言ってもかなり経験があります。特にそのくらいの年の子には丁度良いと思います。芯はしっかりしているし、満足すると思います。でも様子を見てうまく行かないようなら、外の人にしてもいいですよ」

「そうですね。最初私だけで会いたいです」

カウンセリングをどう進めていくか、離婚に対してもジェームスの怒りをどう健康的に発散させるか、という質問を用意して、ドノバンに会った。

「まあ、子供の場合、怒りを感じていてもなかなか口にだしません。特に男の子が自分の感情を話すのに、非常に抵抗を感じるはずです。大人だってそう容易く話しませんから。まして子供にそれを期待するのは、無理でしょう。それより、優しくて暖かい環境を作って、その中で規律を守っていく、という方法がいいのじゃないでしょうか。難しいでしょうが、枠がないと子供はかえって不安になります。ここまではいい、ここからは駄目、と決めておかないと、子供はどうしていいかわからないから、かえって暴れます」

解答が見つからない、と言われて、綾子はむしろこのカウンセラーを信用した。簡単に人間の機微がわかるはずがない。多少性格的に弱そうな印象を受けたが、贅沢は言っていられない。ジェームスがどう反応するかわからないので、ドノバンという人に決めて、次の週ジェームスを連れてくることにした。

嫌がるジェームスを車に乗せて教会まで来たが、教会の駐車場で車にしがみついて出てくれない。どう綾子が拝み倒しても無理だった。しかたなく、腕づくで引っ張り出した。子供でも十歳近くの男の子はかなり力がある。もう一年もすれば、綾子なんてとても腕力では敵わなくなっただろう。

辛うじてカウンセリング・センターにたどり着いた。心配していたが、カウンセリングが始まったら、結構おとなしくなった。

「ここまで来るのに苦労しました」

「まあ、ゆっくり様子をみて、方向を決めていきましょう」

「どうしたらうまくカウンセリングに来てもらえるでしょうか」

「何か報酬制度をとったらどうでしょう。カウンセリングの帰りにボーリングに行くとか、マックに連れていくとか」

「はい、そうします」

ジェームスが席をはずして本を取りに行った時、ドノバンと次の作戦を練った。

帰りに、

「ご褒美にコーラを買ってあげる」

「そのあと、僕は階段を下りるから、ママはエレベーターに乗ってどっちが速く一階までつくか競争しよう！」

「ママのほうが勝つに決まっているわよ。ここは三階なんだもの」

「僕が絶対に勝つよ」


綾子はその年ジェームスの扱いに苦労した。もしかしたら、父親と男同士で二カ月暮らすのは、ジェームスにいいのではないかとも考えた。やはり男の子だから、父親と一緒に居ると、母親とだけで居る時に失っているものが取り返せるのではないか。

「どうして僕だけが一人で行かなくちゃいけないの？」

「だって、エミはサマースクールに通うから行けないの。パパと二人になるのもいいんじゃない？」

「あんな所、友だちもいないし、退屈してしまう」

「家で本を読んでブックリポートを書いたら、ママがお小遣いをあげる。パパがジェームスに来て欲しいって言っているし、ジャームスが行かないと困っちゃう」

友だちがいないのが一番の問題だった。離婚しても子供たちは両親の間に挟まって犠牲になってしまう例が多い。ジェームスもその一人であった。エミが一緒だとたとえ喧嘩するにしても相手が居ると居ないのとは雲泥の差だ。

最終的には一人で行くことに承諾してくれたので、綾子もほっとした。ジェームスが承知しなければ、ジムが必ず裁判所に訴えて、また召喚されるのは目に見えていた。

ジムがジェームスだけでもと主張した時に、反対しきれなかったのは、綾子がジェームスの扱いに少々手を焼いていたからだった。父親と一緒に暮らして、母親のありがたさがわかってもらえるかと期待したのだ。しかも、夏休みにジェームスだけでも父親の所に行けば、かなり楽になる。そんな事情もあってジェームスを犠牲にしてしまった。

九月初め、ジェームスの友だちを二人誘って空港まで迎えに行った。ゲートから出てきた時、彼がぐーんと大きくなって見えた。

父親のところで少しは男親の厳しさが付いて良かったかな、という期待が裏切られたのは、学校が始まってから数日後の夜だった。綾子はジェームスに宿題をさせるためにテレビを切った。

「何故僕が見ているのにテレビを切ったんだ！」

「だって、宿題があるでしょう。それを済ませたらテレビを見てもいいわよ」

「番組の途中じゃないか！」

「だって、もう八時過ぎじゃないの。早く宿題を済ませなくちゃ駄目よ」

「終わってからだって、宿題はできる」

「今やんなさい」

「嫌だ、見るんだ」

ジェームスは綾子の反対を押し切って、テレビのスイッチをつけた。綾子が消す。ジェームスがつける。押し問答を数度繰り返した後に、

「ママなんか、家庭を破壊したじゃないか！」


綾子は心臓が止まったかと思った。どうして一人で父親の所に行かせたのか。エミが一緒だったら、ジムだってそんな理不尽は言えなかったのに。独立心が強く、自分の考えをもったエミがいれば、ジェームスも父親に洗脳されなくて済んだかもしれなかった。一人だったから、特に素直で純真だったから、ジェームスは父親の言う話を鵜呑みにしたのかもしれない。忠告を与え、緩衝地帯となれるエミが居なかったから、ジェームスも彼なりの解答を出したのだろう。

自分が楽をしたいばかりに、ジェームスの気持ちも充分に汲み取れず、さっさと父親の所に行かせてしまった。何と非情な母親なのか。もう取り返しはつかない。

ジェームスは足音荒く自分の部屋に駆け上がり、どーんとドアを閉めて、がたがたとベッドを動かし始めた。後を追いかけてジェームスの部屋に入ろうとしたが、ベッドをドアにあてがってしまったので、部屋の中に入れない。

綾子の頭の中に「ほっておけ」という考えが浮かんだが、ドアのところで再び押し問答を始めた。

十五分くらい二人でどたばたしていたが、結局近所迷惑になるので綾子は諦めた。

彼は彼なりに事情がはっきりとわからず、父親のところでさんざ母親の悪口を聞かされたのかもしれない。母親に慕いたい気持ちと、母親は家庭を壊した悪者だという気持ちと、心の中の葛藤を十歳の子が処理し切れなかったのだろう。

綾子もそんなジェームスの心理状態を理解できなかった。だからちょっとでもジェームスのやり方に反対したりすると、暴力をふるうのではないかとか、物を投げ出したりするのではないかと、心配した。次第に綾子は自分の意見を通すのを躊躇し始めた。それに乗じてジェームスもワンマン振りを発揮する。

以前カウンセラーの言った言葉を思い出した。

「軋轢を生じるような場をなるべく作らないこと。摩擦が起きるかなと思ったら、それから身を引くのが一番です。物事をスムースに運ぶ工夫をするのも一つの手です」

真正面から対抗せず、なるべく婉曲に物事を処理するよう、綾子も心がけた。そのせいかどうかはわからないが、ジェームスの腕白ぶりも下降線をたどっていくように見えた。

エミとジェームスがクリスマス休暇を父親の所で再び過ごした。

その頃から、髪の毛を長くし始めた。綾子は嫌であったが、髪の毛くらいで騒がないほうがいいと忠告する人も居た。ジェームスには長い髪が似合っていて、そのほうがいいと言う人も居た。しかし、何か理由があるのではないかと感じた綾子は、ジェームスがどんなに反対しようと、再びカウンセラーを探そうと電話帳をひっくり返した。ドノバンの居た教会は近いといっても、車で家から十五分のところだ。今回は子供だけでも通える距離にしたかった。男のカウンセラーという条件もあった。学校で調べたり、電話でインタビューしたりして、やっと家から五分くらいのところに心理学博士のジョン先生を見つけた。考え方も妥当で、納得の行く人だった。

「あなたが問題はジェームスだと言っていますが、家族の一人に問題があれば、家族全体として考えなくてはいけません。一人が孤立しているのではなく、全員に何かしらの影響を与えているはずです。エミも連れてきて、家族三人でカウンセリングを最初に受け、それから子供たちに分かれてカウンセリングするのが一番いいと思います」

嫌がるエミも連れて、再びカウンセリング通いをした。綾子は近くに何かとアドバイスをしてくれる親戚も居ないし、友達も女の人ばかりだ。男の子が女性ばかりの家庭の中で育っていくのはそれなりにやり方があるはずであった。しかし、綾子も男兄弟は居なかったので男の子をどう扱っていいか、全然知識も経験も無かった。もしも、男のカウンセラーなら、ジェームスも第三者の立場に居るジョン先生という男の人の意見は尊重してくれるだろうと期待した。

三人で決めたことも、仲裁役をしているジョン先生がいたので納得しやすかった。専門家を交えて問題を全部テーブルの上に載せて、みなの目の前にさらけ出すから、家庭内の問題意識が向上した。何もしないでも、なんとなくその内に、ことは納まっていったかもしれなかった。しかし、綾子はそんな流暢なことはできなかった。

ジムはその間、次の審議の作戦つくりに忙しかった。

第二十章　再度の審議申し立て

『水夫及び兵士法』の審議が時間切れで解決しなかったので、ジムは再審議を申請した。更に綾子が養育者としては不適格であり、子供たちに精神的障害が起きているから、是非とも精神科の医者の診断が必要で、綾子に親権を渡すのは危険であるという審議も追加した。

ジムは手紙でも綾子に度々脅しをかけた。

「お前の頭がおかしいから、子供たちも変な考えを持ってしまう。エミは完全に精神的におかしいし、お前も精神病院に入るべきだ」

彼は自分の考えに協調してくれる人が見つかるまで、執拗に次の人、次の人と、探し続けた。大抵の人は彼の主張が強く、絶対に引き下がらないので、ついに根気負けして同調する。そうでもしないと、次のステップが踏めないのだ。

ジムは三月末にR市で大きなガン・ショー（鉄砲・拳銃等）と軍関係の骨董品市が開かれるので、『審議原因を示す申し立て（モーション）』の審議日もそれに合わせた日を選んでもらうよう、ウィルソン弁護士に依頼した。

審議の日は綾子と一緒に品のいい中年婦人が来ていた。その婦人は痩せていて弱々しい感じがした。綾子は例によって例の如く寝不足の疲れ切った顔をして、目の下に隈ができている。まだ、綾子は僕を恐れているんだ、とジムは確信が強まる。傍の女性も頼りなさそうで、ジムが脅せばすぐに震え上がってしまうタイプと判断した。

ケースの割り当てが済んだ。割り当てられた裁判室では順番が午後の一番目と言われたので、ジムはウィルソン弁護士と別れて、マックで朝食兼昼食をとった。ウィルソン弁護士は他のケースにも出なくてはならない。

午後一時半に裁判所に行った。少し遅れて、ウィルソン弁護士が重いアタシュ・ケースを持って入ってきた。

「裁判官に、子供たちは精神科の医者に見てもらう必要がある、と最初に述べてくれないか」

「それは、問題ないでしょうが、本当におかしいのですか？」

「そりゃあ、母親があんなだから子供たちだっておかしくなるに決まっている。娘なんか父親の権威を無視しているし、息子は可哀想に精神不安定だ」

「昨日も話したように、精神科の先生のリストは持ってきたでしょうね」

「退職した軍医が二人、O郡で開業しているから、そのどちらかにしてもらってくれ。ここに名前と電話番号がある」

「もしも反対されたらどうします？」

「なんで反対なんかするんだ？　僕が精神科医の診断を頼むんだから」

ウィルソン弁護士が子供たちを精神科の医者に見せるべきだと申請した。別段綾子からは反対はない。裁判官もすぐに承諾する。しかし、どの医者にするべきかでひと悶着あった。ウィルソン弁護士の論議があった。

「Ｏ郡に被申立人の薦める医者が二人います。彼はどのうちのどちらかの医者にして欲しいと申しています。軍関係の保険もありますから無料です」

「申立人の弁護士としては、その二人に診断してもらうのに反対します。軍医だった人は軍関係者に有利に診断する可能性があります。公平な立場の専門家を推薦します」

裁判所は申立人たちが必要な場合に備えて、法廷に名前を登録している心理学専門家のリストがある。綾子の弁護士は、利害が抵触するとして、法廷指定カウンセラーのリストから選ぶべき、と主張して譲らなかった。

「セルツナー弁護士の意見も尤もです。法廷としては、こちらに登録されているカウンセラーに頼むのが妥当と思います。秘書がリストを用意しますから、弁護士間で決めてください」

実際には裁判官は、元軍医だった医者の名前も聞いたことは無かったし、リストの中から時間的に都合がつき、場所もそれ程遠くない人を選んだ。

「この問題は、子供だけでなく、申立人や被申立人もアポイントをとって、カウンセラーに診察を受けることを決定します」

ジムは自分が診断を受けなくてはいけないなどとは、思ってもみなかった。綾子の不適任さを指摘したかっただけだ。だから予め軍医の人たちに連絡を取っておいたのに、綾子の雇ったドイツ人弁護士は、こちらの言うことに反対意見ばかり述べる。前の弁護士のほうがやりやすかった。セルツナー弁護士がついてからは非常にケースの運び方が自分の思うとおりに行かなくなった。ジムはカウンセラーに通う時間が惜しかったし、無駄な費用を費やしたくない。第一にカウンセラーの必要性を感じていない。どうやって法廷で決まったカウンセラーに、自分のほうが親として適応性を持っているかを証明できるか、考えあぐねた。

それから、『水夫及び兵士法』の審議があった。つまり、C州の裁判管轄妥当性を諮ってもらう。ウィルソン弁護士は、何故この点が重要で、裁判官が充分に考慮すべきであるかを弁じた。彼は、ジムが五年前に裁判官宛に書いた手紙を根拠として、今までの判決が有効でないと主張した。ウィルソン弁護士は、申立人が訴訟をした時点ではC州民ではなかったから、C州でこの訴訟を最初から採り上げるべきではないのだと主張した。更に、彼は、被申立人が、C州住民でもなかったし、居住する意図はない、と付け加えた。

裁判官は、

「『水夫及び兵士法』を無視しているわけではありません。しかし訴訟が始まってから、被申立人は寄留地に関係なく、C州で審議の申し立てをしています。過去数回この州に足を運んでいます。被申立人は今まで、自分で依頼した弁護士を二人も代表に立てています。これらの事実を鑑みて、非申込人がC州法に則って行動しているとしか、考えられません。既成の事実があります。どの州法が適用されるべきかを論じる前に、当人がC州裁判所に出廷しているので、このケースは、C州で管轄すると判決します」

バーン、と槌が下ろされた。

ジムはその判決に不満だった。ウィルソン弁護士に向かって、小声で話しかけた。

「違った角度から討論しなくては駄目だ」

「でも、どんなに見方を変えて弁論しても、裁判官の考えは事実に基づいています。判決は変わりません。前の裁判所でも二回同じ判決を受けているでしょう。時間の無駄です」

「全く、どうしようもない。僕が正しいのに、どうして皆がそれを見抜かないんだ」

ジムは、意気揚々と出てきたのに、その日は裏目に出てしまった。どうして綾子がこんな離婚訴訟を始めたのかがわからなかった。幸せな結婚生活だったのに、子供たちも経済的に満足できる生活ができ、綾子も自分で働かなくてもすむ、優雅な生活があったのに。皆あいつが悪い。綾子が一人で我がままを起こして、皆の幸福を壊してしまったのだ。どんなにお金がかかってもこの報復を果たさなくてはならない。綾子が大事にしている子供たちが、彼女に背を向けるようになったらどうだろう。ジェームスは大分こちらに靡いているから。あの子を綾子から取ってしまおう。子供がこっちにつけば、勝負は決まったようなものだ。あいつが涙を流して、悪かったと手をついて謝るまではとことん戦い抜こう、と再度心に誓った。

その晩、ジムは予定通りに子供たち二人を迎えに行った。夕飯は迎えに行く前に、済ませておいてくれと注文しておいた。エミとジェームスを連れて両親の家に行きたかったが、時間が足りない。二時間後には子供を帰すべく帰路に着いた。

「ママと一緒に居た人はなんて名前？」

「誰？　今居る人？　レーチェルよ」

「どんな人なの？」

「ママの教会の友だち」

「何している人？」

「知らない」

「じゃあ、エミたちが家に帰ったら、ちょっとパパがその人と話したいって言って、呼んできてくれないか？」

「いいわよ。レーチェルとどんな話をするの？」

「子供には関係ない話だよ」

エミはちょっと戸惑ったが、すぐに、

「それじゃあ、呼んでくる」

と言って、車から飛び出した。

ガレージの外から家の中でエミがママを呼んでいる声が聞こえる。

「ママ、パパがレーチェルと話をしたいって」

暫くして、レーチェルがゲートから姿を現した。その後からエミもついてくる。

「エミ、お前は家の中に入っていろ！」

「私はレーチェルのそばにいる」

「家の中に居ろって言ったじゃないか」

「私はここに居る」

「しようがないな」

エミは一度言い出したら、少しのことでは考えを変えない。ジムは訪問中、何度エミとの軋轢に悩まされたことか。仕方なく、エミを無視してレーチェルに話しかけた。

「アヤコの友だちだそうだが、アヤコに、僕がジェームスの考えを変えてしまうよう仕向けるから覚悟をしておけ、と伝えてくれないか。その内にアヤコが後悔して、ジェームスを僕のところで育てたほうが良いと思うときが必ず来るからな。その時になってから泣き喚いても、遅すぎる。ジェームスを僕に渡さないと、本当に後悔するから」

レーチェルは、驚いて後ずさりを始める。それを確かめただけでジムは満足だった。平然としていたのは、エミだけだった。


法廷の指定したカウンセリングが始まったのが、その三日後だった。二週間で四回通った。親の心理テストをしている間、子供だけでカウンセラーに会ったりした。仕事を抜け出してのカウンセリング通いは大変だったし、子供たちもうんざりしていた。

「どうして、またカウンセリングに行かなくちゃならないの？」

「だって、パパがどうしてもカウンセリングに行かなくちゃならないの？」

「じゃあ、パパが一人で行けばいいじゃないの。私たちは必要ないのに」

「でも裁判官が決めたのよ」

テストの結果が出たというので、聞きに行った。勿論ジムはT州に帰っていた。秘書の人に聞いたら、ジムはテストはその場でやらずに持って帰り、一週間後に送ってきたそうである。

「私にはテストはその場で時間以内にやらなくてはいけないと、言っていたのに」

「ええ、でもアラン中佐は、指定時間の一時間半だけでは足りないって主張したので」

「時間以内にやらないと、真実の答が出てこないと指示されたから、必死で読んで質問の内容がはっきりわからない箇所でも推定して答えたのよ。私は英語は第二外国語だから、普通のアメリカ人と比べて読むのに時間がかかるのよ」

「本当は、直感で答えないといけないのよね。でも時間が無いって、しつこく言うもんだから、カウンセラーも諦めたの」

「じゃあ、家で時間をかけて、どんな答えに丸をつけたら、どんな心理テストの結果が出てくるか、分析しながら答えられるじゃない」

「まあ、そんなに時間をかける人もいないでしょうし。そうしてもちゃんとした結果が出てくるようになっているはずですよ」

綾子はテストの結果が歪んだものになっていると確信した。何故カウンセラーがテストを持たせて帰したのか。ジムはいつも自分がうまく立ち回れるように、人を言い負かすのが上手だ。

結果は、ジムに有利でも不利でもない生ぬるいものだった。綾子が母親として不適ではないし、子供たちも精神的にアブノーマルの判が押されているわけでもなかった。カウンセリングを続行してもいいが、別段異常は見受けられない、という報告だった。何故高いお金を払って、貴重な時間を割いてわかりきったことをしなくてはならないのか。子供たちは学校を休ませてまでここまで来たのだ。ジムの嫌がらせとしか考えられない。

「子供たちとあなたの応対を見ていて気がついたのですが、もっと笑いを増やす必要があります。もっと子供たちが楽しいという気持ちを起こさせないと可哀想です」

「そんなことを言っても、私には芝居ができないし、疲れて帰ってくるので、笑いもなにもありません。計算高いジムとは違いますよ」

「比べて言っているのではないんですよ。私も、あなたが苦労して子供を育てているのは、知っています。その上に自分の家を買ったというのですから、その功績は認めます。大変だったのですが、もうその苦労は報われたのですから、これからもっと楽しい時間を子供たちと一緒に作ってください、という意味です」

「ジムと子供たちとの応対はどうだったのですか」

「それはジムのほうに報告しますから、あなたには申し上げられません」

綾子は馬鹿馬鹿しくて、カウンセラーの部屋から飛び出したくなった。それじゃ、ジムはどうなのか。規則も無視してテストを持って帰って受けたのを許可したのは誰なのか。カウンセラー自身だ。完全主義者で自分の意見を通してしまうジムを相手にこんな複雑怪奇な訴訟をしている綾子の苦労は報われたって？　これからもこの訴訟でもっと苦労をするだろうに。それがカウンセラーには見通せないのか。家に笑いをもたらせるだって？　楽しくしたいのは山々なのを知っているのか？　このカウンセラーは何を思っているのだろうか。綾子は返す言葉もなかった。

その後も、養育費や訪問権の審議申し立てとか、開示用書類の提出とか、訴訟に拘わる面倒な手続きは、後を引かなかった。裁判管轄地がO郡に移ってから二年経っても、一歩も進まない状態だった。

綾子はお金は全部向こうに取られてもいいから、何度もこの訴訟を辞めたいと思った。会社の法律に詳しい同僚に聞かれたことがある。

「あなたは、最終的に何が一番心配なの？」

「子供たちを取られちゃうことかな」

「それじゃ、その前の財産問題で一線を引かないと駄目よ。養育権で戦うのは、背水の陣。その一歩手前で陣を構えて戦いなさい。たとえ書類作成が大変でも、財産を全部譲ってしまえば、じゃあ、子供も、となるかもしれない。勿論子供がいて、今の給料だけでは決して生活できないんだから、お金が大切だ、というスタンスを取って戦う必要があるわよ」

と忠告された。

弁護士から手紙がくる度に、今度はどんな難題を申し立ててきたのか、それとも弁護士代の請求書か、恐怖心と諦念感が半々混じって、なかなか封筒を開けられなかった。時には、セルツナー事務所の秘書に電話して、中身が何であるかを確認してから開けたこともあった。時々綾子からの返事がない時は、綾子が怖じけて、躊躇しているのを知っているセルツナー弁護士が予め電話を入れた。

ジムの弁護士であるウィルソン氏が、ジムの弁護を下りるという審議申し立てだった。

「どういう意味ですか？」

「こんなのは余りないのですがね」

「前の裁判所ではボスウェル弁護士が病気になったんですよね。ケース数を減らすために私のケースも閉めたいと要請してきました。結局はそれが契機で、こちらに裁判を移しましたが、ウィルソン弁護士も具合が悪いのですか？」

「いや、多分ジムとの折り合いが悪くなったのじゃないのですか。弁護士変更に関しての審議がある、という知らせを受け取っただけです」

「じゃあ、『弁護士代置書』が送られてきたわけではないのですね」

「送られてきたのですが、それに対してジムが反対しているんです」

「どういうことかわかりませんが」

「ジムはウィルソン氏に辞めて貰いたくないので、裁判所にウィルソン氏が辞めてもいいかどうかを審議してもらいたい、と申し立てています。私たちとは直接関係ありません。でも、審議日に僕が行って調べてきます。その時でないと詳しいことはわかりませんから」

「裁判官が、ウィルソン弁護士の意向を通せば面白いのにね」

審議のあった次の日、セルツナー弁護士から電話があった。

「ウィルソン氏が辞めたいという理由は、弁護士代が溜まっているのと、非常に弁護しにくい依頼人だからです。ジムが来て、ウィルソン氏に辞められては困ると、裁判官に訴えたんです」

「それで、裁判官はどんな判決を出したのですか」

「滞納しているけど、少額ずつでも払っているし、公判も間近いので、そのまま弁護士として続行するようにと、判決しました」

「残念ね。ウィルソン氏が辞めれば良かったのに。それで弁護士代は彼が全額払うのかしら」

「裁判官が、彼の払いが遅くなったりしたら、ジムとアヤコの持ち家を抵当に入れても良いという許可をウィルソン氏に与えたので、彼も納得したみたいですよ」

「それなら、私が困るじゃないの」

「あの家は、二人のものだからウィルソン氏が勝手に抵当に入れられません。もしもジム名義になったらの話ですから、心配しなくてもいいですよ」

辞めたいという意志をはっきりと裁判官に伝えた弁護士を、どの程度信頼して弁護してもらうつもりなのか。綾子だったら、考えられないことだった。


離婚訴訟の最終段階である公判が行われる前に、裁判所では両者の歩み寄りを目的として、強制的継承的不動産処分会議（ＭＳＣ）がある。前の裁判所でも行われたが、話し合いができない内に終わって、Ｏ郡へと移行した。今回も、関係者四人が集まったが、何も決まらずに終わってしまった。公判では、裁判官が両者の合意したものを基に、判決を下す手続き上だけのものと、本格的な裁判がある。

両者が合意に達していないと、公判では、裁判官が裁判で時間をかけて判決を下す。特に離婚などは、第三者が決めるより両者の妥協案のほうが好ましいので、裁判所としては離婚裁判は避けたいのだ。

綾子と弁護士は、公判前に数回打ち合わせをした。財産全ての明細書、綾子がドイツから持ってきた物の明細書と大体の市価、ジムが持っているはずの物の明細書とその市価、今までの現金の出所と支出の内容、現在の預金残高、給料及びその他の収入の明細書等と取り揃えなくてはいけない書類は山のようにある。これを基にして、財産処分、子供の養育費の最終決定が行われる。

弁護士は、訴答書を書き、論議の根拠となる法の論点と先例書を用意する。綾子の為にも今までの経過と論議を書いたものを用意し、その内容を確認してから署名をしたり、公判準備に二、三週間仕事も手につかない忙しさである。

準備をしながら、綾子は次第に落ち着きを失っていった。心配なのだ。命に係わる宣告を受けるわけではなかったが、養育権、また生活するのに重要な金銭問題もどうなるのか、五里霧中だ。全て裁判官の胸三寸となる。

自分に鞭打ちながら、覇気をみなぎらせようと努力したが、心の中は重かった。裁判なんてしないで済むのならなんと人生はすがすがしいものか、と自分の選んだ運命を恨んだ。ジムは戦いに慣れていた。ベトナム戦の経験がある。死に直面した時が、何回あっただろうか。一秒たりとも緊張を緩めない、そんな場面には何百回となく挑んでいるはずだった。

生死の瀬戸際に立たされた経験の無い綾子とは正反対だった。経験だけでなく性格も正反対。ジムは最後まで戦い続けるファイター。綾子は平和主義者。係争の無い世界を望む者と、戦いに生きがいを感じる者、あまりにも差がありすぎる。

公判出廷の数日前から、眠れない日々が続くのを予想して、前もって医者から眠り薬をもらっておいたので、その薬を飲み始めた。前日は、日本から送ってもらった精神安定剤も一緒に飲んだ。それでも、緊張のあまり四時間で目が覚めてしまった。寝ないと頭の巡りも悪くなるので返答がうまくできない、と焦れば焦る程、目がさえていく。

夜寝る前よりも疲れが増したのではないか、と感じられるくらいに、頭に黒い雲がかかったような状態で出掛けた。

公判のケースを割り振る裁判室の前で待ち合わせた。裁判室には弁護士だけが入り、綾子はそばのベンチで重い頭を抱え込んで、書類の入ったかばんを呆然と見つめていた。

セルツナー弁護士がウィルソン弁護士と一緒に出てきた。綾子を促して近くの机に移動したセルツナー弁護士が、

「今、刑事事件が起きていてそれに非常に時間がかかるみたいです。ですから、このケースの公判の為に、裁判室を割り当てできないのだそうです」

「でも、私たちの公判は一日あれば充分でしょう」

「ジムのほうは、二、三日はかかると主張しています」

「それじゃ、また延期ですか？　延び延びになって、いつ終わるのですか？　昨日友だちに、今度こそは公判になるからって、電話したばかりなのに」

ジムのほうは、一週間の予定で休暇を取ってきた。軍では一年に三十日間休暇が取れる。しかし、この機会を逃すと、次の公判がいつになるか検討がつかない。刑事事件後に綾子たちの公判をしてもらう頃には、ジムの休暇は終わってしまう。覚悟を決めてきたのにあてが外れてしまった。と同時に、心の片隅では、嫌な経験を今しないで済むという、ほっとした気持ちもあった。痛みはなるべく後に延ばしたい。

延ばしても来るものは来る。訴訟をしていて綾子が一番苦痛に感じたのは、この待ち時間だった。中途半端な気持ちで、何か恐ろしいものが来るのを待つ、これほど嫌なものはない。未知に対する恐怖感を耐えるよりも、たとえ悪いことでも、起こってしまったほうが良いと願うのは人の常ではないだろうか。それとも、目をつぶっていればこの悪夢が通り越してくれるのではないか、と安価な考えももたげてくる。

「裁判官が、ジムの事情もあるからって、こんな提案をしたんですよ。この近くに退職した裁判官たちが集まって経営している仲裁裁判所があります。高等裁判所が忙しいから、そこで公判する手続きをとったらどうだ、と言っています」

「じゃあ、裁判じゃなくて仲裁してもらうのですか」

「そうじゃなくて、場所は仲裁裁判所で裁判官もそこで働いている元裁判官ですが、代理になって裁判をするというだけで、そこで決まったことは、この裁判所と同じ権限を持つからこの裁判所でやったと同じことです」

「じゃあ、そのほうがいいですね」

「一つ問題があります。そこは退職した裁判官がやっているから、費用を払わないといけません」

「ここだと、裁判所も裁判官もただでしょう？　お金をとられるんですか？　それじゃ私は嫌だわ」

「そうしないと、いつこの訴訟が解決するかわからないのですよ。今裁判官がそこに問い合わせて、ワトソンという退職裁判官が裁判してくれると約束してくれました」

「ジムが費用を払うならいいけど、私は嫌だわ。高い税金を払っているんですもの」

「アヤコ、この機会を逃したら、いつ公判になるかわからない。今まで準備してきたのも無駄になって、もう一度新しく準備しなおすと大変ですよ。時間も費用も」

セルツナー弁護士も、今回公判をしたほうが、気持ちもすっきりするし、解決への最良策であると、必死に綾子を説得した。綾子は、ジムが長い公判を主張したのだから、ジムが三分の二払うのなら、承諾すると折れた。綾子も一日も早い解決を望んでいた。

O郡の高等裁判所であれば、費用は法廷公認記録者だけだ。裁判官は公職だから無料である。しかし仲裁裁判所は退職した裁判官だから、一時間いくらと代金を払って仲裁を行う。民事事件などは、裁判にすると陪審員の費用も考え、短期間で解決でき、終局的には安く済む場合、仲裁裁判所をよく利用する。

裁判をするワトソン裁判官は、退職後もO郡で裁判官の能力を生かしたいのか、仲裁裁判所で、槌を取っていた。セルツナー弁護士はワトソン裁判官は厳しい人だが、公平な判決を下すと評価していた。

その日は水曜日だった。綾子さえ承諾したら、翌日の木曜日から始められる。もしかしたら、この訴訟はその週で終わるかもしれないのだ。綾子は、この訴訟が終わるのが信じられない気持ちで一杯だった。やっと終着駅が見えてきたのだ。今まで、届きそうな所まで来ると、ひょいっと先に延びて、いつまでも届かない的を追いかけている悪夢から目が覚めるかもしれない。そんなフラストレーションから解放される日がもう目の前にあった。

仲裁所の場所を聞き、翌日の八時の出廷が決まり、その日は午前中で家に帰った。気が引けたが、またボスに休暇の延長を頼まなくてはならない。

「アヤコ調子はどうだい？」

「今度は仲裁裁判所だから、裁判が延期にはならないそうです」

「うん、僕の家内も仕事関係でよく仲裁裁判所を利用するといっていた。頑張って一日も早く終わらせることだ」

アメリカでは訴訟が長引くという事実は既知である。が、理解のあるボスを得て綾子は本当に助かった。会社から許可を得てから、休む暇もなく明日からの子供たちのスケジュールを考えなくてはならなかった。

公判だから、何時に家に帰れるかわからない。エミは家に一人でも居られたが、ジェームスはサッカーの練習が入っている。更にジムがO郡に来ている間は、家に子供だけだと、ジムが何とか言い含めて、家の中に入り込むのではないか、という危険性もある。ジェームスが出入りの際に、ドアを開け放しにしておく癖があったので、誰かの監督が必要だった。

第二十一章　公判

綾子はO郡仲裁裁判所に時間通り到着した。受付でケース名を言って通された部屋は、真ん中に大きなテーブルがあり、その周りに椅子が置いてある普通の会議室だった。裁判所の雰囲気はなかった。セルツナー弁護士が続いて入ってきた。綾子たちは同時にテーブルの向こうの床を見た。段ボール箱が十個ほど並んでいる。何でこんな箱が置いてあるのか不思議だった。暫くして、軍服に身を固めたジムが部屋に入ってきた。つかつかと箱の前にしゃがみ込んで中の書類をつかみ出した。綾子とセルツナー弁護士は顔を見合わせてしまった。

セルツナー事務所に綾子の訴答書等の書類が入っている箱があるが、二つ目の箱が一杯になったと、セルツナー弁護士がつい最近笑って綾子に報告していたのを思い出した。普通のケースは、ファイルの厚いのが数冊くらいで、それをゴムバンドでとめる。それが、ジムの場合は十箱になったのだ。弁護士事務所でも二箱一杯になるのが非常に珍しいのに。

よく観察すると、箱の上には、証拠開示書類、何月何日から何月何日までの訴答書、などの区分けがされている。過去六年間、ただひたすらに書類を集めに集め、この十箱に収めて持ってきたのだ。何回もこれらの箱を開けて、自分のノートと首っ引きになって、研究を重ねたのだと思うと、綾子は背筋が冷たくなるのを覚えた。

後に、仲裁所の人に聞いたら、ジムは昨日の午後にやってきてどの会議室で公判が開かれるかを調べ、箱があるから設置したいと許可を得たそうである。一つ一つ会議室に運び上げて終わったのは一時間後だったとの話。

綾子はジムのそんな行為に呆れ返ってしまった。実際は、呆れ返るほうが間違っていると後でわかった。ジムの行為は行き過ぎであったかもしれないが、裁判官は訴訟に真剣に取り組んでいる人のほうに、好意をしめす。彼らは非常に自分たちの仕事に誇りを持っているから、その誇り高い仕事に準じただけの努力を払っている人に、好感を持つのは当然であろう。ジムのように一生懸命このケースに取り組んでいる姿を見れば、その熱心さにほだされずにいられれようか。人は自分のしていることを尊重してくれる人に、潜在意識の中では有利に物事を運んでいってしまうものだ。

ジムはそれに取りかかれる時間も余裕もあった。また、取りかかる意志も充分にあった。性格的にも、順序通りに全ての書類を残らず組織化し整理整頓するのは習性になっていた。心構えも違った。ジムは作戦練りのエキスパートである。敵がどう出て、自分はそれにどう対処するか、戦闘準備と同じに考えていく。

ヨーロッパに比べ仕事自体は楽であったし、昇進の可能性がないと判明してからそれへのプレシャーもなくなった。子供の世話もない。一方綾子は、事情が違ったし、性格も正反対だ。

法廷公認記録者が到着して、当事者の話が一番良く聞ける場所に器械を設置した。ワトソン裁判官が入ってきた。六十歳前後で、ふさふさとした白髪頭が、がっしりとした体格に良く似合っていた。ワトソン裁判官も床の箱を見て、吃驚していた。が、顔を上げて真面目なジムのと目を合わせて頷いた。まるで『宜しい、よくやった』とお褒めの言葉を下すように。それをみて綾子は、自分の準備不足をひしひしと感じた。今後が思いやられる。

結局始まったのは一時間後の十時近くになっていた。綾子が申立人なので、セルツナー弁護士の抗弁で始まった。セルツナー弁護士が離婚に至った経過を話し終わり、綾子に質問した。離婚する時の状況、実際に暴力をふるったのか、日本にジムが来た時の彼の言動、お金の行方、仕事の内容など。

それからウィルソン弁護士が反対尋問した。

「申立人に聞きますが、ドイツの銀行で貯金していたのですね」

「はい、していました」

「金額は、どれくらいですか」

「大体五百ドルくらいでした」

「記録はありますか」

「はい、ここに通帳の写しがあります。四百五十マルクで、ドルだと五百ドルくらいです」

「それをどうしましたか」

「ドルに換えて、郵便代にしました」

「どれくらいの荷物をアメリカに郵送しましたか」

「記録をしていなかったので、はっきりと憶えていません」

「十個ですか、二十個ですか」

「二十個以上だったと思います」

「その他に、ドイツの銀行でお金を換えましたか」

「いいえ」

「換えませんでしたね。その他にお金を得たことはありませんか」

「別に憶えていませんけど」

「ドイツの銀行でタイヤを売っていたのを憶えていますか？」

「ええっ、タイヤですか？　ちょっと待ってください。　ああ、そういえばタイヤを売っていました」

ドイツの銀行ではタイヤを売っていた。うっすらと記憶が戻ってきたが、何故タイヤの話が出てくるのか。数百ドルを使って、数十ドルのタイヤの話はなぜか。

「そのタイヤはどうしましたか」

「タイヤ、ってどういう意味ですか。ちょっと何を聞いているのかわかりませんが」

「タイヤを買って、車に取り付けずに返品して、お金に換えませんでしたか？」

「どうも、よくわかりません。記憶に無いことですから」

「ここに、アラン中佐が持ってきた書類があります。ドイツ語で書かれているから、セルツナー氏に読んでもらってもいいです。これには、あなたがドイツから出る五日前にタイヤを返して、現金を受け取ったと書いてあります。そのお金はどうしましたか？　買った時はアラン中佐も知っていて、買ったんですね？　それは、後で返品してお金を得る目的で買ったんですか？」

「そんなことがあったかもしれません。でも憶えていません」

「それでは記憶に無かったと言うのですね」

「記憶にあるものもありますが、そのタイヤの話は覚えていません。六年以上も前のことで、仕事を始めてからは、憶えることが沢山ありますから」

「仕事の話はしていませんよ。タイヤの売買に関して記憶にあったかどうかを聞いているだけです」

「記憶にありませんと言いましたよ」

「ドイツを出発する前なのではっきりと記憶に無いのもあるんですね」

「はい、そうです」

「どのくらい前まで、はっきりと記憶にありませんか？」

何回も何回も、同じような質問をするので、綾子の頭も混乱してしまった。ウィルソン弁護士は、執拗に綾子が何をしたかはっきりと思い出せず、彼女の陳述に信用が置けないことを立証したかったので、霍乱作戦を用いたのだ。


その日は殆どが、綾子の尋問で終わった。特に、ドイツを出てきた時に綾子が持ってきた物、お金の額、それに焦点が絞られた。いくら綾子と弁護士が用意したリストを出したり、銀行の通帳の写しを見せても、それが充分ではない、綾子の記憶が間違っている、という印象を裁判官に与えるよう仕向けていった。

審議が終わってから、ジムは財産わけの書類の中で、少し質問があるから、もしかしたら電話をいれるかもしれない、と綾子に伝えた。別段反対するべき理由も無かったが、その夜はジムと話すのは苦痛に感じた。普通のときでも嫌なのに、その日は質問責めでくたくたになっていた。朝からくらくらしていた頭の中が動かない。まるで鉄の輪で締め付けられたようだった。

その晩、電話がかかってくるかもしれないと思うと、ひと時も落ち着いていられない。もしかしたら、電話でなくて実際に訪ねてきたらどうしよう。家を襲いに来るのだ、という妄想に取り付かれてしまった。

仕方なく、ジェームスを預かっているミッシェルに電話した。

「もしかしたら、ジムがこの家を襲いにやってくるかもしれないわ」

「家の中に大切なものは置いてあるの？　無ければ心配ないでしょうけど。子供が心配ならジェームスは私が数日間預かるわよ。鍵をかけて、エミも友だちの家に預けて一人で居たらいいじゃないの」

「でも、私も家に居るのが怖いのよ」

「それなら、ホテルに泊まったら？」

「でも電話かけるって言ってたの」

「じゃあ、留守番電話に用事があって、居ないとメッセージを残しておけばいいわよ」

「そうする。どうもありがとう」

エミは綾子が慌てかえっているので呆れてしまった。

「ママ、そんなことをしても、どうしようもないのよ。落ち着きなさいよ。馬鹿みたい。パパを怖がるなんておかしい」

「あなたにはわからないのよ。パパは本当に怖いんだから」

「こんな所に来ないわよ。私は家に居る」

「あなたが居ては困るのよ。一緒にホテルに行きましょう」

「嫌よ。家のほうがいい」

何と聞き分けの無い娘だろうか。もしかしたら父親に似たのかと思いながら、

「じゃあ、あなたがいつも行きたがっていたメインストリートのホテルはどう？」

「あそこなら行ってもいいわ」

「じゃあ、戸締りをちゃんとして。そこにつっかえ棒をするのを忘れないでよ」

「ママ、そんなに慌てなくてもいいじゃない」

ホテルはゆったりとしていたが、綾子の頭の中は百マイルのスピードで回転していた。少しも休まらない。家のことも心配だったがもう諦めて、持ってきた睡眠薬を三倍にして眠りについた。エミは悠然と隣の部屋でテレビを見ていた。

翌日は昨日と同じに眠りは浅く、朝五時には起きてしまった。書類をベッドに並べてみたが、いい考えは浮かんでこない。

ホテルで朝食を済ませ、エミを学校に送って家によってみた。中をチラッと見回したが前の晩と変わっていない。明るい太陽の中で見ると、夜どうしてあのように恐れおののいたのかわからないくらい、平和な雰囲気だった。

二日目はジムの尋問から始まった。セルツナー弁護士がジムにミリタリー・コレクションの内容を聞いている時だった。ジムは綾子が持ち出したナチの勲章について触れた。裁判官は、ジムが執拗に綾子がドイツから持って出た品物の行方を知りたがっていると強く感じた。前日もそうであったが、今日の抗弁も綾子が何をもっているかという点に関して、いつも話が回ってくる。この問題を解決しないと、前に進まないのではないか、と思った。

「被申立人は、申立人がドイツからどんなものを持ってアメリカに来たか。その持ってきた物が今でも申立人の家にあるか、非常に疑問を持っているという印象を受けた。午前中の審議が終わったら、昼休みに申立人とその弁護士、被申立人とその弁護士の四人で申立人の家に下見に行くことを命ずる。そうすれば被申立人の気持ちも収まると思われる」

綾子は心臓が止まり、体中の血が引いてしまったかと思った。これは悪夢だ、夢なのだ、こんなことが起こってはいけない。どうしてそうなったのかわからなかった。

セルツナー弁護士が、

「裁判官殿、それでは申立人に非常に不公平になります。もし申立人の家を下見するのなら、被申立人の家も下見しなくてはいけません。距離的に被申立人の家を下見できないのですから、申立人の家も下見できないはずです」

「申立人が何も隠していない、というのなら家の中を見せても問題はないはずです。被申立人が、他にも隠していると疑っているのだから、その疑いを取るのに最適のチャンスでしょう」

裁判官が一旦言い出したことを取り消すなど考えられない。一切家の中の物に触れてはいけない、戸棚や押入れの戸が閉まっていたら、決して開けない。素通りするだけだが、写真は撮っては良い、という確認をして四人が席を立った。

隠すのが目的でジムを家に入れたくなかったのではない。単にジムが家の中に入るのが嫌だった。理屈など無い。綾子はこの心理は男の人には決して理解できないだろうと思った。ジムが家に入ってきたら、自分が汚されてしまう。綾子の持ち物がジムの目に触れたら全て汚されてしまう。綾子は屈辱感と悔しさと虚しさで、いても立っても居られなかった。

ワトソン裁判官が綾子の家を視察せよ、と命令したとき、ジムは本当に夢が叶ったと喜んだ。念願の綾子の生活状態が探れるのだ。別居してからどんな生活をしていたのか、自分が忘れてしまった品物を彼女が持っているのではないか、毎晩のように考えあぐねていた。それが今日見事にかなえられる。

ジムとウィルソン弁護士は綾子たちよりも、一足先に彼女の家に着いた。車を駐車できる場所は家の裏しかない。二人で綾子たちが到着するのを待った。

一方綾子とセルツナー弁護士は、綾子が余りのショックで、仲裁所を出るときに書類を落としたり、お手洗いにハンドバッグを忘れて取りに帰ったりして、少し手間取った。

「どうして、こうなったの？　不公平すぎる。本当に信じられないわ。ジムは自分の言い分が通ったからいい気になっている」

「僕も信じられない。どうしてワトソン裁判官が一方的な下見を命じたのか予想していなかった」

「まるで、地獄の火の中を歩いているみたい」

「一旦決まってしまったから、仕方がない。なるべく気持ちを落ち着かせたほうがいい」

家に着いた。ウィルソン弁護士の車が駐車場に止まっている。綾子は裏のガレージの横の木戸を開けて入ってもらった。ジムはカメラを片手にきょろきょろと目を光らせている。生まれて初めておもちゃ屋に連れていってもらった子のように、有頂天になっているのが、傍から見ても手に取るようにわかった。


綾子の家に一歩足を踏み入れた時、何年も見ていなかった小物、装飾品などがジムの目に入った。嬉しくなって写真を撮り始めた。ウィルソン弁護士に、是が非でも綾子の家の内部を視察できるように工作して欲しいと依頼していたのだが、果たして裁判官が承諾するかは半信半疑だった。しかし、自分の願いが聞き入れられて見られる。綾子が念には念を入れて家の中を見られないよう、苦心していたのを知っていた。裁判官の一言で彼女への復讐の一つが果たされた。

このような状況が起こるかもしれないという可能性を考慮に入れて、カメラを用意してきたのも無駄にならなかった。丹念なる支度が実を結んだわけである。今まで七年間近くかけて集めた資料や書類を十箱に纏めて持っていったのも、裁判官が何を要求しても、すぐに返答したり提出できる準備万端を整えておくためだ。用意周到抜かりなかった。

ジムはざっと綾子の家を見回した。じっくりとウィルソン弁護士と一緒にキッチンからダイニング、居間、そして二階の寝室へと移っていった。

あの絵も記憶がある。あのクリスタルの置物は香港で買ったんだっけ。忘れてしまうところであった。あの植木が置いてある台は、百年以上の骨董品なんだ。それを植木の台にしているなんて。綾子が骨董を持つ自体、豚に真珠と言える。勿体無い。もっと彼女は骨董を持って出たはずだ。きっとどこかの箱に入っているに違いない。どうしてもその箱の中身を調べなくては。僕が時間を費やして集めた骨董品をあいつは隠しているに相違ない。泥棒と同じだ。ジムは手当たり次第に写真を撮った。手抜かりはないか後で調べるつもりだ。

綾子はセルツナー弁護士に監視を頼んで、階下で待っていた。一緒について回る神経は持ち合わせなかった。ジムが勝手に寝室までも覗いているのを想像して虫唾が走る思いだった。これは試練なのだ、と祈りながら耐え忍ぶのがやっとであった。

家の中を一通り見終わったので、二組に分かれて仲裁所に戻った。

「ヘンリーさん、私が日本人だったから、裁判官がジムに家の中を見学するのを許したのかしら」

「まさか、そんなことは無いと思うが」

「でもアメリカ人の女性だったら、そんなことはしないんじゃないかしら。こんな例は今までにあった？」

「こんな複雑で、込み入って、且つ執拗な離婚ケースにお目にかかったことはないから、何とも言えない。普通だったら、数年前に終結しているよ。でも日本人だからというのは考えすぎだと思う」

「これからも、こんな調子で苛められるのかしら」

「苛めているわけじゃない。ジムの気持ちを静めて、あなたが何も隠していないと証明するだけなんだから、正々堂々と戦えばいいのさ」

「地獄の火の中を歩いたみたい」

「うん、でもどんなに悪いことが身に降りかかっても、もしかしたら自分が悪いことだと考えているだけなのかもしれない。視点の取り方や解釈の仕方を変えるといいよ。僕だったら、それ程気にしないんだけど」

「それはそうでしょう。女性と男性の感覚の違いよ。今晩家に帰って、奥さんのキャシーさんに聞いてみて。彼女だって私と同じ意見だと思うわよ」


午後は、ジムのミリタリー・コレクションの内容とその金額を調べた。特別にその道に詳しいコレクターで、軍関係を専門に扱っている骨董屋をジムが証人として、その仲裁所に呼んできていた。綾子はその道には全然関心が無いし、専門家を探している暇もなかった。ジムが呼んだのであるから、予め彼らの間に打ち合わせがあったのだろう。

綾子が数点、証拠の為にドイツから持ってきた勲章が入っている革製の箱とか、ドイツの将校が使った腕章等を見せた。その人は息をひそめて、箱の中の勲章を手に取って目を離さなかった。勲章をじっくりと見てからその骨董品屋は、水を一杯飲んで喉を潤してから、返事した。

「そうですね、まあ私が買うとしたら、百ドルくらいですね」

セルツナー弁護士が呆れて指摘した。明らかに一桁少なく見積もっている。ジムは安いものを高く買う、等というへまはやらないのだ。ジムのコレクションはびっくりするくらい目を見張るくらい立派なものだ。

「ちょっと、このレシートを見てくださいよ。二百五十ドルとなっていますよ。こんな立派な箱に入っているから、由緒のある最高名誉の勲章だと思いますよ」

「ドイツでは欲しい人が居るかもしれませんが、アメリカでは余り流行らないのですよ。それに今はナチの品物は政治的に問題になっているから、価値が下がっています。私が引き取るとしたら、百ドルです」

そんな調子で、全てが二束三文になってしまった。ジムのコレクションだから、彼のものだ。これで綾子の当てにしていた数万ドルがすっ飛んでしまった。もしも、綾子に時間があって、軍関係の骨董に詳しい人を探せていたら、また話は変わっていたかもしれない。しかし、そんな時間はない、軍の骨董品とは、「おさらば」をしたい綾子は、避けて通りたい社会だった。諦めよう。物やお金の問題じゃないのだから。

その日は金曜日だったので、週末に所有物件の分配を済ませるようにと、裁判官が命じた。綾子の用意したリストと、ジムの用意したリストを見比べた。ジムのリストのほうが詳細に書かれている。従ってジムのリストを基にして、どの品物が誰の正式な所有物になるか、そして、その金額も二人で決めて、月曜日に報告するようにと命令した。

裁判をする前に、財産物件の分割が重要なので、申立人と被申立人双方で結婚中に入手した品物、家具、宝石、等の所有物を列記したリストを用意する。そのリストには、市価や購入時の価格、更にその品物が現在どこにあるかを記入する。市価といっても個人的な意見であるから幅があった。一人が高く見積もっても、もう一人にとっては安いものかもしれなかった。

テーブルの書類を片付けながらジムは、箱の中の物を見たいと言いだした。尋問の中で、箱の中にまだ入っているものがある、と綾子が言ったからだ。綾子はセルツナー弁護士と顔を合わせた。綾子が好きなようにしてもいい、と目で合図した。もう家の中を見たのだし別段彼が盗むわけではない。拒否すれば益々興味を持って、またもや弁護士立ち会いで、となりかねない。ガレージの中で、家には一歩も踏み入れないという条件付きで承知した。

所有物件の分配は、セルツナー弁護士に立ち会ってもらうと膨大な費用がかかる。立ち会うだけでも弁護士代が取られるのだ。土曜日はリストの中の物件の相談で、日曜日は箱の中の検分だ。土曜日は近くのレストランで、二人で相談すると決めた。綾子は一人で行く勇気はなかった。まだジムが怖かったから、一人だと全てジムに渡してしまうのではないかと心配だった。ジェームスを預かってくれているミッシェルに電話した。

「実はジムと会って、財産わけの相談をしなくてはならないの。一人だとちょっと心配なんだけど、一緒に来てくれない？　でもあなたが来ているとわかると困るから、隣の席にでも座って話を聞いて欲しいの」

「何時ごろになるの？　午後一つ用事があるけど」

「実は二時なの。駄目？」

「大丈夫、午前にその用事を済ませるから。どこのレストラン？」

「あの湖のそばのファミリーレストラン」

「じゃあ、二時少し前に行って待っているわね」

「二人が知り合いって顔をしないで、自然に座れるといいわね」

「うん、私が席をうまく動かしてもらうから、心配しないで」

土曜日の予定はついた。もう一つ問題が残っていた。日曜日に箱の中身を見せるのだ。これも、綾子一人では耐え切れない。誰に立ち会って貰いたかった。心積もりがあったわけではなかった。レーチェルはカナダで退職生活を楽しんでいる両親の所に遊びに行っている。誰に頼めばいいのだろうか。頼めそうな友人を一人一人考えてみたが、誰も適当な人は居ない。途方にくれてしまった。


エミを友達の家に迎えに行って、二人でハンバーガーを食べて帰った。もう夕飯などを作る気力も抜けていた。家に帰ったら留守番電話に赤いランプがついていた。誰かがメッセージを残しておいたのだ。綾子はふと、ジムかな、と思った。

「ハロー、アヤコ？　セント・ピーター教会のエスターです。裁判が始まったとドリスが言っていたけど、どうしているかと思って電話したの。もしも助けが必要で私にできることがあったら、電話して頂戴。電話番号は……」

はっと感じた。何故エスターから電話があったのか。偶然なのかそれとも。

ジムがガレージで箱の中身を検査している間一緒に居る人は、余り綾子と親しい人では困った。レーチェルのように、ジムから脅かされて震え上がってしまうと、後からジムが難問を振りかけてくるかわからなかった。また近くの人で、ジムが子供の迎えに来るときに顔を合わせる人でも困る。脅されたりする危険性があった。

エスターは初老の穏やかな人だった。教会で、苦境に立っている人たちを助ける特別のグループに属していた。日本に昔行ったことがあるので、教会では顔を合わせると時々昔話をして、知り合いになっていた。

地獄の火の中を歩いた経験をした後だったので、神も仏もあるものかと思っていた矢先の電話。エスターみたいな落ち着いた人だったら。

「ハロー、アヤコです。電話を本当に有難う」

「この間、心配して話していたじゃない。どうしているかと思って電話したの。裁判はもう始まった？」

「それが本当にあんな嫌なことはない、と思うくらいに酷い経験をしているの」

「それも、人生なのよね。裁判でいい思いをした人なんて居ないのよ。私の息子も大変だったの。アヤコの気持ちが良くわかる」

「エスター、あなたに助けてもらいたいの」

「いいわよ。何かできることある？」

「それが、日曜日にジムがここに来るの。ガレージでドイツから送ったものが入っている箱の中身を調べたいんですって。一緒に立ち会ってくれる？」

「朝九時の礼拝に行く予定なの。その後だったら空いているわよ。いつ来るの？」

「私も朝は教会に行きたいから、午後三時に来るように、と約束したの」

「丁度良かったじゃない。教会で待ち合わせましょう。あなたの家の行き方を教えてもらうわね」

週末の対策が整ったのは夜九時過ぎだった。悪夢の一日が終わった。


土曜日の午後、ミッシェルの車がファミリー・レストランの駐車場に止まっているのを確認してから、レストランに入った。彼女はまだ車の中で待っていた。ジムは一足先に入っていたので、向かいに座った。一緒に居る部屋の息を吸うのもいやなのに、こうやって向かい合って話し合いをしなくてはならない。少しでも速く話し合いを終わらせたかった。

三分くらいして、ミッシェルが、綾子の斜め後ろの席に腰をおろした。少し気持ちも落ち着いた。

ジムの書いた財産物件詳細表は、彼が持っている品物は市価が低く書かれ、その反対に、綾子の持っているものは、普段使うお茶碗一つでも骨董品のような値段がついていた。綾子は不公平を指摘して、両者の市価を折半したものを使おうと提案した。しかし、ジムは頑として聞き入れない。こんな状態だから何事も先にすすまないのだ。財産わけは商交渉である。粘る人のほうへ有利に展開するのだ。あっさりと淡白な気質ではとても商交渉には向いていない。綾子は嫌々ながらそこに居る。ジムは嬉々として、じっくりと自分の言い分を通すまで譲らない。

もしかしたら、綾子は物に対する執着を余り感じていないのかもしれなかった。ドイツを出るときもシンプル・ライフを望んでいた。離婚した時にも決心したが、これはお金や物品の問題ではない、と覚悟を決めた。どんなに高い骨董品を持っていても、素晴らしい宝石に身を包んでも、幸福でなくては価値が無い。人にはもっと重要なものがあるのではないかと、絶えず思っていた。ところが、観点の違うジムにとっては、物が大切なのだ。お金が大切なのだ。綾子はよほどのことがない限り、ジムに譲っても良いと考え始めた。

ここで、譲らない相手と値段の交渉をして、嫌な時間を長くかけるよりも、品物が減っても、一分も早くその場を立ち去ったほうがどんなに幸せかと思った。綾子には子供が居る、自立できる仕事もある。そして念願の自由も得た。彼女は現在の生活に不足はなかった。この離婚問題さえなければ。だから物の代わりに、心の平安を得たほうが良い。

彼は、物によって幸せになるのかもしれない。見解の違いなのだ。物に埋まっていれば、少しは気がまぎれ、小さな幸せを得るのだろうか。彼の欲しいと言っている品は、全部渡すことにした。

かなりの金額の物がジムの分になったはずである。しかし、ジムが作成したリストによると、不思議なことに、大体半々となる。大きな家に入りきれない、特別あつらえのお揃いのチーク材の家具もあったし、骨董品の殆どが彼の所有リストに入っている。綾子の所有リストには小さいタウンハウスの片隅に置かれるくらいの分量になった。雲泥の差である。途中で、ジムがトイレに立った。

「アヤコ、そんな弱気でどうするの？　全部ジムにあげちゃうようじゃないの。もっと頑張りなさい」

「ミッシェルが心配してくれるのは有り難いけど、あなたがそこに居るから、私もここまで正気でやってきたのよ。この交渉はあなたが居なければ、もう途中で投げ出していたわよ」

「それはわかるけど、エミやジェームスのためにも物は取っておいたらいいのに」

「それはそうだけど、ジムは物に対する執着がとても強いの。それに比べて、私はどうでもいいと考えている。結婚式に日本の親戚から貰ったものとか、お土産とか、記念になるものは取っておきたいけど、後はどうでもいいの」

「でも、後悔しないようにしてね」

数十ページにも亘る表を、これは誰のでいくら、と分けていくから大変な作業だ。しかしこれをやっておかないと、裁判官がやることになり、裁判官の心証を害する結果を生む。表の品を分け終えたのが、二時間後だった。ジムは月曜日に報告ができるように、丹念に記録をしていった。彼はこの訴訟に命を賭けているのだ。

綾子は思わず『ハブ・ア・ライフ（人生をもっと楽しみなさい）』と言いたくなった。英語で、仕事狂とか、何かくだらないものに没頭している人を比喩する表現である。

日曜日エスターと、ガレージと家の間にある小さな内庭でお茶を飲んでいる所に、ジムがやってきた。綾子は、ガレージの床に並べた箱をさした。早速ジムは箱を開けだした。丁寧に包んである布をとって、クリスタルや、銀製品を手に取った。

「あーあ、これは本当に精巧にできている」とか「うーん、素晴らしいな」と感嘆の声を漏らして、一つ一つ太陽に翳したり、眺め空かしていた。余り真剣にみて、感激しているので、もしも物に口があったら、綾子のところで箱に収まっているより、こんなに褒め称えてくれるジムの所に引っ越したいと言い出すのではないかと勘ぐった。

エスターと綾子は、差し障りのない話をしてお茶を飲んだ。

全部の品を見終わって、キチンと箱の中に仕舞いなおし、ジムは名残惜しそうに立ち去った。

「あんなに物が好きなんだから、アヤコがギブアップするのも当然ね」

「本当に。私は人生にはもっと大切なものがあると思っているけど」

「それにしても、着物が無くなったなんて、嘘でしょう」

「ドイツから帰ってきた時、彼の両親のところに行って、着物と子供たちのお雛セットと五月の飾りを取ってくれば良かった。後で聞いたら、義母はドイツに送ったと言うし、ジムは、いやお母さんが呆けていて何処においたかわからないんだろう。そんなこと言っても、ジムが持っているのは確実よね。彼のお母さんが嘘言うはずはないし」

「私も日本に行った時に着物をもらったのよ。今でも大事にしている。エミにもその内に譲れるんだから、本当に返してもらわないとね」

「振袖だけじゃなくて母からもらった着物も数着あるし。思い出ですものね」


週末で決めた財産物件の分配の結果をジムが裁判官に報告した。それからジムの退職金に対する審議が始まった。

ジムは再び『水夫及び兵士法』を言及して、この訴訟がC州法で裁かれるべきでない、と論証した。

裁判官はちょっと吃驚して、

「今まで何度も、このC州法に基づいて判決を受けているし、被申立人によって申請された訴答が数々ある、という事実だけで、被申立人がC州法に則って行動しているのが明確だ。財産分配に関しても

Ｃ州法で捌かれているから、退職金問題もＣ州法が適用される」

とワトソン裁判官。

「しかし被申立人は今まで『水夫及び兵士法』によって、訴訟が無効であると申し立てています。被申立人は、Ｏ州住民です。大学でＯ州立大学に入ってから以後二十年Ｏ州民として暮らしています」

とウィルソン弁護士。

「裁判官殿、被申立人は大学を卒業してから、色々な州の基地に行き、海外勤務を経て、Ｃ州に住み、そこで家を買い今でも持っています。現在はＴ州に住んでいます。Ｏ州には二十年近く住んでいないし、何も財産の対象となるものもありません。それでもＯ州民といえますか？　それならＯ州民であるという、所得税申告書を出してもらいたい」

とセルツナー弁護士。

「弁護士が住民性を論議していますが、どこの住民であっても、被申立人が現在ここで審議しているという事実で、この州法が適用されます。それでは軍の退職金についての審議を始めましょう。申立人と被申立人は、一九七〇年に結婚して別居は一九八三年です。十年以上結婚しています」

「裁判官殿、これは月単位として計算されるわけですよね」

「Ｃ州では、退職金の分配をする方程式があります。それに婚姻していた月数を入れます。それに被申立人が軍に勤めていた年数も関係してきます。結婚していた間は、軍に居たわけですね」

「裁判官殿、この方程式は、手取りが基準になりますか。それとも給料総額で計算しますか」

「これは、最近国会で決定されたのですが、手取りが基準になります。方程式は他の退職金を決定する際に用いられるのと同じです」

退職金に関してジムは非常に心配していた。このために『水夫及び兵士法』を何度も持ち足してきたのだ。十年以上結婚していると、彼の退職金の一部が綾子の物になってしまう。それはジムが退職した後、どちらかが死ぬまで、一生毎月毎月支払われる。

セルツナー弁護士は、養育権について、

「子供をジムに渡すはずはないから、決して心配しないほうがいい。ほかにも神経を使わなくてはならないのだから、子供のことは気楽に考えときなさい」

「うん、子供のことだけが、本当は一番心配なの。お金がなくなっても働いていれば何とかなるでしょう。勿論子供は所有物じゃないけど、やはり実際に居なくなるとどうしていいか、わからなくなる。将来が心配だし、私だって今までこんなに訴訟に係わってきたのも、子供の養育権を取られたくないからなの。それが最後の防波堤だと思っている」

「そんなに自分を責めないように。大丈夫だから。裁判官が一緒に住んでいて、問題が無い母親から採り上げた例は、殆ど無いから」

「そうだといいんだけど」

子供たちは十年近くO郡に住んでいて、継続した学校の友だちがいる。ここに生活の根を植えている。ジムはいつ戦争に行くかわからない。しかも妻に暴力をふるったと自分で証言しているのだから、裁判官がジムに養育権を渡すはずが無い。冷静に考えれば理論立てはできるが、興奮状態の綾子には、裁判官がどう判決するかが心配で何も手につかない。養育権を得るためにはどんな犠牲を払ってもいいと思っていた。

「養育権だが、被申立人が今まで子供たちと離れて暮らしており、子供が父親の厳しい躾けを受けていない。これからティーンエージャーとして、父親に接して暮らすほうが良い、という論拠を出した。これも肯ける。しかし、今まで申立人と一緒に暮らしており、チームスポーツにも参加し、O郡での地盤が既に築かれている。従って、申立人が第一優先養育権を持ち、被申立人は、共同養育権を持つと決める」

綾子の肩の荷が下りていくのが、目に見えるくらいだった。ジムの暴力性に関しては一切触れていない。単に今までの基盤があるから、という根拠だけだった。

判決はひとえに裁判官の胸三寸だ。法律はある。しかし、その解釈や判断をするの裁判官である。よく、裁判官の考えによって、白が黒になったりするので、少しも気を許すことはできない。

綾子は別居してから六年近く経つのに、未だにジムが恐ろしく感じられる。何か言われるとすぐに従わなくてはならないと思ってしまう。そんな錯覚に陥っていた。この裁判で、少しは恐怖心もなくなっただろうか。精神的に多少なりとも強くなったのだろうか。心の中で、一対一になったら、震えだすだろう弱い自分を知っていた。まだ対等な立場に居られない。

裁判官はウィルソン弁護士に、判決文の下書きをするよう命じた。その下書きの内容をセルッナー弁護士が承認したら、それが判決文の基になる。下書きに対して皆が賛意したら、用意した弁護士が、相手側の弁護士の承認の署名をもらってから裁判官に送る。裁判官が内容の確認をして、最終的な署名をする。裁判官の署名があれば、それを裁判所に提出し、判決文として登録される。という手続きをとる。

ウィルソン弁護士が法廷公認記録者から判決の転写を依頼した。セルツナー弁護士も転写のコピーを注文してから、綾子と一緒に仲裁所の会議室を出た。もう六時過ぎになっていた。

エレベーターを降りたら、もう一つの隣のエレベーターも同時にロビーに到着した。乗っていたのはワトソン裁判官だった。セルツナー弁護士が話しかけた。

「やっと終わりましたね」

「もしもこの裁判を僕が高等裁判所でやっていたら、裁判室の外で妥協させてから公判したと思うよ。あなたたちが公判の為にお金を払っているから、こんな時間をかけたけど、本来なら、こんなに歩み寄りのできていないケースなら、公判にまで到達させないな」

「さんざ、交渉してもアラン中佐が一歩も譲らなかったのですよ」

「しかし方法はあったろうに」

「色々手をつくしましたよ。そんなに簡単に話し合いに応じる相手なら、今までだってこんなに時間はかかっていませんよ。裁判官に決定してもらう以外方法はなかったんです」

「こんなケースに公民のお金をかけるのなんて、本当に時間の無駄だ」

綾子は以前にもこんな内容の話を聞いたのを思い出した。

『こんな希望のない結婚問題にカウンセリングするなんて、時間の無駄です』

ドイツで離婚の決心を固めた時のボール博士の言葉が聞こえてきた。

第二十二章　一難去って

その夏は公判で決められた如く、子供たちがジムの所に行くはずだった。春T州に手紙を書いたがなかなか返事が来ない。綾子はジムがT州に移ってから早三年経つと指折り数えた。クリスマスに子供たちがT州に行った時には、別段移動の話はなかった。しかし春になってから次の基地に移ったのかもしれない。いつもジムは居所を秘密にしておくのだ。

案の定、ウィルソン弁護士を通して、他の基地に移ったという知らせが届いたのが五月の末。実際に移ってから四カ月経っていた。この時も例によって住所は知らせず、郵便私書箱の番号だけだった。

六月初め、ジムから電話が入った。

「住所は知らせてくれないの？」

「まだ何処に住むか決めていない。子供が来るまではアパートを契約するつもりだが」

「来るまでって、住所がわからなければ、子供は飛行機には乗せませんから」

「まだアパート探しの最中だと言ったじゃないか」

以前と同じ、押し問答を繰り返した。やっと一週間後にアパートの住所が届いた。しかし、このアパートは一時的に住むだけで、電話は引かないという。電話を引く費用ももっていない、というのが口実だった。電話無しでは、軍隊の仕事は勤まらないはずだ。軍では二十四時間連絡できるようにしていないと、困る。

あんなに大掛かりな公判をしたり、何回も『訴訟原因を示す審議申し立て（モーション）』の審議要請をすれば、どんなにお金持ちでも懐が寂しくなるのは当然だ。しかも軍の給料なんて高が知れている。一日で済むところを三日もかけたり、身分不相応な裁判沙汰を自分で引き起こしていて、金銭的余裕が無いと口実をつけるのも馬鹿げていると綾子はあきれ返った。

アパートにはプールもあるし、子供が沢山住んでいるから、エミとジェームスには過ごしやすいのではないか、というジムの意見だった。子供がいるから遊ぶにはことかかないかもしれないし、海から一マイルくらいしか離れていないから、ビーチにも行けるという話だ。しかし、ルイジアナの夏は、乾燥したC州の夏とは比較にならないくらい、湿気も不快指数も高かった。

電話が無いというので、エミにはくれぐれもアパートにある公衆電話から、コレクトコールで電話するように、と注意して送り出した。エミからは、蒸し暑いからアパートの中から一歩も出ていないとか、一マイルしか離れていないが、ビーチに行くのなんかはもってのほかだ、と文句ばかりの電話が週に一回はかかってきた。ジェームスのほうはアパートの敷地内に同い年の男の子が住んでいたので、その子と結構仲良く遊んでいる様子だった。

八月半ばに、二週間ほどV州方面にバケーションに行くという電話が入った。

「ママと一緒じゃバケーションなんか行く暇ないでしょう。良かったじゃないの、そっちに行って」

「パパとじゃつまらない。いつも古臭いものをみて、私たちが行きたい所なんかちっとも行かないのよ。それに古いキャンピングカーなの。あの古くて狭い車の中で寝泊りするのは大変よ。ジェームスはいいわよ。拳銃とかそんなものが好きだから。私はあんなの汚くて嫌」

「だって、V州方面だったら、W市にも行くでしょう?」

「行くと思うけど、多分一日だけよ。それにキャンプ場よ、私大嫌い」

「私もキャンプ場が嫌いだったのよね。旅行だとあの古いキャンピングカーでしょ。本当に嫌だった。でも我慢してね。いい経験だと思って。それにビーチにも行くんでしょう。綺麗な所だって聞いていたわよ。パパのことだから、そういう観光地は見逃さないのよ。楽しんでらっしゃい」

「でも、いつものように電話がかけられない」

「何かあったら、コレクトコールで電話してね。公衆電話があるでしょうし」

エミは、時々行く先々で電話をかけてきた。文句は言いながらも、エミも結構違った環境を楽しんでいると、綾子も喜んで話を聞いていた。

ある日、出勤して朝一番のコーヒーを飲んでいる時、綾子の机の電話が鳴った。

「エミというひとから、コレクトコールです。受けますか?」

電話局のオペレーターからだった。慌てて取り次いでもらった。

「エミ、どうしたの?」

「ママ、私このビーチで一人で居るのよ。何もすることがないし、一人じゃ怖い」

「ちょっと、全然何を言っているのかわからないわ。パパはどこにいるの?」

「パパとジェームスはダウンタウンに行ったの。私は二人のやることに興味もないし、退屈だからビーチで遊んでいるって言ったの」

「たった一人で？」

「昨日ちょっとここに来たから大丈夫だと思ったの」

「そこは、どこなの？」

「V・ビーチって所。でも周りに何もないの」

「ホテルは無いの？」

「売店があるけど、誰も遊ぶ人がいないの」

「そりゃーそうでしょう。旅行中ですもの。パパはいつ帰ってくるの？」

「パパは、一時間半ぐらいしたらすぐに帰ってくるって言ったのよ。でも今はお昼よ」

「あなた、お金はあるの？　お腹はすいていない？」

「パパが、サンドイッチを作ってくれたけど、あんなの食べたくもない。まずくて。一人ぼっちで怖い。ママ助けて」

「この近くだったら、すぐにでも飛んで迎えに行くわよ。パパには連絡できないのね？」

「何処に行ったか全然わからないの」

「変な人は周りに居ない？」

「いないわ」

「コーヒーショップみたいに休むところはないの？」

「ここには何もないのよ」

「それじゃ、そこから離れちゃ駄目よ。ママがこれから警察に電話して、エミの居る場所がどういう所か調べてもらう。そこの公衆電話の番号を教えて頂戴。エミはそこらにホテルかコーヒーショップが無いか調べてね。そして三十分毎に必ず電話してね」

綾子は頭から血が引いていくのを感じた。十四歳のエミは知らないビーチで一人ぼっちに取り残されている。監督も無く。誘拐されたらどうしよう。

早速昔V州に住んでいた同僚を見つけて話を聞いた。そのビーチは観光地だから、かなり人が居るはずである、結構安全な所だ、という。しかし十四歳の女の子を一人で残して出掛けてしまうなんて、とんでもない。住み慣れた場所ならともかく、そこは始めての場所なのだ。エミが誘拐されるかもしれない、暴行をうけるかもしれない。仕事なんか手につかなかった。

電話の交換嬢に頼んで、V・ビーチの警察に電話した。

「実は十四歳の娘なんですが、今父親と旅行中です。どういうわけか、一人でビーチに置きっぱなしにされている、という電話が入ったのですが、どうしたらいいでしょうか」

「父親はいつ迎えに来るのですか？」

「一時間半後と言ったらしいのですが、もうその時間は過ぎています。三時間前らしいです。とても心配です。公衆電話の電話番号をもらったのですが、そこがどこだかわかりますか？」

「ちょっと、調べてみましょう」

暫くして返事が戻ってきた。

「そのビーチはかなり安全ですよ。同じ年の子でも見つけて、一緒に遊べるといいんですがね」

「警察に預かってもらうということはできませんか。暴行にあったら大変です」

「そんな事件は今まで起こっていません。今は昼間ですし、大丈夫だと思います。それに警察に連れてきたら父親と連絡できませんし、一人で警察に居ればもっと退屈します」

「パトロールを頻繁にするということはできませんか？」

「ライフガードも居ますし、警察も時々見回りますから、そんなに心配しなくても大丈夫ですよ」

警察の人が安全だと言ってくれても、綾子は見知らぬ土地で、エミが一人で居ると思うと居ても経ってても居られない。彼女の心細い声が耳から離れない。また電話がなった。

「ママ？」

「どうしているの？」

「まだ、迎えに来てくれないの」

「誰かそばに居る？」

「うん、でも誰も遊んでくれそうもない」

「怖い人はいない？」

「皆、家族で来ているみたい」

「本当に可哀想。ママが迎えに行ってあげたい。また必ず電話してね」

一時間後の電話で、エミが女の子のいる家族と知り合いになったことを知った。

「ママ、一緒に遊んでくれる人を見つけた」

「良かったわね。親切そうな人？」

「うん、とてもいいお母さん。一緒に食事しましょうって。サラダなんかくれたの。今からその子と泳いでくる」

「良かったわね。じゃあ、楽しんで頂戴」

最初の電話が入ってから五時間。綾子は電話につきっきりだった。電話が鳴るたびに、エミからではないかと、一喜一憂した。やがて一緒に遊んでくれた家族も帰り、またエミが一人取り残された。それでも父親が迎えに来なかったのだ。

三十分毎になっていた電話も四十分たち、五十分経ってもエミから電話がかかってこなかった。午後四時だった。V州とは三時間時間差があるから、午後七時だ。エミからもらった公衆電話に電話しても、向こうで呼び出し音が鳴っているだけで、誰も出ない。

心配で心配でじっとしていられなかった。電話が鳴った。ジェームスだった。

「ママ、今エミはシャワーを浴びている。エミがママに電話しろって言ったから、僕が電話しているの」

「パパと一緒に何処に行ったの？　ママ本当に心配したのよ。エミ一人じゃない」

「ダウンタウンの美術館とか、店に行っていた」

「エミはどうだった？　迎えに行った時大丈夫だった？」

「疲れたって、夕飯を食べて、今シャワーを浴びている」

「今、どこにいるの？」

「何処だかわからないけど、ビーチに近いキャンピング場にいる」
「もうパパにこんなことをしないように、って言って頂戴。パパと話したいわ」
「パパは荷物の整理をしているから駄目だって」
そんなハプニングもあったが、夏休みの二ヵ月間は夢のように過ぎてしまった。エミは高校に進学した。

その頃は、I市では越境入学ができた。U高校はC州の中でも指折りの、有名な州立高校だった。K大学A校の近くにある高校だから優秀な生徒が集まっていた。綾子は通学の為には特に送迎はしない、という約束で、エミの希望する越境入学を許した。

越境と言っても、自転車で十分もかからないくらいの距離だったし、歩いても三十分くらいだった。エミは今まで遊んでいた友達と違った友達と付き合い始めた。彼女はいつも変わったことを好んだ。大人がちょっと顔を顰めるような格好も平気でした。綾子が注意しても、わが道を行き、余り他人に同調しなかった。

髪の毛も頭半分の下を剃ってしまったり、赤く染めたり、綾子はエミのことでは近所や友人から何と言われるか、絶えず心配していた。しかしどんな破廉恥なことをしても、自分のお腹を痛めて産んだ子だ。はらはらしながらも、内心はエミの強さに感心をしていた。綾子は母親でありながら、家出をしたくなったこともある。本当は娘が家出をするのが普通なのに。

エミは学校の成績もよく、人気もあった。ある日、エミがこっそりと『自転車出入り禁止』の立て札を持って帰ってきた。問い質すとゴミ箱の横に立てかけてあったから、捨てられたのだと思って持ってきた、そうである。綾子は単なるティーンエージャーのいたずらくらいに軽く思っていた。ところが、数日後の夜、九時近くになっていただろうか。ドアベルが鳴った。ドアの小窓を覗いてみた。警官が二人立っている。慌ててドアを開けた。

「エミ・アランはここに住んでいますか？」

「はい、今二階で勉強してますが」

「在宅なら呼んできてくれますか」

「はい、何の用でしょうか」

「本人に問い質したいことがあります」

何だかわからない。エミを呼んだ。警官が玄関から絨毯に上がろうとした。綾子は、

「済みませんが、靴を脱いでください。日本人の家ですから」

「じゃあ、ここで済ませます」

警官は靴を脱ぐのが面倒だったのか、玄関の入り口でエミを尋問し始めた。

「名前は？」

「エミ・アランです」

「あなたが公共の表示板を盗んだという情報が入ったが、本当ですか」

「盗みません。ゴミ箱の隣に立てかけてあったから、持ってきただけです」

「公共の物を持っていると、法律違反になるのを知っていますか」

「いいえ、知りませんでした。捨ててあるものと思ったので持ってきました」

綾子に向かって、警官が質問した。

「お母さんですか？　確かに、娘さんの部屋に表示板が置いてありますか」

「はい、持ってきた時、捨ててあったから、というので部屋に置いてあります」

「本来なら、ここで逮捕して留置所にいくのですが、実際に保護者が居ますので、拘留はしません。しかし形だけでも逮捕したことにしますので」

と、エミに向かって、

「エミ・アラン。あなたは黙秘権を行使する権利がある。そして弁護士の立会いが必要なら、それを要求しても良い……」

警官が人民の権利をエミに読み始めた。綾子は目の前で何が起こっているのか、はっきりと把握できなかった。標識を持ってくるだけで、留置所にぶち込まれるとは。そんなのはティーンエージャーの悪戯ではないか。もっと重要な犯罪が起こっているのに。こんな小さなことで警官が二人も出てこなくてはならないのか。この国は、殺人を犯しても翌日は大手を振って町を歩いている人がいるというのに。茶番劇としか考えられなかった。

その後の始末が大変だった。

そこでは留置されなかったが、前科が付いた。二日後に警察に行って、ソーシャルワーカーと話し合った。未成年で最初の軽犯罪なので、家庭の事情を聴衆し、再び罪を犯さないように、また前科を早い時期に拭い去るにはどうするか、その処置の説明があった。

それからというもの、二ヵ月間、綾子はエミを伴って、市が提供している未成年対象の軽犯罪法律説明会のクラスに四回出た。このクラスで、軽犯罪を犯した未成年とその保護者を集めて、法を守ることがどんなに大切か、引き続き前科を重ねていったら、どんな結果が予想されるかと、警官とソーシャルワーカーが話をした。親たちだけで集まって、経験談を語り合うセッションもあった。

エミはそのクラスに出席するだけでなく、四十時間のコミュニティー・サービスとして社会奉仕をした。

しかし、綾子の堪忍袋の緒が切れたのはその数ヵ月後だった。

土曜日の夕方、綾子は友だちと一緒に買い物に出掛けた。帰ってきてガレージの戸を開けた途端、車が無いのを発見した。買い物は友だちの車でいった。

「大変だ。私たちが居ない間に盗まれちゃったのよ」

「綾子さん、子供たちは家に居なかったの？」

「エミは居たけど、ジェームスは友だちのところに遊びに行っているはず。送りにいったんですもの。ちょっと待って。エミも居ないな」

「警察に電話してみたら。すぐ探してもらったほうがいいわよ。そんなに時間は経ってないはずだから。車のライセンスナンバーはわかる？」

「ちょっとそれを調べるわ。でも車のモデルと色と年式もいるわね」

「勿論聞かれると思う」

綾子が引き出しをひっくり返しているときに車の音が聞こえた。友人と慌てて外に飛び出した。何と、エミが運転台に座って、友だちが二人後ろに乗っているではないか。

「エミ！　どうしたの！」

「ママが帰ってこないから、ちょっとローラたちを迎えに行ったの」

「だって、車の運転できないでしょう。免許もないんだから」

「ママが、シフトの仕方を教えてくれたじゃない。どうにか運転できたわよ。ちょっと坂を上がるときは、ファースト・ギアーに入らなくって、後ろに下がって怖かったけど。これから、コンサートに行くの。ママが帰ってるんだから送って頂戴」

済ました顔をして、車をそれでもうまい具合にガレージに入れた。綾子はもしエミが帰ってくるのが数分遅くて、警察に連絡した後だったらどうなっただろうと、背筋が寒くなった。こんな大胆不敵な娘をどう御するのか。

「あなた、大物になるかもよ」

開いた口がふさがらなかった。

一日中働いて、家に帰ったら少しは穏やかに過ごしたい、と思っていても、この反抗期を迎えた子供が居るのでは、綾子は休めない。

再びカウンセラーを探し始めた。過去に何度もやった作業だ。何となく不満足で途中でやめてしまったりした。今回はそうならないように、エミにもカウンセラー選びの行程に参加させようと思った。

最初に高校で推薦できるカウンセラーは無いか調べた。学校では、個人的な推薦ができないが、高校生に適しているカウンセラーのリストを送ってくれた。

「エミ、学校からカウンセラーのリストを送ってくれたのよ。エミが気に入った人でなくては行っても仕方ないから、あなたが選んで頂戴」

「私がカウンセラーに行かなくてはならないの？」

「そう、ママは近くに親戚もいないじゃない。困ったときに相談にのって貰うのは中立の立場に立った専門家がいいわ。会社でも軍の保険でもカウンセラーの支払いを負担してくれるから、もうママは一人であくせくあなたを育てるのを諦めたの。果たして自分のやり方が正しいかどうか、わからないし。もう力尽きたわ」

「理科のクラスで前に座っている子が、やっぱりカウンセラーに通っているの。うーん、このリストの中の確かアリシャーというカウンセラーだったと思う。その子はこの人が結構話がわかってくれて、良いって言ってた」

「どこにオフィスがあるのかしら」

「近くのショッピングセンターの中みたい。十五分ぐらいで行ける」

「近いんだったら、その人の所に行ってみる？」

「うん、行くんだったら、その人がいいわ」

やはり、女の子のほうがカウンセリングに余り抵抗無く参加してくれた。ジェームスの時は大変な思いをしたものだった。しかし年齢にも関係があるのかもしれない。綾子だけでなく、他の家でも子育てには苦労しているらしく、カウンセリングに通うのは例外的ではなかった。むしろそれがステータス・シンボルになっている。つまり、家ではみなの意見を反映して良い家族になるために、カウンセリングに通っているのですよ、と。

綾子は、アリシャーの問題アプローチの仕方を聞いたり、今直面している困難にどう対処したらいいか、最初のアポイントは一人で行くことにした。子供たちには聞かれたくない作戦もある。

アリシャーはショートカットのさっぱりとした、現代的な女性だった。

「エミが大きくなれば、お母さんの言うことも良くわかってくれると思うんですよ。年齢の問題もあります」

「でも、今暮らしていくのに、すぐに反抗するし、何度も何度も同じことを繰り返しても、ちっとも効果がありません」

「そうですね、彼女が余りにも反抗的で、穏やかに暮らせないというのも、馬鹿げていますね」

「何時になったら言うことを聞いてくれるのかしら」

「後、二、三年すれば、ずっと楽になるんですけどね。その間の暮らしをスムースにするのが目的ですね。子供たちとも話しあって、お互いに納得がいかない点を、どう妥協しあうか、それを私が間に入って相談していきましょう。あなたが問題意識を持っているということだけでも、解決の一歩に入ったと言えましょう」

厳しくもなく、甘くもなく、率直な意見を述べてくれる人だった。自分でも二人の男の子を苦労して育て、彼女なりの悩みを今でも持っている。それも包み隠さずにざっくばらんに話してくれる、心の温かい人だった。

エミは自分がカウンセラー選びに一役かっていたから、意外にも文句も言わずに次のアポイントに行ってくれた。

週一回の割合で通い始めてから、ジェームスも一緒に来たほうがより効果的と判明した。アリシャーは、

「子供がたとえ小さかったとしても、お母さんがお父さんから暴力をふるわれた、というのを見ています。お父さんがそう扱ったから、自分たちもお母さんを蔑んで扱ってもいい、という気持ちが無意識の内にあるかもしれません。子供の場合は、暴力という形にならず、お母さんを無視する、という形になるんです。それがいけないのだと、認識させないといけないし、またお母さんもそれに対して、違った生活態度を取らなくてはいけません。でも、急にお母さんの態度が変わったら、子供が戸惑うでしょう。だから、なんでお母さんがこういう態度を示すのか、その背景も子供たちがわかっていないと困ります。ですから、ジェームスも連れてきたほうがいいんです」

そして一番の問題は、綾子の態度が子供たちの無視しようという意識を助長させてしまったというわけだった。綾子にとって痛い所を指摘されてしまった。

「もしも、いけないことだったら、最後までいけない、と貫かなくては駄目です。同じことでも、今は駄目、次の時にはいい、とお母さんが返事したら、子供はどうしていいかわからない。Aが駄目なら、どんな状況においても駄目、と徹底しなくてはいけません。

例えば、ショッピングに連れていく途中で、エミが車の中であなたを傷つけるようなことを言った

とします。そんなことがあったら、即行家に帰ること。そのままショッピングに連れていったら、あなたを傷つけてもいいのだ、と子供たちは解釈します。何か買うものがあったとしても、いけないことをしたら、店の前まで来ても、帰ってくる。これを子供たちに体験させてください」

「私も離婚してから、子供たちに強く出られませんでした。彼らが私の離婚に巻き込まれて、生活水準が下がったんじゃないか、という罪悪感を持っていたので」

「でも、離婚してから長いのでしょう？ 昔のことで、罪悪感を持っているほうが、普通じゃないわ。もっと酷い生活になってしまった家族も多いのよ。子供たちだって、結婚していた時よりも良い環境になっていたと思うわよ。だって、彼らは母親が暴力をふるわれているシーンなんか、見たくないもの。彼らもそれを感謝しなくては」

ジェームスも含めたセッションが数週間続いた。そこで、母親としての立場、子供としての立場が明確にされた。綾子は今まで我慢していたほうが楽だったから、子供を放置していたが、それを変えなくてはならなかった。

一旦決めたことを、最後まで固持するのは大変だった。子供のほうが耐久力があった。特に、彼らの友だちとか、他人の目があったりすると、すぐに折れたくなった。しかし母親の態度が変わっていかないと、子供たちにも進歩は無い。綾子は会社で仕事をしているほうがずっと気楽だと感じ始めた。母一人で子供を育てるのがいかに大変かを実感する毎日だった。

第二十三章　公判のあと

公判が終わった次の晩、ジムはウィルソン弁護士と判決文の内容について打ち合わせをした後、子供たちに会うために綾子の家に行った。既に中は見ているから、今回は執拗にドアを叩く必要は無かった。中に入れただけで、判決がどうあろうと自分の勝ちだと思った。

財産整理は、綾子が望む数点の食器以外は自分の思うとおりに運べたし、綾子たちがジムの隠している財産を調べるすべを持っていなかったので、公判の際に問題にならなかったのは都合が良かった。養育権も父親の権威を保持する為に争っただけである。実際に子供を自分のところで育てるつもりはない。養育権は単に主張して、綾子を怯えあがらせるためで、その他に目的はなかった。

しかし、綾子に軍の退職金を取られてしまうのは、我慢ならなかった。これはどうにかしなくてはならない。あの退職金は、自分が何年もの訓練をし、戦争に二回も行って得た貴重なお金だ。綾子の知らない神聖なものだ。

彼女は自分の将来をめちゃくちゃにしたのだ。子供を育てる優先権を得たし、十数年間ただ飯を食わせ、今まで虎の子にしていた貯金の半分近くを取ってしまった。

綾子の家で自分が来たのを知らせたのに、子供たちはなかなか出てこなかった。やっと出てきてもエミはぶすっとして、機嫌が悪い顔を隠さなかった。ジェームスはサッカーの練習があるので、それに連れていくという約束だった。サッカーを見学していれば、エミとも余り話さなくてもすむ。ジムはエミとの話題に困っていた。

「パパが話したいことがあるから、帰ったらママに外に出てくるように言ってくれ」

「何の話なの？」

「お前の知ったことじゃない。大人の話さ」

「お腹がすいちゃった。サッカーが終わったらピザでも食べたい」

「パパはママに沢山お金を取られちゃったから、ピザなんか買ってあげられない」

「じゃ、どこに行くの？」

「家で夕飯を食べればいいじゃないか」

「パパは、どこにも食べに連れていってくれないのね」

「そんな贅沢なことはできないよ」

「じゃあ、何の為に私たちに会いに来たの？」

「会って話しているじゃないか」

「私は忙しいし、パパにも会いたくないの」

「会う、会わないは子供が決めることじゃない。大人が決めるんだ。子供は黙って大人の言うことを聞いていればいい」

エミはその後、ジェームスのサッカーゲームを見て、ジムの返事に一切答えなかった。

サッカーが終わって、ジェームスもお腹が空いたとだだをこねたので、すぐに二人を家に送っていった。

「ママに外に出てもらうのを忘れちゃ駄目だよ」

エミは返事をしなかったが、やがて綾子が木戸から顔を出した。

ジムはキャンピングカーの脇で仁王立ちで待っていた。

「軍の退職金は、お前のほうからウィルソン弁護士に、辞退すると伝えたほうがいい」

「だって、昨日判決が下りたばかりよ。裁判官が決めたことなのに」

「もしも辞退しないと、上訴してお前の弁護士が尻尾を巻いて降参するような事態になる。この退職金の問題は、最高裁でも採りあげるくらいに重要な問題なのがお前にはわからないのか」

「C州では、退職金は奥さんにだって権利があるのよ。だから裁判官がそう判定したじゃないの」

「お前にはちっともわかっていないんだ。昨日の裁決がどう出ようと、僕が上訴すれば必ず覆されるに決まっているから」

「それならそうと、何故昨日の段階で、上訴ならば裁決を覆られる論拠をださなかったの。時間が助かったじゃないの。ワトソン裁判官は、かなり軍人の味方をしていると思っていたんだけど」

「僕は、その他のことだったら、どうでも良かったんだけど、軍の退職金のことだけは諦めないからな。お前もそのつもりでいるといい。これで終わったんじゃない」

「脅かしているの？」

「脅しなんかじゃない。本当のことだ。お前の為を思って忠告しているんだ」

綾子は不安な色を隠せなかった。一生懸命ジムに対抗している態度が良く見えた。まだ脅かせば、自分に有利に物事が進むのではないかとジムは感じた。

二人で所有していた家が自分の物になったので、一応管理を頼んでいた不動産屋に話をしなくてはならない。両親の家に到着したのは、夜十時過ぎになっていた。両親が心配して待っていてくれた。着くと早速母が夕飯を温める。一応電話でも報告をしていたが、彼らはジムから直接公判の話を聞きたかった。

ジムが退職金のことで怒っているのを彼らは良く知っていた。ティーンエージャーになって、お金が稼げるようになってから、ジムはアルバイトをしてお金をせっせと貯めていたのだ。律儀で頑固なジムに彼らも手を拱く時があったが、安心して任せておける、そんな息子だった。幼いときからジムは将来の青写真を描いていたのだ。

両親は十年前にジムが暴力をふるう、という事実を知った時に、綾子から離婚の相談を受けた。彼女がひた隠しに隠していたのを、ほんのちょっとの言葉の端でばれてしまった。その時綾子はしまった、という顔をして下を向いた。昨日のようにその情景が目に浮かぶ。自分の息子が妻に暴力をふるうなんて、考えられなかったが、冷静になってよく考えてみると、思い当たるふしがある。

その時、両親はジムに離婚を勧めたのだ。その時点で綾子の心が離れていたのが父親には良くわかった。ジムについて話す綾子の目には恐怖しかない。愛情のかけらも見いだされなかった。しかしジムはそれを認めなかったし、父親の反対を押し切って、どうしても結婚を継続すると宣言したのだ。綾子も日本の家族に説得されて、もう一度ジムにチャンスを与えるという条件で、ドイツに一緒に旅立った。

「まあ、判決の内容に不満があったとしても、もう終わったんだから、ひと安心だろう。満足いく判決なんかどこにもありはしないさ」

「ダディー、まだ終わってなんかいないよ。これから戦いが始まるんだ」

「何だって？　裁判が終わったんじゃないか？」

「上級裁判所のは終わったさ。だけど、裁判官が理解していないところもあるし、僕の弁護士が軍法と州法の違いに精通していなかったから、問題があると思っている」

「また違う弁護士を探すのか？　今のウィルソン弁護士を探し当てた時は、お前は得意になって、やっと軍関係の事情がわかった弁護士が見つかったと言って、喜んでいたじゃないか」

「僕のは余りにも事情が複雑すぎたんだ。でも軍人たち数万人が僕と同じような問題を抱えているから、これは社会問題になる可能性がある」

「そんな夢みたいなことを考えていないで、もっと将来を考えたらどうだ？」

「それが僕の将来さ」

「退職した後はどんな仕事に就くんだ？」

大佐への昇進の道は閉ざされていたので、本来なら、二、三年前に民間の仕事に再就職するべきだった。四十代は年齢的にも若いし、彼の経歴や学歴から見ても、仕事に不自由はなかった。今なら軍を退職しても、各種の職業が彼を待っているのだ。

しかし、再就職を考えないで訴訟に情熱を傾けている息子を見ていると、父親としていたたまれない。これまでの最高の教育や資格を水に流してしまうだろか。こんな訴訟に時間とエネルギーを注ぎ込んで、将来何のに役立つのか。

「ダディー、僕の問題は軍人全体に影響を及ぼす重大な問題なんだ。何も戦争にも行っていない妻に、退職金の権利が取られたら大変じゃないか」

「お前は小さい時から、僕たちが何と言おうとも、お前の考えを通したからどうしようもないけど」

「僕には僕の考えがあるのさ」

「いい加減でやめとかないと、弁護士代だけ損する」

「それで、僕がお金をダディーから借りているという形を取りたいが、承知してくれるかな」

「不法なことはしたくないよ」

「僕のことを助けてくれないのか！」

「怒鳴らなくてもいいじゃないか。マミーも僕も今まで法律に背いて生活をしていないから」

「じゃあ、どうしても僕の頼みを聞いてくれないんだな」

「そんなことを言っているんじゃない。もういい加減で離婚訴訟から手を引いてくれと頼んでいるんだよ。僕たちが心配して、この裁判で辞めろと言っているのにどうして聞いてくれないんだ？」

「ダディーにはちっとも事情がわかっていないんだから」

「二人でここで結論が付かないようなことを話し合っても時間の無駄よ。それよりもデザートにパイとアイスクリームはどう？」

母のクリスティーンが水をさした。彼女は離婚の話を聞くのも嫌だった。息子が不幸の道に進んでいくのを止められない不甲斐なさを感じても、ジムの考えを換えることができないのはわかっていた。彼はもう四十台半ばだ。彼には彼の人生があった。小さい時からの計画が崩れて、それにしがみついている息子の姿を見たくなかった。しかし人生は計画通りには行かないものなのだ。計画が狂ったら、別の計画を立てていくのが人生ではないか。

第二十四章　上訴そして最高裁

公判の判決が下りたら、それを文書にするだけだから、すぐに判決文が裁判所に提出されるもの、と綾子は思っていた。ところが六ヵ月経っても何も言ってこない。

「セルツナーさん、この間の判決はどうなっているんですか」

「どうもウィルソン氏とジムの意見が折り合わないで、二人で何度も書類を送り返したり修正したりしているみたいだ」

「どんな内容なんですか。だって、記録にとってあるからそんなに違わないでしょうに」

「何度も二人の間でやりとりしてから、まあ、一応落ち着いたのか、僕のところに送られてきたんだ。少々解釈が違うと思ったから、その点を指摘して、ウィルソン氏に送り返したのが、一ヵ月くらい前かな」

「どうしてそんなに時間がかかるの？　公判の時の判決を使えばいいのに」

それから三ヵ月後に、ジムの手書きのコメント入りの判決文が、セルツナー事務所に送られてきた。それと同じものが、ワトソン裁判官にも送られたそうである。

「そんな手書きでコメントが入った判決文ってあるの？」

「アヤコ、このケースが通常のケースと同じだと判断していたら、大間違いだよ」

「そんなのはわかっているけど、あまりにも変じゃない？」

「裁判官も吃驚しているかもしれない。僕も本当にわからない」

ウィルソン弁護士も手に余ったのかどうか、綾子には想像できなかった。その後二ヵ月して、ワトソン裁判官が書いた判決文が届いた。公判が終わって約一年経過していた。判決の内容がわかっていても、裁判官のサインした公文書がないと、裁判が終結していないとみなされる。

綾子はちゃんとワトソン裁判官のサインがなされた判決文を手にとってみた。十六ページもある。法的な離婚が二年前に成立したこと、子供の養育権から、訪問権、退職金の割り振りの方程式、財産の明細書とその割り当ては付録として付いている。最後に、四年後にはどのような事情があろうとも、双方で慰謝料の請求はできない、という条項も書かれていた。

ハリウッドの映画俳優や億万長者の離婚で、大金を使って裁判するのは理解できるが、たかが軍人の給料なのだ。スケールが違うのにどうしてこんなに、弁護士代をかけるのだろうかと、綾子は本当に理解に苦しんだ。

綾子は全部を読みこなす意欲も無かったが、セルツナー弁護士が綾子に目を通して何か間違いがあれば、直すからと言ってきたので仕方なく、まるで他人事のように、無味乾燥な判決文を読んでみた。まるで遠い昔に起こった事件のように親身になれなかった。

もういい。もうこれで終わったのだ。裁判沙汰から解放されたのだ。あの裁判所に行くことはもうあるまい。ほっと一息をついた。エミの状態も良くなってきたので、もう自分の人生を自分の好きなように歩んでいけると思うと、何年振りかに、明るい気持ちになった。久しぶりに静かな日々を過ごした。

ところが判決文が高等裁判所に提出され、記録されてから丁度九十日目に、セルツナー弁護士から電話がかかってきた。

「アヤコ、デル弁護士というのを知っている？」

「誰ですか？　聞いたこともないけど」

「ジムが上訴したんだ。今日が上訴提出締め切りの最終日だった」

「公判が終わった次の日、私が軍の退職金を諦めないと一生後悔する、なんて脅していたの。その後も時々電話をかけて話す時に、昔の友人が弁護士をしていて、皆がその人の意見を聞いて、賛意を示している、なんて言っていたの。その友人がだれかとか、意見が何かは全然気にも留めなかった。彼の脅しには散々なれているから、半信半疑で聞いていたのよ。まさか、それが本当になるとは、夢にも思わなかったわ」

「うん、やはり退職金の問題で上訴をしている」

「そのデル氏が彼の弁護士になったのね。例の昔の友人なのかしら」

「どうだかわからない。そんなことを調べても今回の上訴に役立つわけではないし。まあ、軍人で昔の奥さんに退職金を渡したくない、という人が多いのは確かだが。アヤコが退職金をみすみす破棄することはない。折角高等裁判所の公判で勝ち得たのだから」

「それで、勝ち目はあるの？」

「C州では、結婚当事得た収入は、共有財産だから、こちらに勝ち目はあるよ。退職金の一部でも貰えたら、一生どちらかが死ぬまでだ。結婚していた間、彼に付き添って色々な基地に移っていって、自分の能力や仕事ができなかったのだから、これは当然の権利だよ。正々堂々と、貰える権利がある。例えば、退職してから二十年生きるとするだろう、毎月二十年間何もしなくても、食費くらいが入ってくるチャンスを見逃すことはない。弁護士代を考えても、充分に見合うだけの額になるから、頑張って、応訴しないと駄目だよ」

上訴は、地方高等裁判所での判決に疑問だとか、欠陥を見出した場合に、その判決を再審査してもらうプロセスである。地方高等裁判所の上の段階に、地方上級裁判所がある。上訴は、その上級裁判所に告訴文を提出して、審議を仰ぐ。もしも上級裁判所で、高等裁判所での判決に欠陥が見られたら、高等裁判所に戻して再審査を命ずる。そうすると、一からやり直しである。

上級裁判所で高等裁判所の判決が是とした場合、更に不満を持つ側が、その上の段階に訴える。地方上級裁判所から、州の上級裁判所、そして最後は、首都のワシントンD.C.にある、最高裁判所に訴えていくのである。

上級裁判所に訴えても、書類審査で却下されてしまう場合が多い。上級裁判所で審議されるケースは本当に少ない。上訴されるケースを一つ一つ審議していたら、司法組織が混乱を及ぼす。高等裁判所で下りた判決の信憑性を失ってしまうからだ。よほど確定的な根拠があり、明らかに間違った判決があるから再審議に値する、というケースでないと、上訴するだけ時間の無駄である。上級裁判所で振り出しに戻して裁判をやり直しするケースは、上訴中の一割にも満たない。

上訴申請を受けてから、訴訟の詳細を記録した公文書を注文する。上訴反証の論議を設定するにも、公文書を調べる必要がある。それを基にして、弁護士が弁護論拠を書く。書く際には、訴訟問題の過去の判例を調べる必要がある。弁護士は、絶えず判例を照らし合わせながら、以前このようなケースで、このような判決がおりた、という例を挙げながら論議を進めていく。

勿論セルツナー弁護士の役目であるが、綾子は再び、弁護士代や目に見えない心労を思いやり、頭を抱えてしまった。三日間の公判結果の公式報告書のコピーを取り寄せるだけでも数千ドルかかったのだ。


セルツナー弁護士はその公式報告書が届いたとき、

「アヤコ、あの箱の中に公文書が詰まっているんだよ。読んでみる?」

「とんでもない。あんなに沢山の書類をしかも法律用語が一杯出ているのを、私が読めっこないでしょう。でもこれを全部セルツナーさんは読まなくてはならないのね」

「やはり、上訴に勝つには、隅々まで調べて、絶対に隙間がないという、論拠をつかまなくてはいけない。それからこのケースの弁護を支持する、判例探しの調査をしなくては。大変な量だけど、やり遂げましょう。そうすれば書類審査だけで実際に出向く必要はないから」

「お願いだから、勝って頂戴ね」

「大丈夫、まかしておきなさい。ジムがアヤコに退職金を渡したくないのはわかるけど、あなたに権利が充分あるのは明白だから。それに結婚中に軍人としての仕事がちゃんとできたのも、アヤコが家庭を守っていたからだ。それをジムが認識してくれないと困る」

ジムは大学がO州だったので、O州民を主張していた。多分O州では共有財産を認めていないのだろう。軍属だとどこに転勤になっても、自分がどこの住民権を持つか、決めることができる。

セルツナー弁護士は、以前、C州で、離婚訴訟の際に、退職金が財産処分の対象になった判例を調べ始めた。多くの判例の中に、一つだけ綾子たちのケースに該当するようなケースを見つけた。つまり、被申立人がC州の裁判所で裁判しても、告訴状の応訴文の中で、退職金の部分だけは、C州の裁判管轄下にない、という特別条項を付けたものだ。このケースでは、被申立人が退職金を申立人に上げなくてもいい、という判例が出ている。もしも、この判例が適用されて、ジムの応訴文に特別条項が入っていると、綾子に非常に不利になる。今までの努力が水の泡だ。セルツナー弁護士は、慌ててこのケースの一番最初の応訴文をひっぱり出して繰り返し読んでみた。

半年くらい経ってから、地方上級裁判所から判決が出た。たった数行の判決で『却下』となっていた。綾子はほっと胸をなでおろした。最悪の場合を想定していたのだった。

地方上級裁判所で却下されてからは、ジムはその上の段階のC州上級裁判所に上訴した。連邦最高裁に訴えるには、この行程を踏まなくてはいけない。セルツナー弁護士は、州上級裁判所での判決は形通りと思えばいいから、心配するな、と苛立つ綾子をなだめすかした。案の定、数ヵ月後に、また

『却下』という簡単な一行だけ書いた判決文が届いた。

ジムが本番の最高裁に訴えるのは時間の問題となった。


セルツナー弁護士が調べて、最高裁で弁護するには特別の免許状が必要だとわかった。

「セルツナーさんはそんな免許状を持っているの?」

「勿論ないよ。ここら辺の弁護士は、C州の免許状しか持っていない」

「じゃあ、私は最高裁で弁護できる弁護士を探さなくてはいけないの? これから、また最初から説明して、何と時間のかかることだろうか」

「いや、そうする必要も無いみたいだ。最高裁では、どこかの州の弁護士免許さえ持っていれば、ちゃんと申請書を期日以内に提出すると、最高裁の免許状をもらえる。僕が申請すれば、弁護もできるから」

「ああ、良かった。振り出しに戻るのかと思ってぞっとした」

「今から最高裁で弁護できる弁護士を探していたら大変な騒ぎだ。時間もかかるし、弁護士代だって多額になる。しかし、まさか僕が最高裁の免許状を持つとは、夢にも思わなかった。このケースは、正に新規新規のでき事で、ゆっくりとする暇もない」

セルツナー弁護士の手元に免許状が届いたのが、一ヵ月後であった。その頃デル弁護士からの訴答文が届いた。二ヵ月後には応訴文を提出しなくてはならない。

「アヤコ、いつも訴答の文書は法律用紙に書けばいいけど、最高裁の場合は、特別に小冊子にして提出しないと、最高裁が訴答文を受け付けてくれない」

「やはり、最高裁となると、権威が問題だから、一々面倒なのね。そんな小冊子ってどこから取り寄せるの？　普通の印刷屋さんができるの？」

「それが、ちゃんと形式が決まっていて、小冊子のカバーだって、色の指定もあるらしい。その小冊子を印刷できる会社は、全国に二社しかないと今秘書が調べたばかりだ。その住所とか費用などの詳細を問い合わせてみた」

「何ですって？　この広いアメリカにたったの二社なの？　まるで独占企業じゃない」

「印刷代はどちらでも同じだそうだ。別段どれにするかは、構わないけど、普通の印刷物よりも費用はかかる。形式から一つでも外れたら受け付けないと言われた」

「提出に間に合いますか？」

「それは、印刷会社に提出締切日を指定するから、それに間に合うようにやるそうだ。まあ、彼らは専門家だから、間違えることはしないだろう」

綾子は、このケースがジムの言うように、軍全体で重要な意味合いを持ち、万が一にでも最高裁で審議する、と決定されたら、ワシントンに行く費用をどう捻出しようか頭を悩ました。そんな時間の余裕はないし、セルツナー弁護士に行ってもらうとしても、往復の飛行機代、ホテル、その間の弁護士代を入れたら膨大な金額になってしまう。

心配で、藁をもつかむ気持ちで無駄だとは思いつつも占いに行ったり、法律に少しは詳しい友人に相談したりしてみた。更に、最高裁のケースをよく扱う、女性だけで構成されている弁護士団体があったので、相談しに出向いた。綾子のほうに勝ち目があるかどうか、関係者以外の意見を聞いて、彼女の憶測を確認したかったのだ。

「うーん、最高裁で、どんな判決が出るかは、神のみぞ知るです。でも今までの上級裁判所では全部却下されたのでしょう。多分今回も無理ではないでしょうか。却下されるでしょうね。確定的なことは勿論こちらでは言えませんが」

「そうですか」

「今までにも、多くの軍人が、離婚で昔の奥さんに退職金を支払わなくてはならないので、最高裁まで訴えるという、ケースが結構あるんですよ。でも、今の所それらのケースは殆ど却下されていますね。あなたの元のご主人も、もしかしたら弁護士に唆されているんじゃないんですか。色んな弁護士がいますからね。弁護士のいい餌食にされているのかもしれませんね」

「他のケースは知りませんが、ジムは誰かに唆されて最高裁まで、上訴しているのではなくて、自分のケースを引き受ける弁護士を必死で探したんだと思います。私は応訴しなくてはならないから、本当に大変です。根気負けしてしまいそうです」

「そうですね、訴えるほうはそれなりの理由があるから訴えるけど、応訴しないで放っておけば、向こうが勝ってしまいます。何らかの方法で応訴しなくてはなりませんよね。大変ですが、頑張ってください。もしも私たちに手伝えることがあったら、お知らせください。まあ、今までの経過を伺ってみても、殆ど問題なく却下と出ると予測されます。でも保障はできませんけど」

運を天に任せるより外は無かった。

第二十五章　絆

　翌年の一月半ば過ぎだろうか、セルツナー弁護士から電話がかかってきた。

「おめでとう」

「ああ、明けまして、おめでとうございます」

　綾子は、新年の挨拶にしては、『コングラチュレーションズ』を使うのはおかしいと思いながら返事した。彼とは今年初めての電話なので、新年の挨拶と解釈して、『ハッピーニューイヤー』と返事したのだ。

「これでほっとしましたよ」

　とセルツナー弁護士が切り出した。

「ええっ、何のことですか？」

「今、コングラチュレーションズと言ったでしょう。今日来た手紙を開けて、真っ先にあなたに電話しているんですよ。最高裁からの手紙です。思ったとおりに、判決は『却下』でした」

「あっ、本当ですか。良かった、良かった。セルツナーさん、あなたの弁護論証が良かったからですよ。本当に有難う。やっと、長年背負ってきた肩の荷が下りました」

「この判決のコピーを今日中に送りますから、額にでも入れて飾ってください」

「本当ですね。額にするだけの価値は充分ありますね」

「実は、この論証の突破口というのか、判例を上訴された時に見つけたんですよ。たった一つの判例だったんですけどね。その判例には、一番最初の離婚訴訟の告訴状の応訴文に、もしも財産分けがあった場合、退職金に関してはC州の裁判管轄地の法が適用されない、という特別条項が入っていたんですよ。その訴訟では、申立人は退職金への権利が離脱されてしまいました。それを読んだ時、はっと思いました。あなたの訴訟では、応訴文は最初の裁判所の法廷指定弁護士が書いているんですね。それには、退職金への権利云々は入っていないんです。法廷指定弁護士は、条例通りの応訴文を書きました。R市のノリス氏が引き継いだ時に、最初の応訴文を破棄して、新規に応訴文を書いているんだったら、また別問題になったかもしれない。でも、彼も書かなかったんです。ですから、常軌の離婚訴訟応訴文がそのまま、通用されたんです。私は、その点がこの訴訟の要だと思ったんです。つまり、被申立人が最初に、退職金への特別条項を入れていなかったから、C州の法律に則って、申立人のあなたに退職金への権利があると、弁証したわけです。それが通ったのかもしれません。なにしろ『却下』。おめでとう」

弁護士は過去の判例を基にして論議を進めていく。セルツナー氏が、苦労して何百何千とある判例を調べ上げて、綾子の訴訟に適した条項を見つけてくれたのだ。やはり時間をかけて努力しただけの結果は出ていたといえる。

電話を切ってから、綾子は我に返った。本当にこれで死の谷を渡るような恐ろしい思いをせずにすむのだ。嫌な訴訟問題から解放されたのだ。信じられなかった。これからは、明日はどんな事件が、どんな審議申し立てが飛び込んでくるのか、心配しながらベッドに入らなくても済むのだ、と思うと、安堵感と同時に虚無感に満たされた。

何故これまでこんなに苦労して、頑張らなくてはならないのかと、自分でも不思議に思ってきた。これが自分の運命だったのだろうか。

綾子は大学時代日本に居るとき、中国の占いに凝っていた。その占い師がよく当たるので何回か通った。自分でも星占いの勉強をしようかと思ったくらいに、魅かれていた。友人にも薦めて、わざわざ一緒にその占い師の所に行ったりしたものだった。ジムと出会って、結婚しようと思ったときもその占い師に行った。

綾子の理想の男性は、目が良くて頭の良い人と決めて合った。自分が目が悪くて苦労したから、子供にもその苦労をかけたくない。母親が目が悪くても、父親が目が良ければ、目が良い子が生まれる確率は高い。そんな単純な理由だった。軍人だから目は良いし、州立大学を卒業している。この人なら、占い師も良いと賛成してくれると思ったのだ。

彼は生年月日を聞いて、古い手垢の付いた占いの本やら、チャートを見比べて、調べ始めた。そして、眉間にしわを寄せて、腕を組んで、うなってしまった。真剣な口調で、綾子の目を見つめて言った。

「およしなさい。この人と結婚すると、凄い激流を遡るような経験をしますよ。どんなことがあっても、お願いだから、この人と結婚するのだけは辞めたほうがいいですよ。死ぬような苦労をするのがわかっているから、私は大反対しているのですよ」

それまでは、その占い師の言うのを結構素直に聞いていたのに、なぜかジムとの結婚を大反対された時には、綾子は聞く耳を持たなかった。

たまたま、綾子が京都の友人を訪ねに言っていた時に知り合って、綾子が東京に戻ってから、ジムは電話をかけてきて、週末になると、銀座や六本木のクラブに誘ってくれた。軍人で目は良い、格好が良い。綾子は単純に、恋に落ちてしまった。アメリカにも行ける、それも夢だった。

それが、結婚前の綾子だった。その後、自分で選んだ道ではあったが、どうしてあんなにも反対された結婚をして、離婚する羽目になり、訴訟で苦労しなくてはならないのか。運命と諦めるのか、何か理由があるのか、それを追及したかった。やはり中国の占い師の言うのが正しくて、それに反したことをしたから、今罰を得ているのか。自分で理解できなかったり、解決法が見つからないと、綾子はもっと直感の世界で生きている人に尋ねたくなった。あまりに色々な問題を抱え込んでしまうと、クリアーな考えが浮かばなくなってしまうからだ。直感が働いている時とそうでない時とある、そんな時に迷って苦しむよりも、その専門家に聞くのがよい、というのが綾子の考えであった。


数年前に、友人が薦めてくれた占い師に会った。それはタロットカードでの占いだった。その人は、「あなたはね、この人と前世で何回も関係があったんですよ。蒙古人だった時もあります。その時は、あなたはこの人の妻だったんですが、やはり奴隷みたいな扱いを受けてました。その他にも何らかの因縁があったから、今度も結婚して、その時と同じような状況が起こっていたんですね。でも何世紀前の蒙古です。夫の虐待は当然だったんじゃないんですか。だから逃げることも離婚することもできなかった。

だけど時代が変わったのですから、今は違います。今なら離婚が自由だから。でもどうしてこんなに大変なんでしょうね。そして大変だと忠告されたのにも拘らず、あなたがなんでジムさんと結婚しようかと思ったのか、ですよね。多分今世で出会った時、逃れられなかったんじゃないかしら。前世との関係を処理する。絶つ。それが今生きているあなたの課題だったんじゃないかしら」

あれほど中国の占い師に辞めろと強く言われたのに、それを押し切って結婚したのは、前世との繋がりのある一つの魂との関係を今世で断絶する運命だったのか。その話を聞いて、今の苦労もなんとなく納得ができた。

人はその人生で達しなくてはいけない使命やノルマを持ってきて生まれてきている。その使命を全うするために、暗中模索しながら生きていったり、その使命に向かって自然と行動に移していくのだろう。過去生で強い絆を持ってしまったある魂との繋がりを絶ちきる必要があったから、結婚そして離婚という手続きをとらざるをえなかったのかもしれない。これで綾子が生まれ持って科されていた使命の一つが達成されたのであろうか。そして、そう思うことで苦労も少しは報われたような気がした。

綾子は、弁護士事務所から送られてきた最高裁の判決を書いた一枚の紙っぺらを見て、これで、ジムとの関係に終止符が打たれたのだ、と痛感した。この紙切れで人生が左右されたのだ。綾子の一つの課題が解決したのだ。

アメリカ人は、会う人毎に、

「ハーワーユー？（ご機嫌如何ですか）」

と近況を尋ねあう。別に深い意味はない。単純に『こんにちは』というくらいの軽い意味合いだ。綾子は今まで、その挨拶を聞く度に、

「離婚の問題さえなければ、私の人生はバラ色」

と返事をしたかった。憂鬱な離婚訴訟さえなければ、彼女の調子は良かった。

大半の離婚は、協議で判決された。それが、綾子の場合は裁判に三日間もかかっただけでなく、上級裁判所、挙句の果ては最高裁まで上訴されたケースであった。そんなケースも本当に珍しい。最高裁まで行った、と返事すると、大抵の人が目を丸くする。

数年後に海軍少将と離婚したという女性に出会ったことがあった。

「貴女も最高裁まで行ったんですか？」

と相手の女性も同情して聞いてきた。

「ええ、退職金の問題でした」

「私もよ。私の場合は結婚生活が二十年間だったでしょう。だから私に対する権利の割合がかなり高かったの」

「私なんて、元の夫は中佐でしたし、たいした財産があるわけでもなかったのに、執拗に訴えてきま

した」

「金額の問題じゃないんじゃない？　プライドの問題よ。額が多かろうと少なかろうと、分け与えたくない気持ちで一杯なのよ。私なんか、もうその問題で悩まされて、色々な弁護士に相談したりして、大変だった。弁護士からくる手紙なんか、熱湯の入ったやかんに触るような思いで、おそるおそる開けたものよ。触るのも怖い、そんな気持ちを憶えている」

「不思議ね、私も、そんな書類なんか、放っておいて無くなってしまえばどんなにいいかと、何度思ったかわからない。皆、同じような経験をしてきたのね。離婚裁判の時や、審議の時なんか、いつも裁判官がジムに味方しているような気がしてならなかった。だから司法書類を見ると、怖気づいてしまうの」

「裁判官に女性が少ないから、どうしても男性に味方してしまうように見えるのよね。私の場合は元の主人が少将でしょう。位が上だから、裁判官だって前の夫に、一目置いたし。あなたは、昔の敵対国の日本人だから特別扱いされた、と思っているかもしれないけど、アメリカ人とか日本人の問題じゃなと思う。私は、男性対女性の問題だと思った。少将の妻だって、アメリカ人だったって、女の私なんかは軽視されてたと思うの。もう判決がおりてから十年くらい経つかしら。やっと最近になって平常の精神状態で暮らせるようになったの。それにしても長引いたわよ。別居してから、十五年後にやっと解決したんですもの」

綾子よりも、うわてが居たとは考えられなかった。世の中は広いものである。

最高裁の却下の判決が下りたニュースで、綾子の中に束縛する重しが取り除かれた。このすがしさを以前に感じたのはいつだったか、思い出せないくらい昔の話だった。何も悪いことはしていないのに、絶えず心に重いものが引っかかっていた。でも今はもう何をしてもいいのだ。小切手を書くのも、あて先を心配せずに書けるのだ。後ろから全ての行動を見張られているという思いも無い。

何年間、このような状態が続いたのだろうかと、綾子は指折り数えてみた。

十年前であった。丁度十年前の五月末日、キリストが復活して再び天に戻るアセンションディー(上昇日)だった。その日、ドイツを発って、新しい生活に突入したのだった。全てが解決したら、ドイツに帰ろう、いつドイツに帰れるのか、絶えず思い続けてきた。ドイツに行こう、ではなく、帰ろう、と思っていた。

そんな思いを抱きつつ、十年も経ってしまった。最初の頃は、せいぜい二年後には帰れるだろう、と思っていたのに、まさか十年かかるとは、夢にも思っていなかった。

懐かしいドイツの森、緑の牧場が目の前に広がってきた。帰りたい、帰ろう。郷愁が泉のように湧き出てきた。綾子は、自分で勝ち得た報酬を得たのだ、と再認識した。

それにしても、長かった。

離婚したいと願っていても、なかなか実行に移せずに煩悶していた時に、後押ししてくれたのは誰だったのか、何だったのか。綾子は振り返って思い出に浸った。

ドイツの教会で、神父の説教の中で聴いた「アクト・オン・イット(行動せよ)」という言葉だったのだろうか。それは、啓示のように綾子の頭の中に響き渡った言葉だった。綾子はその声を聞いてから、ドイツ脱出に着手した。その言葉がなければ、綾子は離婚への意図をなし崩しにしていたかもしれなかったのだ。

またある時、毎日曜日に通っている教会で、信徒の一人が、牧師に代わって説教をしたことがあった。その説教の中で、彼は、

「皆さんは、神の声と悪魔の声をどう聞き分けるのですか。いつも、こうしたほうがいいだろうかとか、ああしたほうがいいだろうか、と迷っているでしょう」

と集まっている人に問いかけた。

「よくよく考えて、行動に移したとしても、後から迷いが出てきて、やはり最初の考えが正しかったのではないか、とか、さんざん考え抜いて挙句、最初に思ったことをやってみて、やはり間違っていたとか、そんな場合が沢山あります。神の声とは何なんでしょうか。私は、最初に迷わずに正しいと思って行動に移したこと、それが神の声だと思います。それが自分の真の魂からの声だと思っています。何か決断を迫られた時に、実行に移す。それがすなわち真の道なのです。右に行くか左に行くか、選択をしなくてはならない場面が毎日のようにあります。実行に移さないのは、もしかしたら、真の道ではないのかもしれません。実行に移したら、茨の道が待っているかもしれないのです。それを知っていても一歩踏み出す。それがあなたの魂のささやきであり、真の道をしめしているのです」

行動に移すのは非常に難しい場合がある。でも自分が正しいと思ったら、貫き通す。それが人間にとって一番大切なのだ、とその人は語った。

綾子が親の反対を押し切っても、迷わずジムと結婚したのも、何らかの意味があったのだろう。確

かに苦労はした。しかし、それまで綾子の人生は、余りにもスムースに通り過ぎてきた。人は一生の間に、いつかは苦難の道を歩かなくてはいけないのだ。それがジムとの結婚、しいては離婚と繋がって、綾子の人生に深みを刻んでくれたかもしれない。もしも、親の敷いてくれた軌道に乗って、親の望む人と平々凡々な結婚していたら、どんな人生が待っていたのだろうか。自分の真の声を知らずに生きたかもしれなかった。

綾子が前世からの呪われた絆を絶ちきっていく際に、以前から守りの絆を持った人たちやでき事が、適時に現れて、助けてくれたのかもしれない。

アメリカに戻る方法を思案しあぐねていた時に情報をくれた精神科医、ドイツからの逃避行に協力してくれた日本人女性のグループ、アメリカに戻ったときに親身になって世話をしてくれた友人たち、仕事への助言をしてくれた人、道の行き詰まりで立ち往生している時に、突如として綾子の前に現れた人たち。思い出せばきりがなかった。

教師の仕事も、ジェームスが病気にならなかったら。そして、アンという秘書の人が係りの先生を説得して取り次いでくれなかったら、何も起こらなかったのだ。どうしてあの時、カレッジのカタログで日本語教師『スタッフ』とだけしかなくて、先生の名前が無かったのを不審に思って、電話に手が行ってしまったのか。教師になる訓練や野心もなかったのに。

そして、最後まで諦めずに弁護を勤めてくれたセルツナー弁護士との出会い。トーマス牧師が薦めてくれなければ、そして偶々顔を出したセミナーで、教会を紹介してもらわなかったら。キャンプに行ってレーチェルと知りあいにならなかったら。これらの人々やでき事は綾子にとって、何だったのか。

その人たちが現れてきたのは、決して偶然ではなかっただろう。もしかしたら、綾子には自分のするべき道が深層意識の中に漠然と描かれていたのかもしれない。そしてその道を達成するためのきっかけを作るために、綾子自身が、あるでき事、ある人物を登場させてきたのではないだろうか。得たいチャンスを自分で掴み取れるように、自分で引っ張ってきたのかもしれない。雑念に囚われている時には迷ったり、回り道を選んだかもしれなかったが、最終的には自分でその人たちに巡り会うように選んで掴み取ってきた道だったのだ。

そして、エミとジェームス。彼らが居なければ、綾子も途中で挫折していただろう。あたふたと、次から次へと襲ってくる攻撃をかわしながらの毎日で、綾子を精神的に支えてくれたのは、この二人だった。彼らを育てるのも大変だった。充分に親らしいことは一つもしなかった。授業参観日に、行ったことは無かったのではないか。彼らの学校の成績表を見たことも無かった。ベービーシッターに任せきりで、碌に勉強や宿題を見たことは無かった。しかし、彼らが居なければ、何もかも投げ打って、日本に帰っていたかもしれない。何もしなかったが、ただ単に子供たちの為に生きていた、という確信はあった。今の綾子はこの二人の子供の為にある、といっても大げさではない。この長期戦で、最後まで戦わずには居られなかったのは、この子たちを取られまい、という強い願いがあったからだった。もしも人生で成績表があれば、綾子のには、ただ一言『子供たちへの想い』という欄にマルがつけられているかもしれない。

十年前の決心を実行に移す時だった。ドイツに帰るのだ。エミとジェームスを連れていくかどうか、非常に迷った。最高裁までの弁護士代で借金だらけになってしまったし、学校を十日間以上休ませるのは勉強に差しつかえる、という懸念もあった。今までにも、法廷指定のカウンセラーに出掛けたりして、普通の子供と比べて沢山学校を休ませていたから、これ以上休ませると勉学に支障をきたす。

綾子は、一人で行くことにした。人生は結局は一人で決め一人で歩まねばならないのだ。この十年間を振り返って、自分は何を学んだのか、何を達成しえたのかを熟考するためにも一人旅が良いと考えたからだ。

綾子は、何でドイツを懐かしく思い出すのか、わからなかった。訴訟で大変だった時、仕事で疲れて帰った時、エミやジェームスの育児に苦労していた時、ふと、ドイツの楽しい日々を思い出した。直接肌に感じる自然が懐かしかったのか。ドイツの自然は、人と一緒に共存して、生活の一部になっている。日本人の暮らしと似ているところがあった。それとも、素朴なマリアや日曜日に森を散歩している近所の人たちだったのか。名前も覚えてなかったが、綾子のたどたどしいドイツ語を辛抱強く聞いて、新しい単語を教えてくれたりして、親切にしてもらったことだけは憶えていた。

マリアに会えるのが嬉しかった。懐かしかった。アメリカに戻ってからも絶えずドイツのことを思い出していた、と伝えたくても果たしてそんなドイツ語が話せるかどうか疑問だった。でも言葉が通じなくても、綾子の気持ちは充分に通じると確信があった。

村の標識が立っている。マリアたちの住んでいる村に入るのだ。左に折れた。これまでの道筋は、昔とちっとも変わっていない、と綾子も驚いていたが、一足村に入ると、変化が見られた。ちょっと見た目には気がつかなかったが、村の端に、新しい家が数軒建っていた。ドイツ人らしい、堅固なコンクリートブロックで築いたしっかりとしたつくりの家だった。村人たちは自分たちの手で家を建てる。大工さんを雇わないでも家を建てる技術や知識を持っている。村の成長はこんな隠れたところにあったのだ。

村の入り口の小川を越えて、古い昔通りの家並みに入った。教会が大きく見えてきた。この教会でマリアの娘、クリスティーナが結婚した。クリスティーナがエミの行っている幼稚園の先生だったから、彼らも結婚式に呼ばれて出席したこともある。幼稚園は、綾子たちの住んでいる家の二件先、という便利な場所にあった。

その教会の周りの石畳の道は、クリスティーナの結婚式の時と変わっていない。教会を迂回して、道が下がり始めた。教会は村の中心にあって、他の村家よりも高い位置に建てられている。

道が平坦になった時、左に上がる細い坂道が出てきた。丁度ここは谷になっていて、その上にマリアの家がある。ギアーチェンジをして、坂道を上る。

この坂はよく行き来したものだ。子供たちを預けに、そして、クリスマスのお祝いに。結構険しい道だ。その道の最後の家がマリアの家。

辿りついた。

綾子は、その家の前に停めて、車から降りた。閉まるドアの音が谷間に響いた。遠くまで広がる眼下の景色を見回した。向こう側の森、その下を走るハイウェー、左に生い茂る緑の木々。全てがすがすがしかった。雨上がりのひやっとして透き通ったような空気を胸一杯吸い込んだ。家の周りには、よくドイツの農家に見られる野菜畑が綺麗に手入れされている。野菜の間に植えられたバラや牡丹やゆりの花が、雨の露にぬれたえんどう豆の緑と対照的な鮮やかな色を染め出していた。

ドアに向かった綾子は、ドアベルを鳴らす指がかすかながら震えているのに気がついた。十年ぶりだ。

ジーン、ジーンとなる音が聞こえた。人がやってくる足音が聞こえる。

「ボー・イズ・ダス？（誰？）」

「マリア。ジス・イスト・アヤコ」

一瞬、綾子の目の前に、この十年間に起こったでき事が走馬灯のように、描き出されていた。

この作品はフィクションであって、実在の人物および団体には、
一切関係ありません。

あとがき

アメリカに来たのは何年前ですか、とよく聞かれます。数えてみるとアメリカを含めて海外で過ごした年月は日本に居た時の二倍近くになりました。それなら日本よりもアメリカのことの方を知っているのではないか、と思われるかもしれませんが、アメリカでの生活は日本で学んだり経験したことが基礎になっているようです。

何にも判らずにアメリカに来た四十数年前から、アメリカと日本との違いを様々に体験してきました。その中で顕著なのが法律に関してではないかと実感しています。日本人は話し合いで和解しようとしますが、アメリカは多人種が混ざっているので明文化して物事を黒白に色分けしたがります。特にカリフォルニアでは石を投げれば弁護士にあたるといわれるぐらい弁護士がいます。更にアメリカ人は自分の意見を持ってその見解を主張するから、意見調整をする機関が必要なのでしょうか。和を尊び、他人と妥協する努力を惜しまない日本人とは大分違います。

そのような違いをあきらかにする為に、私が体験した訴訟をもとにして、日本人とアメリカ人の考え方及び物事に対処する姿勢の違いを小説化しました。

小説にしてから、はたっと、これにぴったりする題は何かと、戸惑ってしまいました。「アメリカ離婚騒動記」等という堅苦しくてダサイ題も考えましたが、やはり、日本とアメリカを区別して判りやすいのは食文化だと気がつきました。そこに気がついた時に直感的に「お茶づけ女とステーキ男」の題が決まりました。小説の中にお茶づけの作り方とか、ステーキの上手な焼き方等はいっさい入っていないので、ちょっとがっかりした方もいるかもしれません。ここで、お詫び申し上げます。お腹いっぱいにはならなかったかもしれませんが、何か皆様にお役に立てたでしょうか。そうでしたら嬉しいです。

今はアメリカに住んでいる日本人が沢山居ます。毎日の生活に戸惑い悩みを抱えている方も多いのではないでしょうか。また、アメリカに住みたいなと思っている方も多くいらっしゃると思います。それらの方々に私の体験を通じて異文化に住む楽しみ、苦しみをお伝え出来たら私の念願も達成されたと思っています。

姉や親しい友人の勧めがあり、出版の僥をえました。最後に、声援してくださった皆様やこの小説を読んでくださった方々への感謝の気持ちを込めて筆を置かせて頂きます。本当に有難うございました。

お茶《ちや》づけ女《おんな》とステーキ男《おとこ》

2015年2月6日　第1刷発行

著　者 — あや

発行者 — 佐藤　聡

発行所 — 株式会社 郁朋社《いくほうしや》

〒101-0061　東京都千代田区三崎町2-20-4
電　話　03（3234）8923（代表）
FAX　03（3234）3948
振　替　00160-5-100328

印刷・製本 — 壮光舎印刷株式会社

落丁、乱丁本はお取り替え致します。

郁朋社ホームページアドレス　http://www.ikuhousha.com
この本に関するご意見・ご感想をメールでお寄せいただく際は、
comment@ikuhousha.com　までお願い致します。

©2015 AYA　Printed in Japan　ISBN978-4-87302-593-3　C0093